出格

（共12篇）

小说集

梁晓声 蒋子龙 乔叶 等——著

杨晓升——主编

江苏凤凰文艺出版社
JIANGSU PHOENIX LITERATURE AND ART PUBLISHING

图书在版编目（ＣＩＰ）数据

出格 / 杨晓升主编 ；梁晓声等著. -- 南京 ：江苏
凤凰文艺出版社，2022.5
ISBN 978-7-5594-6429-3

Ⅰ．①出… Ⅱ．①杨… ②梁… Ⅲ.①短篇小说－小
说集－中国－当代 Ⅳ．①I247.7

中国版本图书馆CIP数据核字(2021)第256853号

出格

杨晓升 主编　梁晓声等 著

总 策 划	马利敏	
策划编辑	孙文霞　陈艳芳	
责任编辑	周颖若	
特约编辑	田家康	
装帧设计	吉冈雄太郎	
出版发行	江苏凤凰文艺出版社	
	南京市中央路 165 号，邮编 ：210009	
网　　址	http://www.jswenyi.com	
印　　刷	唐山富达印务有限公司	
开　　本	880 毫米 ×1230 毫米　1/32	
印　　张	9.5	
字　　数	200 千字	
版　　次	2022 年 5 月第 1 版	
印　　次	2022 年 5 月第 1 次印刷	
书　　号	ISBN 978-7-5594-6429-3	
定　　价	59.80 元	

江苏凤凰文艺版图书凡印刷、装订错误，可向出版社调换，联系电话025-83280257

目录
CONTENTS

哥俩好

· 梁晓声 ·

嗨，各位朋友好！

什么？我谁呀？那位朋友你急个什么劲儿呢？你不打断我的话我不是就说了吗？——我姓罗，大名也就是户口本上的名叫罗玉成，小名叫小成。我今年快五岁了，明年该上学了。什么？……大声点儿，你耳朵才有毛病呢，我没听清是因为你的话声音太小！我怎么装大人说话了？小孩子就不该说"各位朋友好"吗？大人的朋友是朋友，小孩子的朋友就非得说成"小朋友"吗？这是谁规定的道理？不管谁规定的，我才不认这个理呢！各位朋友！各位朋友！我偏这么说。哈，怎么安静了？没反对的声音了？没人再打断我了？那么我接着说了哈。我有一个哥哥叫罗玉朴，他没小名，爸爸妈妈就叫他玉朴。我哥比我大十五岁，已经是大学一年级的学生了，学工艺美术的。是不是亲哥？当然是亲哥啦！前几年不是允许生二胎了吗？总希望再有个女儿的我爸我妈，所以就又有了我。我爸我妈后悔没后悔？从他们对我的表现来看，肯定是没后悔的。如果他们后悔了，即使有一点点后悔，那我也是感觉得到的，我又不傻。事实是，我很聪明，在这个世界上起码有三个人深信这一点，那就是我爸我妈和我哥。自从有了我，我爸我妈就再没说过希望有个女儿的话。

我妈常说的倒是："真是想什么来什么。"

我爸就附和着说："是啊是啊，咱俩的想法总是一致的。"

他们那么说时，我往往在睡觉，爸妈坐在我左右的床边上，都笑微微地看着我；那时我爸笑得比我妈更开心。

我呢，其实有时候也没睡着，只不过是在闭着眼睛装睡，偶尔把眼睛偷偷睁开一条缝。我喜欢爸妈一左一右地坐在床边看我，谈论我——那会使我觉得自己对于他们很重要，当然也会使我感觉良好。

所以，什么都不想玩儿的时候，我喜欢假装睡着了一会儿。因为我醒着的时候，爸爸妈妈反而不那么笑微微地没够似的看着我了，也不会说那种话了。

对了，该聊聊我爸我妈了。

我爸是湖北武汉人，大学毕业后成了北京人，在一家国企房地产公司任设计师。托我爸的福，我的家挺宽敞，我从小就有属于自己的一个小小的房间。和许多一般人家的孩子相比，我的命可以说挺好的了。我自己也很知足，从小生活得快快乐乐的。不但不理解什么叫"不开心"，甚至也没感受过什么是"不顺心"。我妈是老北京人家的女儿，在邮局工作。虽然姥姥姥爷是老北京人，他们的家却没法与我家相比，在一条老胡同里，具体说是在一个人家较多的老院落里，住的是一大一小两间老平房。

我要讲的是我才四岁多一点那时候的事。

2020年春节前，妈妈陪爸爸回武汉探望我的爷爷奶奶。我哥因为暑假时期独自去武汉看望过爷爷奶奶了，也因为他自己联系了一家公司，超前实习，爸爸妈妈就批准他不去了。我是非常想去的。

只要是出远门，不管是不是去爷爷奶奶家，也不管是去哪里，我都想去；我正处在小男孩渴望出远门的年龄。即使不出远门，我也是一个在家里待不住，喜欢在外边玩儿的男孩儿。但我感冒了几天刚退烧，爸妈怕我一出远门又折腾病了，决定不带我去；我是个容易感冒的孩子。

妈妈出家门前嘱咐哥哥："照顾好你弟弟哈，他的感冒还没彻底好，千万别让他又发起烧来。"

哥哥说："没问题。"

我生气地说："我才不用他照顾。"

爸爸摸着我的头说："别闹情绪嘛！不带你去，是为你好。要听哥哥的话，使哥哥省心。"

我一甩头，跑进自己的小屋去了。

一会儿，哥哥出现在小屋门口，问我："想不想哥哥陪你玩儿会儿呀？"

我已经躺在床上了，不理他。

哥哥又问一句，我猛地往起一坐，大声嚷嚷："别烦我！"

哥哥笑了笑，转身离开。

自从我开始认识人了，除了爸爸妈妈的脸，我能记住的第三张脸，就是哥哥的脸。除了"爸""妈"，我学会的第三句话是"哥"。一个单字究竟算不算一句话，这我可不清楚，但咱们何必讨论这个问题呢！

到我一岁多的时候，也就是会叫"哥"以后，我开始明白了一种关系，那就是——除了爸妈，哥也是爱我的一个亲人。

像许多城里人家的小孩一样，我也是由阿姨带大的。我跟阿姨在一起的时间最长；我入托以前，阿姨睡在我旁边的日子比妈妈睡在我旁边的日子还多。人真是好奇怪，虽然阿姨对一个小孩子的照顾比爸比妈比哥要周到，但小孩子见了爸爸妈妈和哥哥，还是会觉得格外的亲。如果连续几天没见到，心里就急、就想。我哥成为大学生以前，我每天晚上都能见到他。他高考前那半年，晚上到家都八点多了，我坚持不睡，一定要等他回来，见到他了才睡。他成为大学生以后，我经常问爸爸妈妈："我哥这个周末回家不回家呀？"

如果爸爸妈妈说"肯定回来"，我就很高兴。

你们问我有一个大自己十五岁的哥哥是什么感觉？

我的回答是："不怎么样。有时候太别扭了！"

当然，这是我以前的感觉。

我哥到了高二的时候，个子已经和我爸一样高了。成为大学生以后，个子比我爸还高。我妈说他的身高已经一米八三了。想想吧，一个四岁多点儿的小男孩儿，有一个一米八三的大哥哥，那是多么别扭的事儿，简直想不别扭都做不到。每个星期六或星期日，我哥必定会带我在小区内玩一次——或者他骑自行车，让我坐在大梁上。有一种专为大人用自行车带小孩而设计的小活座，硬塑料的，拆下来装上去都很方便。但是如果大人那样带着小孩还将自行车骑到马路上去，交警叔叔发现了是要罚款的，因为太不安全了。所以后来不生产了，也买不到了。听我哥说，他小时候，我们的爸爸那么用自行车带过他，我家那东西是当年留下的。他骑自行车带我的时候，从不将自行车骑到小区外去。我有我的小三轮车，更多的时候是我骑着我的小三轮车在小区里绕圈，他大步走在我旁边。如果我骑快了，他就小跑几步跟上我。还有的时候，他让我骑在他肩上。比起来，我最喜欢骑在我哥肩上；第二喜欢他用自行车带我；最不喜欢我骑着自行车绕圈而他跟在我旁边。那情形非常像他是我家雇的一个男性小保姆，专门负责看管我的。大家想想，这有多么的糟。我们小区有一个小广场，经常有孩子们在那里玩儿，最多的时候会有三十几个，包括小学生们。那里有儿童滑梯、大人健身的器材，还有长椅。看小孩的爷爷奶奶姥姥姥爷们坐在长椅上聊天，年轻的年老的阿姨们也会出现在那里，或者守着娃娃车，娃娃车上坐着手拿玩具的小娃娃；还有被主人同时带到那里的狗狗……

如果我哥骑自行车带我经过那里，恰有一个孩子看见了我，喊我的名字，叫我过去玩儿，那有多尴尬呢？

要是骑自行车带我的不是我哥，而是我爸或我妈，其实也没什么尴尬的对不对？

可他是我的亲哥呀！

有几次我忘了跟在我旁边的哥，直接将小三轮车骑到了广场上，那时我哥就会喊："小弟，慢点儿骑，当心撞到别的小朋友！"

结果，广场上的小朋友和长椅上的大人的目光，全都被吸引到了我哥身上。接着，和我熟悉的小朋友会纷纷问我：

"他刚才叫你小弟，他是你哥吗？"

"你哥可真是个大哥哥呀？"

"他喜欢你吗？"

"他陪你玩吗？"

"我看不会陪他玩！"

"那不是白有那么大个儿一个哥哥了吗？"

"是呀，不陪弟弟玩儿的哥哥多没意思啊！"

"我也想有一个哥哥，可是不要你哥那么大的！"

"我喜欢那么大的哥哥！"说这话的是一个和我年龄差不多的男孩，他居然跑去央求他姥姥："姥姥姥姥，也让我妈给我生一个那么大的哥哥嘛！"

我懒得回答那些问题。

因为事实是——我哥虽然喜欢我，但是却从没主动陪我玩过。

"玉朴，有事儿没事儿？如果没什么重要的事儿，陪你弟玩会儿呗。"

在家里，我常听到爸爸或妈妈对我哥这么说。这时，几乎只有这时，他才会走到我跟前，蹲下他那一米八几的大个子问我："想让我陪你怎么玩？"

听听，这是什么话？是愿意诚心陪我玩儿的话吗？

别以为他大我十五岁，我就听不出来他的话是不是诚心的了！

我已经说过，我不傻。三岁多的时候，我已经能背十几首唐诗了，已经认识几十个汉字了，已经会写爸爸妈妈我自己和我哥的名字了——这样的小孩，应该算是很聪明的小孩吧？

所以只要他那么问，我就会听出他的不情愿，就会闷头闷脑地回答两个字："不想。"

有时仅仅回答一个字："不"。

他却好像不长记性，下一次往往还那么问，还对我爸或我妈说："他自己正玩儿呢，他不想让我陪他玩。"

说完，立刻就起身回到自己屋里去了，仿佛他当哥哥的义务已经完全尽到了。

还有一次，他带回家里三名同学，二男一女，让我叫他的同学"哥哥""姐姐"。

我当然得叫啰。

这么一点儿面子，我怎么也得给足了他呀。

"呀，今天才知道你还有个这么小的弟弟！"

"小家伙虎头虎脑的，蛮好玩的嘛。"

"玉朴，你这小弟弟和你比，智商怎么样啊？"他们开始当面议论我，像议论一只小狗。议论时，还摸我的头，弹我脑门儿。

我哥小声说："智商没问题，相当聪明，咱们说的话他都懂。"

听听这叫什么话？

明明知道我聪明，还当着我的面儿跟你同学说那种话？你那种话是点评我优点的话吗？如果连你同学们说的几句一般话我都听不懂，那我还算是个聪明的弟弟吗？那几句话里最难懂的不就是"智商"两个字吗？智商高低不就是聪明不聪明的意思吗？你这个哥哥和爸爸妈妈在饭桌上经常说智商怎样的话，我耳朵都快听出茧子了，当我真不明白呀？

他同学的话、他同学对我的举动已经使我不高兴了，他的话更使我来气了。既然我是他弟弟，那么我和他同学不就是平辈的人吗？平辈的人对平辈的人应该讲点儿起码的礼貌吧？你同学也太不拿我的自尊心当回事了吧？如果我有和他这个哥哥平等的家庭权利，我真想宣布他这三个同学是不受欢迎的人！

我心里正生着哥哥的气呢，那位姐偏偏又说了句让我恼火的话。

你们猜她说什么？

她说："让姐抱抱你好不？姐要和你这个小弟弟自拍几张，姐要发到朋友圈。"

"朋友圈"你们懂吧？

好，懂我就不解释了。

如果我允许她那样，我自己还有面子吗？

我的面子就不是面子了吗？

我大叫一声："不好！"

我还朝她做鬼脸，一转身跑入我的房间，把门关上了。

不仅那位姐，包括我哥在内的他们四个人，当时吃惊得像是我突然变成了一个要咬他们的怪物。

现在你们理解我刚才的话了吧？就是那句——有一个比自己大十五岁的哥，某些时候不但别扭，还会多了些烦恼。

咱们再说我爸我妈的事。爸妈原本与我哥和我说好了的——他们要在武汉陪我爷爷奶奶过三十儿过初一，初二上午乘飞机回北京，下午就到家了。

可是由于武汉封城，他们回不来了。

我哥是初二下午告诉我的。

当时我倒也没什么过度的反应。晚回来一两天就晚回来一两天呗。

我问："那什么时候回来？"

"这我可说不准，爸爸妈妈也说不准，目前没任何人能说得准。"

我哥一脸愁样。

我愣了愣，又问："你就说最晚会晚到什么时候吧。"

我想，再晚也无非就是春节期间爸妈都回不来了。回不来就回不来呗，没人管我，我正好可以把没看过的动画片都看了。从早到晚都在看，估计哥哥也得依我。他都大一了，有时玩电子游戏还玩起来没够呢。

我哥却说："也许一个月后，也许两个月后，也许时间还要长……"

我大叫："你骗我！"

我哥说："你看哥像骗你吗？"

他确实不像在骗我。

"怎么会这样？怎么会这样嘛……"

我哭闹起来，将拼了一半的拼图拂一地，还把床单拽到地上，抢起枕头打我哥。

"别胡闹！"

哥哥吼我一句，把枕头夺了过去。

我长这么大以来，爸爸妈妈从没长时期地离开过我，我能不反应过度吗？

"坐下！不听话我可住姥姥姥爷那儿去了，把你自己留在家里！"

我哥这句话使我怕了，乖乖坐下了，流泪不止。

我哥问："我刚才说武汉封城了，你没听到吗？"

老实说，我当时正在玩拼图，没太认真听，将"封城"听成"风尘"了，以为是由于天气的原因，飞机起飞不了啦。

哥哥就耐下心来，给我讲事情的前因后果。

那都是我第一次听说的事，哥哥显然早就开始关注了。也显然地，情况那么突然，不是他所能预料到的。

而我最明白的一点是——爸爸妈妈被封在武汉了；他们只能到武汉解封以后才能回到家里。

"哥，那咱俩可怎么办啊？"

我又哭了。

我哥搂住我，拍着我的背说："好小成，好弟弟，别哭，不是还有哥哥和你在一起嘛。放心，哥哥会把你照顾好的。"

他哄了我一会儿，忽然想到了什么，推开我说："哥必须马上出去，买些重要的东西回来，你把你的小屋收拾一下，耐心等哥哥回来哈。"

哥哥走了以后，我流着泪把我的小屋收拾好了。一边收拾心里一边想——从现在起，我必须做出一个好弟弟的样子给我哥看了！如果我太让他操心，那可就是我不对了。哥哥不是说了嘛，爸妈很可能一两个月都回不来呀！如果我和哥哥的关系别别扭扭的，多让爸妈在武汉那边着急啊！我们哥俩以后的日子可怎么过啊！

我哥很久才回来，买回不少吃的喝的，还买回了两包口罩、两大瓶消毒液。他指着口罩和消毒液说，那才是主要的。说如果明天再买，肯定哪儿哪儿也买不到了。药店就剩几包了，主人起初不愿卖给他，要完全留着自己用；听我哥说了家里的情况才卖给他了。

"那个开药店的人真好，咱们应该感激人家对不对？"

我哥跟我说那番话的口吻，和我爸我妈教导我时的口吻一样。

我说："对。"

晚上，我和我哥吃的是买来的速冻饺子。只吃了速冻饺子。我看得出来，我哥根本没心思为我俩再做点儿什么吃的了，尽管妈妈春节前就往冰箱里塞满了食品，有的食品只要用微波炉热一下就可以吃。但是我心里一点儿不满的情绪也没有，因为我连饺子都不想吃。我什么也吃不下了，变得毫无胃口了。

我哥说："别愁眉苦脸的，饭还是要吃的，必须把这六个饺子吃完，要不你半夜会饿的。"

他说完，摸了我的头一下。

我说："行。"

为了使他对我的表现满意，我勉强吃下了六个饺子。

我早已养成了自己睡觉的习惯。但是那天晚上我不敢自己睡觉了，一闭上眼睛，黑暗中就会有妖怪出现——身子像"灰太郎"，却长着冠状病毒那样的头，嘴在头的后边，要咬人了头就一转，张开的大嘴里吐出好几条长舌头。我想和我哥一起睡，又怕他不但不同意，还训我。我感觉到我哥坐到我的床边了，他掀开被子对我说："蒙着头睡觉可不好，以后得改改。"

我不愿说我害怕，只是瞪大眼睛看着他。

他温和地问："愿意和哥哥一起睡吗？"

我立刻说："愿意！"

我哥就把我抱了起来，而我搂住了他的脖子。以前我哥也抱过我，但我从没搂过他的脖子，我觉得那是撒娇。我可以向爸爸妈妈撒娇，那很正常。可如果一个弟弟向哥哥撒娇，算什么事儿啊？

我哥的单人床挺宽，他让我睡里边。我正希望睡里边呢，那使我心理上更有安全感。我哥也同时上了床，靠床头坐着，将笔记本电脑放被子上，继续做他所做的事。

我问他在电脑上做什么？

他说在做一则关于垃圾分类的公益广告，还让我看——那则广告中的三维人物设计得像我爸妈，有故事性，我感到又好玩儿又亲切。

我哥摸着我的头说："睡吧。"

我就闭上了眼睛。

我哥还在设计公益广告，这使我放松下来，不一会儿就睡着了。

半夜我被我哥推醒——我尿床了。真丢人！我已经很久没尿过床了。

我哥却说不是我尿床了，是他不小心将茶水洒到床上了。

"看，这不是茶叶吗？"

他说得像真事儿似的。

而我觉得那几片茶叶是他成心放在床上的。

我俩不得不转移到爸妈的床上去睡，并且一直睡到爸妈从武汉回到家里。

第二天是初三，吃罢早饭，我哥开始用洗衣机洗床单、被套和褥套。虽然是用洗衣机洗，那也忙得他满脸汗。他怕我觉得没意思，估计也怕我内疚，从网上拷了一部他认为优秀的动画片让我看。洗衣机转动的时候，他还陪我看一会儿。

从那一天起，他将家里所有可吃的东西，包括每一种水果和饮料都用电脑打在了纸上。考虑到我不认识纸上的字，还从电脑上搜出了对应的图片打在字旁，将几页纸按顺序用胶条贴在墙上。他要求我每天晚上看看那几页纸，告诉他第二天想吃什么。

"咱俩都应该使身体保持在健康的状态，这样有利于避免病毒的侵袭，所以吃好三顿饭是必须的。别怕给哥添麻烦，也别考虑哥会不会做，不会就学呗。现在不正是哥要学着把饭做好的时机吗？明白？"

他的话很有说服力。

以后我就照我哥的要求来确定我俩第二天吃什么——我哥说我想吃的就是他想吃的;我哥做饭的水平在以后的日子里进步很快。那些日子里,我们的爸妈经常和我们哥俩视频;爸妈安好,我俩放心。哥哥表扬我各方面都很乖,爸妈也很高兴。

我哥说什么时候还能再买到口罩,像爸爸妈妈什么时候能离开武汉一样,也是谁都说不准的事,所以我俩应该两天出一次家门,甚至要作好三天出一次家门的思想准备。

那几天里的我已经对什么事都没了意见,哥哥怎么决定我就怎么服从,像好士兵服从班长。我想,士兵的服从肯定是因为对自己的班长很信任,觉得自己的班长肯定不会瞎决定,是一位好班长。想想吧,我才四岁多,我哥大我十五岁,而且是我亲哥,在家里只有我俩的情况下,我怎么会不信任他呢?那种信任是绝对的,所以我的服从也是绝对的。谁家四岁多的小孩子没任性过呢?任性对于小孩子们不是常事吗?我也任性过,往往因为一点儿小事就任性起来,或者惹爸妈生气了,或者自己生半天气。但是那几天里我从没任性过,因为我觉得哥哥已经在方方面面都努力做一位好哥哥了,我看得出他做得挺不容易的。以前他除了自己找吃的,基本上不进厨房,现在为了让我吃上一顿顺口的饭,他往往在厨房里忙一个多小时。以前他哪儿做过饭啊!哪儿刷过锅洗过碗啊!在我记忆中,以前他一次也没自己拧开过燃气灶、按开过抽油烟机;他只不过自己用过几次微波炉。现在,做完了洗,洗完了做,他每天起码要进六次厨房。以前他也没碰过洗衣机,没拖过地,他甚至都没扔过一次垃圾袋。某天早上我曾听到妈妈对他说:"好大儿子,出门顺手把垃圾袋扔了啊。"他却说:"来不及了,我要迟到了。"结果,我妈的"好大儿子"白叫了。把垃圾袋拎出去，扔楼外的垃圾箱里，不过是一顺手的事，根本不耽误他去上学嘛！我认为"来不及了"完完全全是一种借口。这么说吧，从我记得住事那一天起，我就没见到过他这个大我十五岁的哥哥做过任何家务活。现在呢，除了以上那些他必须做的事，有几天他得出门扔两次垃圾。他也不像以前那样，总是关上门待在自己的房间里敲电脑，没完没了地只顾忙他自己的事了。他忙自己的事之前，会把我抱到他的房间里，先安排我玩了起来。如果我对玩儿什么都不感兴趣，他会耐心地陪我玩儿一会儿，直到我玩得有兴趣了他才坐到电脑桌前。他每天也会自觉地陪我看动画片、陪我做室内健身操、陪我聊天了。你们都有体会的，看动画片这件事，有人坐在身边陪着自己看和没人陪着自己看，感觉上是很不一样的，好比独自吃好吃的东西和与亲人分享是不一样的——与亲人分享的吃法，好吃的东西往往还能使人吃出另一种好滋味儿来对不对？我哥陪我看的动画片，都是他替我选的。以前我没看过《哪吒》，他就从电视中选出来陪我看。不仅选前两年新拍的陪我看，还选很早以前拍的陪我看；看完让我比较自己更喜欢"老《哪吒》"还是"新《哪吒》"——这样，我们哥俩就有共同的话题了。我和我哥聊的话题越多，我觉得原本聪明的我更加聪明了。至于室内健身，一个四岁多点儿的小孩儿，如果没人陪着谁喜欢做那事儿呀！我哥陪我，我也开始喜欢健身游戏了。是的，对于我们哥俩，健身既是运动，也是游戏。做室内操是运动——我哥将手臂弯着，让我双手抱紧吊在他手臂上，看我能坚持多久，那不就是游戏了吗？

即使小区里不见人影，即使仅仅是出去扔一次垃圾，我哥也要戴上口罩。

有次我忍不住问他："哥，咱们的口罩不是一次性的吗？"

我哥说："是啊，哥没买到医用的。"

"那，你出去扔垃圾袋用过了，为什么一进门还要挂起来下次出门再用啊？"

"咱俩一块儿看电视的时候，专家不是在电视里说了嘛，一次性的口罩也可以戴四个小时，哥出去扔一次垃圾袋才戴了多一会儿呀，咱们必须省着用口罩。"

我哥一边说，一边往口罩上喷酒精。

我又问："哥，我在窗口没看到一个人，你出去的时候也没看到人，是吧？"

他说："是呀。全小区静悄悄的，没有人影，没有人声。"

"电视里不是说，病毒主要是通过人和人的接触才会传染的吗？"

"对。但前提是，一方已经感染了病毒，才会传染给别人。"

"那，你只不过出去几分钟，明明不会碰到任何人，为什么还非戴口罩不可呢？"

"以防万一呗。万一在垃圾箱那儿，碰到了另一个人也扔垃圾袋，而且对方没戴口罩呢？哥的预防意识强一些，你的安全性才高一些嘛。"

"是不是，外边的空气里也可能有病毒啊？"

"不能排除这种可能性。"

"那，咱们如果开窗通风，不是也不太安全了吗？"

"这……小区里从早到晚不见个人影，空气应该说还是没问题的吧……提高预防意识是对的，但也没必要把自己搞得神经兮兮的，那不成了自己吓自己了吗？好弟弟，小孩子家了解一点儿常识，没必要因而想得太多。咱们都要相信，病毒会被控制住的。哥是绝对相信的，你呢？"

他弯下腰看着我的眼睛。

我说："那……我也相信。"

我的声音很小。

我因为哥的话，心里的不安又大了。简直还可以说，那是一种内心里的恐惧。以至于我哥再开窗通风时，我会躲到离窗口远的地方。

我哥却显然没想到会把我这个四岁多的小弟弟吓到；我觉得，即使他在说安慰我的话时，他自己内心里也是存在着不安的，那是他想掩饰都掩饰不了的。我哥一点儿都没有演戏的天分，何况我们的爸妈也被封在武汉了。

好在爸爸妈妈经常与我们哥俩视频，隔几天就会告诉我们一些关于武汉的新消息。

天气好的时候，我哥会带我在小区里转转。他让我骑自己的小车，而他快步走在我旁边，时间在半小时以上，一小时以内。他说不到户外活动活动也不行，那容易使人郁闷。我们的小区属于人家较多的小区，还有一所幼儿园。在以往的好天气里，从早到晚总有散步的人、利用健身器材健身的人，经常会听到小朋友们的歌声和为他们伴唱的琴声。我曾经也是那所幼儿园的小朋友，后来转到离爸爸单位近的幼儿园去了，那样接送我反而更方便。现在，不旦幼儿园的大门紧关着，院里静悄悄的，整个小区也静悄悄的，小区的大门也紧关着，既没车辆出入，也没人出入，而且增加了戴口罩的保安。从小区的大门可以望到马路上去，那条马路是高速路的辅路，以前两条路的车流量都很密；现在，我和哥哥已经出现在小区里五六次了，我每次都会将我的小车骑到小区门口，却一次也没看到两条路上有车辆驶过。小区内外都静悄悄的情形，给我一种怪怪的感觉——好像世界变假了，不真实了，包括那些保安叔叔；只有我和哥哥是真实的，生活在不真实的小区里；有时候，好像连我和哥哥都不真实起来了，好像我在做梦，我哥在我梦中。

那时我就会大声说："哥，快跟我说话！"

我哥就问："说什么？"

我说："说什么都行！"

我哥问："小弟，你几岁了？"

我说："四岁多了！"

"你叫什么名字？"

"我叫罗玉成！"

这样的问话和答话真叫人害臊，但比我俩都不说话的感觉好。

一回到家里，那种做梦似的感觉才没了。家嘛，毕竟是自己最最熟悉的地方，也是永远不会使人觉得不真实的地方。

后来我哥再和我出现在不见人影、静悄悄的小区里的时候，不用我再要求，他就主动找话跟我说了。到底是我哥，他明白我的心理。

不好的事还是发生了。

我又感冒了。

按说小孩子感冒了也不是多么了不得的事。

哪一个四岁多的小孩子没感冒过呢？

但我感冒的也太不是时候了呀！

有天夜里我起床撒尿，大意了，没按我哥的嘱咐披上衣服，结果就感冒了。谁家有暖气谁知道，到了后半夜，家家户户暖气的温度都会降下来，那时大多数北京人家的温度就不暖和了。

第二天早上，我开始流清鼻涕、打喷嚏、嗓子哑。

我哥赶紧让我服板蓝根。

下午，我开始发烧，证明板蓝根没起作用。

到了晚上，我已经烧得头疼了。

我哥摸了一下我的额头，立刻缩回手，脱口说出四个字是"情况不妙"。

他立刻让我量体温。

结果我的体温已经到了 38.9℃。

当时我躺在床上，我哥坐在床边，他看着我呆住了。

我说："挺高是不是？"

他点点头。

我问："家里还有别的药吗？"

他说："没有，只有板蓝根……"

"我以前感冒时，爸妈让我多喝水。"

他摇头。

"那，你去买药吧，我现在胆子大了，虽然天黑了，我自己在家也不怕了。"

他说："超过 38℃是高烧，万一半夜烧得更高了，买回的药也不起作用呢？"

"那咋办？"

"玉成，咱们得去医院。"

在那天晚上以前，我哥一向叫我"小弟"或"小成"，从没叫过我"玉成";"玉成"是太严肃的叫法——他一这么叫我,我也觉得问题严重了。

"非去不可?"

"非去不可。现在是特殊时期,大意不得。"

"你的意思是,我有可能……那样了?"

"哥不是这个意思……但不到医院检查一下,哥又怎么能放心呢?"

"你就是那个意思!"

我一下子坐了起来,那是一种极度紧张的反应。刚说过"胆子大了"的我,顿时害怕了,双手握成拳打我哥,似乎使我害怕的不是冠状病毒,而是我哥的"意思"。如果他没那种"意思",那么问题也就不严重了。

我哥紧紧把我搂在了怀里。

而我,哇的一声哭了。

我已经不记得我哥当时又说了些什么话,怎么成功地哄劝我戴上了口罩、绒帽,把穿得厚厚实实的我抱出了家门,放到了我家的汽车里。

当我哥替我扣好安全带时,我不哭了,对我必须去医院这件事,开始乖乖地接受了。

我哥没将车开走多远,又将车停住了。

他说:"不行,哥不能开车送你去医院。"

我说:"你不是会开吗?"

他说:"是啊,哥不但会开,开得还挺好,但那是在驾校学开的水平,哥还没有驾照……"

我说:"这种时候,马路上更没车了……"

他说:"明明不对的事情,什么时候、什么情况下都是不对的啊,咱们不能做明明不对的事……"

我哥一边说,一边又替我去除了安全带。

我哥是认死理的人,我知道我再说什么都没用了,只有乖乖地服从。

结果呢,我坐上了我哥的自行车——像他曾用自行车带过我那样,坐在安装了活座的大梁上。

当时晚上八点多,天挺冷。尽管我穿得厚实,身上暖和,却没戴手套。我的手一离开衣兜,立刻就感到了冷风冻手。

我哥也没戴手套。

我问:"哥,冻手吧?"

他说:"不觉得,哥火力壮。"

好在我们小区离北医三院不远,骑自行车二十几分钟就到了。

以往北京八点多的时候,即使天冷,那也会是马路上车多,人行道上人多,到处灯火通明的景象。现在我们一路没看到一辆车,也没看到一个人。

我又觉得我像是在做梦了。

即使真是在做梦,我也想在梦里说:"哥,对不起,给你添麻烦了。"

"玉成,对不起,都怪哥,哥没把你照顾好,原谅哥。"

我正要将自己想说的话说出口,我哥却已经说了那样的话。

我呢,反而不知说什么好了,沉默半天,终于憋出三个字:"没关系。"

我哥又说："玉成，你得有心理准备，如果医院认为你必须住院，你不能闹起来。生病住院，这很正常，说不定哥也得住院，只是咱俩不会住一个病房。我相信，我的弟弟罗玉成，对住院一点儿都不惧怕，肯定会表现得像个男子汉……"

我说："不是像，就是！"

但是我流泪了。

我哥说："对！哥说错了，我弟就是男子汉！"

虽然我才四岁多，关于疫情，我也知道得不少了。我明白，今天晚上，我和我哥很有可能被同时隔离收治了。

这想法使我觉得很无助；因为觉得很无助而怜悯自己，同时怜悯我的哥哥——我哥肯定也觉得很无助啊。

我还觉得我连累了我哥，因而十分内疚，一路流泪不止，快到医院时，才将脸上的泪擦干净。

医院里只有几个人在看急诊。

女医生给我和我哥开的是同样的化验单。我们哥俩做了几项必要的化验后，女医生看着单子问我哥："你是这男孩什么人啊？"

我哥说："他是我弟弟。"

女医生说："我还以为你是他叔呢，家长怎么不来？"

我哥说："我爸妈在外地。"

女医生"噢"了一声，似乎什么都明白了。

那时我的心已经安定了。女医生的表情和她的话使我猜到——我和我哥都没有什么大不了的问题。

女医生说："你弟弟就是患了普通的伤风感冒，回去按时吃药，四五天后就会彻底退烧。"

我哥说："要不要做次 CT，检查一下肺部的情况啊？"

她说："不用。"

我哥说："还是给我弟做一下吧。"

她笑了，以权威的口吻说："放心，我说不用就不用，你这个当哥的想多了，但你带你弟到医院来是对的，特殊时期嘛。"

我们之后，门诊室外再无病人了，这使她为我们看病的过程特从容。

她又笑着问我："有一个这么大的哥，感觉超好吧？"

我说："还行。"

她笑出了声："嘿，回答得太轻描淡写了。我觉得你应该说是福气，我要是能重活一次，还能有一个对我这么有爱心的好哥哥，那我美死了。"

我说："我也美死了。"

我哥脸红了，也笑了。

回家路上，我哥问我："哥骑快点儿还是慢点儿？"

我说："慢点儿吧，慢点儿像兜风。"

我哥又问："想听我唱歌吗？"

我说："想。"

我哥就缓慢地骑着自行车，同时高声唱歌。我哥的嗓子挺好，从小就喜欢唱歌。

他的歌声引来了一位巡警叔叔，巡警叔叔骑的是带斗摩托。他极其认真地盘问了我哥一番，还要查医院开的诊断书，用手电照着看了一会儿。

他把诊断书还给我哥后，扭头问我："想不想坐摩托啊？"

我高兴地说："想！"

他说："那我也得问问你哥同意不同意。"

我哥立刻说："同意！"

巡警叔叔就将我抱起来，放在了他的摩托车车斗里……

我们一回到家，哥哥就照顾我服下药，躺在床上了。他也脱了外衣坐在我身边，立刻开了手机与爸妈视频。爸爸妈妈有点儿生气，批评我哥没及时接他们打过来的电话。

我哥说他手机没电了，在充电，所以没听到。

爸妈要立刻与我视频。

我哥说我已经睡着了，用另一只手抚我的眼睛。我闭上眼睛装睡，我哥把我装睡的样子拍视频给我爸妈看。我记得我前边说过，我哥不会做戏。其实呢，我也不会呀。为了不使爸爸妈妈操心，我俩相互配合，接连骗了我爸妈几天，压根儿没跟他们提过我感冒的事儿。你们知道的，有的爸妈，特别是妈妈们，又特别是在他们远离儿女，而有一个小儿子才四岁多点儿的情况下，一听说生病了，即使只不过是感冒，那也会又着急又上火的呀！何况还是在特殊时期，感冒发烧是非比寻常的事。不互相配合着做戏怎么办呢？我爸妈那边心情安定，我和我哥这边不是也会少了一份汇报的麻烦了吗？

两个多月以后武汉终于解封了，我爸我妈终于回到家里了。

我妈抱起我亲热了一阵之后，我爸也想抱起我。

我躲开了。

我说："爸、妈，你们以后不要再对我这样了，我已经很不习惯你们对我这样了。你们刚回来，有不少事得做，快忙你们的吧。"

我一说完就回到我的小房间去了。

我听到我爸问我哥："你弟生我们的气了？"

听到我哥回答："绝对没有。"

听到我妈问我哥："他怎么好像和以前不一样了？"

听到我哥回答："不是好像，是确实不一样了，我弟长大了。"

是的——我觉得，在大人们说成"非常时期"的两个多月里，我觉得自己像是一个大人了。

怎么证明这一点？

比如说吧，许多大人都承认——武汉是一座坚强的城市；武汉人非常可敬；中国抗击疫情的措施很有成效；而我，一个四岁多一点儿的中国男孩，在两个多月的时间里也感受到了，确确实实地感受到了！

这还不能证明吗？

给母亲洗澡

·乔叶·

一

浴室的门错着巴掌宽的缝儿，母亲让我关严实，我说没事儿。她说了两遍，我也这么应了两遍，她就不再说了，只是不时警惕地朝门那里看看。和在老家相比，在郑州的她，气势上缩小了好几个尺码，显得怯弱了许多。此时脱了衣服，她明显更怯弱了一些。

在自个儿家里，怕啥呢？我说。

不怕啥。

怕人看你呢。

那可不怕。就这一把枯树老皮，怕啥？不怕啥也不兴开着门呀，谁开着门洗澡呢？

可我得听着泥蛋儿的动静呢。

哦。那把门儿再开大些吧。

泥蛋儿是我年方四岁的小侄子，我弟弟的宝贝二胎。泥蛋儿是母亲给他起的小名儿。他整日里哒哒哒地跑来跑去，没个安生时候。弟媳妇小娜跳广场舞去了，侄女去上英语强化班，弟弟方才说下楼去买点儿东西，我不得操着小家伙的心？

果然，他就哒哒哒地跑了进来，奶声奶气地喊：奶奶脱光光啦！

瞎叫个啥！母亲满是宠溺地呵斥，眼睛就粘在了泥蛋儿身上。对这个小孙子，她是怎么看都看不够。

哟！哟！奶奶脱光光啦。泥蛋儿叫得更起劲儿。在幼儿园学会起哄了。

谁说我光了？还穿着裤衩呢。母亲低声说。她确实还穿着裤衩，宽大的平角裤，白底儿起着小蓝花。

那叫底裤！不叫裤衩！泥蛋儿纠正。

叫啥都中，叫啥都中。

你也脱光光呗。我怂恿泥蛋儿。

才不哩。我不洗澡！他一阵风儿地跑了出去。

低处的龙头汩汩地放着水，水位慢慢地往上涨着，眼看着泡住了母亲的腿。母亲坐在浴缸里，水汽缭绕中，像一尊像。自然不是佛像菩萨像观音像，可不知怎么的，就是像一尊像。

她用左手往身上一下一下地撩着水。也只能用左手了。自从中过两次风之后，她的右半个身体就越来越像是摆设了。

我把高处的花洒取下来，拿在手里，也往她身上冲着水，说，先洗头吧，不然头皮黏糊糊的。先洗了就清爽些。母亲说，也中。叫身子先恶服恶服。

我说，对，恶服恶服。

恶服，特指浸泡脏污。除了豫北乡下的老家，我再没听说过别的地方有这个说法。洗脏衣服脏床单，洗油腻锅碗，又或者是洗人，总之，但凡是洗，但凡是洗之前的浸泡过程，都可以叫作恶服。恶，脏污。服，顺服。只有把脏污泡软，让它们顺服，接下来才能好好清理。这么理解是不是很合适？不曾见过老家有谁把这个口头语转化到字面上，反正我就是这么理解的。

母亲闭上眼睛。我把花洒举在母亲头顶，水流倾泻下来，母亲本来就花白的头发更花白了，本来就稀少的头发更稀少了。头皮大片地露了出来。花洒冲左边，左边头皮露得多，花洒冲右边，右边头皮露得多。

突然想起小时候母亲给我洗头的情形。大约是每周一回，彼时我的发量称得上茂盛，这个频次就有点儿过低。没办法，母亲忙，我也贪玩，把时间凑到一起不太容易。洗头又不是什么要紧事，能拖就拖着呗。我每日里胡天胡地地疯跑出汗，头发里最是容易藏污纳垢，挨到必须要洗的时候，往往是因为母亲隔着饭桌都能闻到我头上的酸臭味儿。于是就洗。此时我脑袋上已经攒了许多"锈疙瘩"，要把"锈疙瘩"梳通，总是要费些劲儿，也总是有些疼的。于是母亲骂骂咧咧，我鬼叫狼嚎。一个像在上刑，一个像在受刑。每次洗也都要用好几盆水，可真是一项大工程啊。

等到渐渐长大，自己知道了干净，我就再也不让她洗头了，自己洗得勤快得很。再后来，就是给她洗头了。用过硫黄膏，用过"蜂花"，用过"飘柔"。到现在，我用的已经是防脱洗发水了。弟弟家里用的是"润源"，大概是个新牌子，没怎么听说过。

水小点儿，多费。母亲说。

我调整着花洒，让水流变小。

这城里水贵的，能赶上早些年的油价钱。

瞧您说的。啥时候油都比水贵。

那是。油不比水贵，那还能叫油？昨儿小娜才买的那油，叫啥瓜子油，怎小一瓶，都花了一百多哩。

是葵花籽油。

就你会洋气。葵花籽不是瓜子？

是，是。

自从母亲中风后，我就不怎么顶撞她了，她的脾气也被我惯得没了边儿，动不动就指责我训斥我，在我跟前耍尽威风。

油跟水，不是一物，就不能比。人整天得喝水，谁整天喝油哩。油得炼，水用炼？天上下雨下雪那都是下水哩，啥时候见过天上下油？叫我说，水就不该叫人掏钱买。水跟土一样，都是老天爷赏人的。

中风一点儿都没有影响母亲的嘴皮子。利落得很，甚至更利落了。直到花洒冲洗发水的泡沫时，她才闭上了嘴。

二

已经有五六年了吧，每年入冬之后，母亲都要来郑州住两个月。暖气开通一个月后来，在腊八之前一定回去。

她原是不大愿意来的，每次来都要我和弟弟三求四请，软磨硬劝，她才会勉强答应。泥蛋儿出生之后，她就很情愿过来了。她跟我说，过来住一住，对谁都好。大儿子一家能好好松快一段时日，闺女和小儿子也能好好尽尽孝。谁的心里都得劲儿，谁的面子上都光鲜。

别以为我没看出来，你就是想多看看你这小孙子。

那可是。她慨然道。

大孙子不亲？

你个挑事儿精。大孙子也亲，可那是老大家的。弟兄们再好，一门是一门的根儿。要算细账的话，我平日里亲大的多，还亏了这小的呢。

水流中，母亲脸上的皱纹更明显了，老年斑和黑痣也更明显了。在水光的润泽下，这些倒也不颓丧，是闪亮亮的一种明显。她的左眼角有一个月牙形的小疤。听她讲过很多遍，那是二十世纪五六十年代，我姥姥在村外和社员们大炼钢铁，她和小伙伴们偷偷跑去看，你推我搡的，根本不知道害怕，越看离炉子越近，忽然间，炉子里爆出来那么一团火星子，直朝她飞过来，把她的一大片头发都烧焦了。

还好没破相。每次她都会这么感慨。以往我都会回敬她"那是您有福气"之类的，这次我决定改个说法。

要是破了相，可怎么嫁进我们老李家哩。

你个龟孙，花搅你老娘来了。她骂。笑盈盈骂人的母亲，总是特别有光彩，那个神采奕奕的模样，好像根本不曾中过什么风。

母亲第一次中风大概是在十年前。那一年春天，我们家最靠北的那块地被上面"规划"了，说是要修一条高速公路。上面赔了一笔钱，说是收了当季麦子就不许再种庄稼，不定啥时候就会动工，到时候会毁庄稼，谁种谁心疼。有的人家就让地荒着，也有的人家不舍得让地荒着。在母亲的唠叨下，大哥大嫂就在那块地上种了玉米。进了农历八月，玉米穗眼看着一天天结实了起来，突然有一天就被工程队全部铲倒了。第二天，母亲就催着大哥大嫂和她去地里捡玉米。正值秋老虎的天气，那天也是热极了，一大片地里有好几个人中了暑，母亲则是中了风。

第一次中风后，母亲的后遗症并不怎么严重。我闻讯赶回家时，她都下了床在厨房门口择菜了。我埋怨她，你看看你，多不值当！

地都是人家的了，你还非得要那点儿庄稼！

母亲说，地是地，庄稼是庄稼。

人家不是把庄稼钱都给咱了吗？

钱是钱，庄稼是庄稼！母亲的神情都有些严厉了。

母亲很快就开始了貌似正常的一切举止。其实那时她的右肢已经没有了韧劲儿，可她但凡在村里行走，就会格外注意保持平衡。她说不能让人看出来，不能让人笑话，也不能让人可怜。

水汽氤氲中，母亲微闭着眼睛。这可以让我从容地看她。她在郑州期间，我的主要任务，一是给她做一次全面体检，根据体检情况开药调理——只要不是大问题，母亲就绝不住院。她抗拒医院。她的口头禅是：那是啥好地方？不管身上有病没病，到了那个地方，心里就先病上了！二呢，就是常来看她，除了周末两天必陪，周二或者周三下班后也会抽空来一趟，送点儿吃喝穿戴，再给她洗洗头发，简单擦擦身子。痛快洗澡的日子都是在这样的周六晚上。周五我还要上一天班，太过紧张。周六上午能舒舒服服睡个大懒觉，午饭后到超市大肆采买一番，再来到弟弟家，给母亲洗晒一下床单衣物，然后早早吃过晚饭，细细致致地给她洗这个澡，顺便好好说说话。

这两个月间，在我的反复恳请下，她也会光临一次我家，但绝不过夜，晚上必定要回到弟弟家。

没听说过"七十不留住、八十不留饭、九十不留坐"？万一出了啥岔子，我可不能在别人家丢了最后那口气。她说。

我这里又不是别人家。

还就是别人家。她叹口气，闺女再好，也是门亲戚。

最初听到这话，免不了要跟她辩几句。后来就不辩了，随她。

唉，这日子多不经过，你老娘我可是都七十五啦。母亲突然说。她总是这样，会突然强调一下自己的年龄，语气里有骄傲，也有感伤，似乎还有一种释然。

不算大。加把劲儿，再活个七十五！我说。

油嘴滑舌。母亲翘着嘴角，微微笑了。

这是我的母亲。她总是自称老娘。有时我也这么叫她：老娘。娘老了，就是老娘。老了的娘，就是老娘。虽然没有了老爹，但我是个有老娘的人，这就不错。即使她中过两次风，也不错。

三

水流中，母亲耳朵眼儿上的金耳环亮闪闪的，手上的金戒指也是亮闪闪的。这是第二副，她戴了也有十年了吧？给她买第一副的时候，是我刚结婚不久。结婚时我没有让丈夫买"三金"，母亲一直暗戳戳地引导着我要，说咱们又没要啥彩礼，也没叫他买啥好衣裳，好歹有个"三金"戴着，办事儿那天也不会显得太素净。说得我没了耐性，明明白白地跟她说我不喜欢，她挺纳闷，说那是多好的头面啊。我说，那我叫他买一副给您戴吧。她狠狠地啐了我一口。

不知什么时候起，我一回村看她，就听她左一句右一句地提，村里哪个老婆子戴了金戒指，哪个老婆子戴了金耳环，有闺女的都是闺女买，没闺女的都是儿子买。她口气里很不屑，嘲笑人家烧包。我问她，你是不是也想烧包？她就骂我。我说我也给你买。她说你可别乱花钱，我可不是那轻浮人。我就买了一副"三金"给她。她先是叫着说，一样儿就中了，你还买三样儿！人家新媳妇儿也才三样儿！拿在手里看了看，就放在了一边，说，你就是买了我也不戴，我可不是那轻浮人。我说，闺女我是个轻浮人，就想叫你戴上，叫人家夸我孝顺。戴呗戴呗。她说，那我就戴个耳环吧。就戴上了。又说，顶多再戴个戒指。就又戴上了。项链死活不戴，说村里的老婆子没人戴。照着镜子看了看，又讪笑着说，怪没脸的。又说，恁贵。又说，你就是杆实心秤，就不会买个假哩？买个假哩也中，看着黄啦啦的就中，外人谁知道是真是假哩。我说，我又不是买给外人的，我是买给亲娘你的。你要是后娘，我就给你买个假哩。谁叫咱是真娘真闺女呢，可不能戴假哩。

起初她还是不大舍得戴戒指，说干活儿不利落，又说怕把金子磨少了。只有走亲戚之类的重要场合她才会戴上。有一次，她在村里吃酒席回来，和面的时候取了下来，等蒸完馍却怎么也找不到了，也想不起放在了哪儿。急得哭，骂自己老没成色老没材料，拔拉着大哥一家子都给她找，还把刚蒸好的馍一个个掰开找。后来终于在案板和灶台墙的夹缝里找着了。再后来，她就常常戴着了。说是不怕丢，又说是金货避邪。

那些时日，老有新闻说，有骗子专门到信息闭塞的乡下去骗老年人的金首饰，我就有些担心。她好强，若是直接提醒她肯定不接受，我就"曲线救国"，每次回去就弦外有音地跟她扯闲篇儿，讲哪儿哪儿又发生了一起什么故事。听到后来她还是恼了，说响鼓不用重槌，在这十里八乡，你老娘还算是个响鼓，省省你的槌吧。

可她还是上了当。那次她是去镇上赶集，看见一个地摊前围着很多人，她就也凑了上去。摆地摊的是一个白胡子老头儿，穿着白衫，有点儿仙风道骨的样子，是个"野先儿"——我们老家都这么称呼到处流逛的游医。人挺和气的，说起话来慢条斯理，稳妥妥的。他面前铺着一块干干净净的白布，白布上摆着一堆草药，说这些药能消炎，能解毒，能去火，能顺气，最关键的，是还会免费送出几服药，只不过得挑有缘人。他一眼就挑中了母亲，说母亲一看就儿女双全，是上辈子积德积得厚，这辈子就该有福报。他就给福人再添点儿福吧。只是在给药前，需得先做个测试。金戒指和金耳环会影响测试的准头儿，需得摘下来。母亲就取了下来，"野先儿"叫她交给他保管，母亲有些犹豫，"野先儿"笑着说，老姐姐，这么多人看着哩，你怕啥？我这里有平安符，把这两样贴身物给你包一包，还能再送给你个全家无论远近老少儿女子孙都平安的大平安哩。

母亲就交了出去，眼珠不错地看着他把戒指耳环放进了红彤彤的平安符中。"野先儿"还对着平安符吹了一口气，才放在了一边儿。他给母亲的手腕上涂了点儿药水，看看颜色，说测试合格。接着就给母亲包了草药。包好药后，他把药和平安符一起给了母亲，让母亲第二天才能打开平安符，若是时辰不到就打开的话，"法力"就散了。

事实上，从镇上回家的半路上，母亲就开始心神不宁。快到村口的时候，她还是没有按捺住，忐忐忑忑地打开了平安符，发现金戒指和金耳环都变成了假的。虽然也是"黄啦啦的"，却是铜的。她转头就往镇上走，到了集上，集还热闹着，那"野先儿"的地摊却如她最担心的那样，消失得无影无踪。她站在不远处，看见原来摆摊的地方站着两个老太太，一个在骂，一个在哭。

母亲没有上前。她说她看清楚了情况就走了。她怕人家也看出来她是丢了金货，她这个响鼓已经叫骗子的锤擂过了，喧嚷出来只会让别人的锤一擂再擂。她丢不起这个人。这事儿憋在了她心口，那两天她都没有吃下饭，然后就病了，发烧不止。任谁怎么问都闷着不理。大哥打电话给我，我赶紧返回，我一进门，她的眼泪就淌了出来。我问了好半天，她才吞吞吐吐地说了缘故。她一边哭，一边痛骂自己老没成色老没材料。我说，没事儿，就当丢了。丢东西又不是丢人。她说，丢东西就是丢人！我说，我再买不就得了。她说，可不要了。你那钱也不是大风刮来哩。

话堵到这里，我就不劝了。她懊恼了半天，终于还是回转了过来，犹犹豫豫地说，都知道闺女给我买了金首饰，以后走到街上，人家问我：你闺女给你买的黄啦啦哩？我可咋说哩。我连忙接住话茬说，咱再买呗。你又不是丢了闺女，闺女又不是没有钱，咱又不是没地方买。她扑哧笑了。想了想，说，那项链一次都没戴过，还崭崭新哩，你拿去换成戒指耳环吧。我说不行，"三金"一样都不能少。她说，那这回真的买个假的吧，我看我也不衬戴真哩。我说，咱买两副，一副真的一副假的，你想戴哪副就戴哪副。过了一会儿，她又心机重重地说，人家要问原来那副哩？我说，你身上的物件儿人家谁操闲心呀？她说，这你可不知道，满村就那几个人，谁在街上咳嗽一声，不看脸儿就能听出是谁的喉咙。这是寻常物件？这可是金首饰哩，黄啦啦地晃着，那就是会说话哩。谁不看在眼里！

我说，这也简单。你就说，郑州的店里有活动，能以旧换新，闺女非要换个新鲜样式给你戴嘛。谁叫你养的闺女太孝顺嘛。她这才畅快起来，骂道：还孝顺死你个龟孙哩。停了好大一会儿，才像发布世界上最重要的真理一样说：唉，还是有个闺女好呀。

四

洗完了头发，洗发水的泡沫也落了一浴缸。一朵一朵地漂在水面上，像虚幻的花。母亲坐在花里，有点儿不像是母亲了。

泥蛋儿又哒哒哒地跑了进来。

奶奶坐在奶油里啦！他喊着，就凑过来用小手去掬泡沫。

这可不能吃。母亲慌忙说。

我知道！我又不傻！他想把泡沫往母亲脸上抹，又够不到，差点儿跌进浴缸里。我只好用湿淋淋的手一把抱住他。

你也脱光光吧，和奶奶一起洗。

我不！我不和女生一起洗澡！

我和母亲一起大笑起来。

俺泥蛋儿多乖，都能分清男女呢。

原本就得意扬扬的泥蛋儿更得意扬扬，他指着母亲的乳房说：奶奶，你也有咪咪！

母亲笑得合不拢嘴。招呼他：吃奶不吃？

我才不吃！我从来不吃！

咦，你可不知道你那时候吃得多欢！

你胡说！你胡说！

泥蛋儿朝母亲撩着水，母亲也朝他撩着水，祖孙两个闹得不亦乐乎。不一会儿，泥蛋儿也就湿淋淋的了。我干脆擒拿着他，把他剥了个一干二净，飞快地给他冲了个澡。刚给他洗好，弟弟也回来了，我们俩在卫生间门口，一里一外，把泥蛋儿给交接了过去。

给泥蛋儿冲澡的时候，母亲就那么盯着泥蛋儿，简直都舍不得眨眼睛。

母亲的第二次中风，就是因为泥蛋儿。这事儿说起来，其实也跟人家泥蛋儿没啥关系。在我大嫂怀我大侄子——也就是母亲的大孙子时，母亲去邻村的观音庙里上了香。她说那个庙里的观音就是灵，当然也是因为她诚心诚意地跪够了一个时辰的缘故，所以才得了大孙子。因此呢，她认为小娜怀泥蛋儿的时候，她也有必要再去上上香。在我们的坚决反对下，她做了暂时的表面的妥协，到底还是趁大哥不注意，自己偷偷跑了去，跪够了一个时辰，起来的时候就又犯了病。那时已是深秋，霜降刚过。

那一次，我们谁都没有埋怨她。有什么可埋怨的呢？埋怨又有什么用呢？

我能生个儿子，也是因为您跪了吧？过了很久之后，我和她开玩笑。当然我也得到了意料之中的回答：这可不能居功。我可没跪。要跪也是你婆婆去跪，人家是当奶奶的嘛。我去跪个啥？

因为把最小的泥蛋儿放在了心尖尖儿上，母亲有时候说话就会失了分寸。我们几个都常给她一些零花钱，这些年她大概存下了有三四万，对这钱的归属她早就宣扬过，说，那都是泥蛋儿的，你们可谁都甭想。这话惹得大嫂和小娜都不大高兴。大嫂不高兴她偏心，说，偏就偏呗，面儿上咋也得平嘛，赤裸裸地偏了小孙子，把大孙子往哪儿搁？小娜不高兴的是，又没多少钱，显得咱沾多少光似的。我可不想承老太太这人情，实在是犯不着。妯娌俩都有理。我们也只能承认，老太太是有些老糊涂了。

母亲的皮肤上已经有了一层薄薄的灰白膜，看样子是"恶服"好了。我便开始给母亲搓澡。先从脖子搓起。她脖子下深深的颈纹一道叠着一道，像是起了皱的棉布。我尽力把纹撑展，一下接着一下，慢慢儿地搓。

你轻点儿，当我是搓衣板呀。

我便把手劲儿放得更轻些。其实我都没怎么敢使劲儿了。如今的母亲比以前瘦多了，也更容易疼。

搓完脖颈，我开始搓胳膊。很快，灰白色的泥垢便滚成了一小条一小条，有点儿像是……像是什么呢？对，像是炒熟的碾馔。碾馔，如今知道这种东西的人恐怕不多了吧，更别说吃过了。碾馔用的食材就是已经饱满却还没有变坚实的青麦粒，把这种青麦粒放到石磨上去碾，一遍一遍地碾，碾成青绿色的小条条，这就成了碾馔。母亲炒碾馔的时候，会放很多大蒜。有时候再奢侈一点儿，会再破个鸡蛋，那更是清香四溢。

背还是重中之重，需用的时间最长。母亲的背并不是那么宽阔，却也得让我搓上好大一会儿。搓着的时候，像是在锄地，像是在给庄稼松土，像是玉米出苗后给它们间苗。需要搓两遍。先是从上往下搓，然后从下往上搓。以前，我只是从上往下搓，母亲总觉得不够过瘾，嫌太顺当了，就要让我从下往上再搓一遍。我便听她的，从下往上再倒搓一遍。这样搓完之后，母亲方才觉得圆满。

搓着搓着，母亲的背就有点儿红了。如果她的皮肤很白的话，如我的皮肤一样白的话，那此时应该是很红很红的，可是她的背，因为苍老的缘故，因为黑的缘故，只是显得有一点儿红。

背上搓下来的"碾馔"也最多。缤缤纷纷地落下，颇有规模。母亲身上还能搓下这么多"碾馔"，这真好，真好。在欣悦的同时，我的心里也有一个黑黢黢的地方正在塌陷：真怕母亲身上能搓下的

"碾馔"越来越少，越来越少——这简直是一定的。甚至有一天，再也没有了"碾馔"，就像一块土地停止了对麦子的生长提供养分。那就意味着，我再也没有老娘了啊。

妈，我都好几年没吃碾馔了。

咋想起这口儿了？母亲道，要吃也得等明年的新麦啦。

五

二十多年前，母亲也曾给我搓过一次背的。迄今为止，那是我记忆里最深刻的一次搓背，因为疼。那时我还没结婚，刚上了班没多久，有一次，往老家打电话，母亲在电话那边喜滋滋地告诉我，镇上新开了一家澡堂子，"可卓了"。卓，这也是我们老家方言，很漂亮、很不错的意思。不久，我回去看她，就带她去镇上洗澡。澡堂果然很"卓"，居然还开设有包间。我想要个包间，母亲不肯，说，别烧包了。你刚上班，才挣下几个？省下那钱，买点儿啥不好？

于是就去洗大间。已是初冬，又是周末，洗澡的人还挺多的。熙熙攘攘的裸体中，母亲一层一层地脱着衣裳，也不大敢看别人，神情很是羞赧。我三下两下脱光后，就去帮她脱，她一把把我推开，说：别管我。我只好等她脱完，然后给她把衣服归置到柜子里，又给她拿来拖鞋，扶着她走进浴室，让她先进池子里"恶服"，母亲一进池子就碰见了邻村的熟人，那个老太太也是闺女带着来洗澡的。母亲和她热络地聊着天，才渐渐自如起来。

等我在淋浴间洗完，母亲也在大池子里"恶服"好了。我把她从池子里扶出来，给她搓背。那时候的她，还只需要搓背。那时候的她，背厚实得像案板。那时候的她，总是让我使劲儿再使劲儿。那时候的母亲，还很年轻，那么那么年轻。

给母亲搓完之后，轮到母亲给我搓了。她可是真下力气啊。搓了第一下，我忍着。第二下，就忍不住了，我说：疼。母亲说：恁娇气。第三下的时候，我从她手掌心里逃了出来，说：别搓了，太疼了。母亲说，不这么着哪能搓干净呢？我说，反正我不搓，你快把我的皮给搓掉了。就是那一次，我的背当时就被母亲搓出了一道道的血印子，之后还结了一层薄薄的痂。我给母亲看，母亲还是那句话：恁娇气。

母亲其实用不着搓澡巾。她的手掌就像一块搓澡巾。

姑姑，你在干什么？换过衣裳的泥蛋儿又进来了。

给我妈妈搓澡呀。

我也想搓！

不行！

为什么？

因为这是我的妈妈呀。我的妈妈，就只能我来搓。

泥蛋儿乌溜溜的眼睛瞪着我。

你等你妈妈回来，给你妈妈搓就好了呀。

哦——

你姑姑诳你的。母亲朝着泥蛋儿伸出左手，说，俺泥蛋儿真孝，恁大点儿就知道给奶奶搓澡，来，来搓两把。

泥蛋儿就猴上来。我只好抱着他，让他学着我的样子，在母亲背上搓了几把。

搓得恁卓。俺泥蛋儿恁仁义，恁乖。

记得回头给你妈妈搓澡呀。

孩子都得给妈妈搓澡吗？

对呀。

哦。

搓够了，泥蛋儿又跑了出去，只听到他大声喊：爸爸，你为什么偷懒，不给你妈妈搓澡！

和母亲笑了一会儿，我继续给母亲搓。搓她的腋下，搓她的两肋，搓她的乳房。褪掉她的内裤，搓她的肚子、她的小腹……她的身上有很多疤。大大小小的，都有缘故。小腹上那道长长的疤，是生完弟弟，做结扎手术留下的。左大腿上有几个耙齿痕印，是20世纪80年代初，刚分地没多久，大哥借了"小四轮"耙地，大哥开车，母亲就站在耙上压耙。耙在土地上跌宕起伏，把母亲撂倒了，母亲的左腿被耙齿耙住，她大声喊着，可是"小四轮"的声音更响亮，大哥根本听不见。直到邻地界干活儿的人觉出了异样才把母亲解救了出来。左手腕上的小疤，是那年父亲得了癌症，母亲病急乱投医，在一个"野先儿"那里求了药，还按吩咐放自己的血做药引子，原本只是咬手指放血，嫌放得少，也放得慢，就割了自己的腕，倒是放得足了，差点儿没止住。右乳正上方那个小疤呢，则是她自己用铁棍烙的。那里不知什么时候起长了个软软的小肉瘤——后来我确认了一下，那叫皮赘。她听人说用烧红了的铁棍烙掉就行，居然就真的那么做了。而且居然真的也没事，只是留了这么一个小疤。她对此很是得意。

这么想起来，母亲倒是没有因我留过疤——唉，她眉心的那个小圆疤，我怎么给忘了呢？那是母亲怀我的时候营养不良，月份越大越难熬，在家里纳着鞋底都能晕倒，一头磕碰在了桌角上，伤好后就有了这个疤。后来讲起这事，她还挺有幽默感地说，都说怀闺女的娘更俊，敢情俺闺女就是叫俺这么俊的呀。

最后搓的，自然是母亲的脚。母亲的脚，左大拇指有点儿歪，因为十来年前骨折过。当时她正在做晚饭，猛听见大孙子在门口号哭，就慌忙往外跑，跑得太急，就被门槛绊了一下，把大拇指给绊折了。她当时根本没在意，直到实在不能忍了才去让村里的赤脚医生给看一下，上了点儿跌打损伤的药。定型之后，大拇指就成了这个样子。

没啥，又不妨碍干活儿。她说。好像这世上最重要的、最要紧的事情，就是能干活儿。

六

给母亲搓好了第一遍，再搓第二遍。第二遍，灰白的"碾馔"就少多了，只是零零星星的几小条了。

第二遍搓完。母亲道：这可搓净了，哪个汗毛眼儿都在出气儿呢。

要把浴缸洗一遍才能再换水。怕母亲在浴缸边沿儿坐不稳，我便把弟弟叫了进来。我把浴巾围拢在母亲腰间，母亲用左手紧紧地捏住浴巾两端的合口。我扶住母亲，叫弟弟去洗浴缸。弟弟埋下头，唰唰唰地清洗着浴缸里的污垢。薄薄的属于母亲的污垢。

搓出这些腌臜物，能上几亩地了。母亲说。这个"上"，是给地上粪的意思。

弟弟把污垢刷干净后，又用花洒把浴缸冲了又冲，冲了又冲，仿佛想要冲出一个最新的浴缸。

中了，二小，这还不干净？还能咋干净？费水。老贵。这些个水，也能浇老大一片地了。

在郑州，母亲的思维永远是要和豫北老家对比着来的。听小娜说菜价，她会说老家这些菜一块钱能买一大兜。听小娜说电费，她会说这一个月电费够村里谁谁谁一年的了。有一次，说得小娜不耐烦，就说她：老家是农村，这儿可是省会。母亲竟然接话道：叫我说，为啥叫省会，就是因为啥都恁贵，更得省着。省会省会，省着就会，不省不会。此妙语一出，遂成了我们家里的金句。

水能有多贵！弟弟说。他不抬头，闷闷的，口气有些凶。

你看看你这孩儿。都说不当家不知柴米贵，你这都当家多少年了，还不知道柴米贵？还恁不识说。恶声恶气的，还吃人咬人哩。

弟弟抬起头看着母亲，嘿嘿嘿地憨笑着，那样子比泥蛋儿还呆萌。

妈，你可真会给人安罪名呀。弟弟说。

母亲也笑了，说：我自己的孩儿，那还不是想咋说就咋说！

刷干净后，我和弟弟扶着母亲——弟弟几乎是半抱着母亲——让她重新在浴缸里坐好。在这个过程中，母亲一直用左手紧紧地捏住浴巾两端的合口，生怕浴巾掉了似的，直到弟弟出去才松开。

母亲坐稳妥之后，我开始放新水。水哗哗地流着，水位一点一点地上升着，像是正在生长的柔软水晶。母亲就坐在正生长着的柔软水晶里，微微闭着眼睛，似乎是要睡着了。

我一边往母亲身上撩着水，一边有一搭没一搭地逗她说话：

妈，早些年，你跟我爸都咋洗澡啊？

汉们讲究啥，咋着都能洗。夏天河里洗，冬天烧盆热水抹抹搓搓就中了。我就是在家洗，咱那个大红盆，用了多少年。

妈，咱们今年过年去旅游吧？别在家招待亲戚了，老烦人。

那可不中。大大长长的一年，不待亲戚？跟亲戚们说甭来啦，俺要去外头耍？那可不中。

妈，要是真让你挑个地方去耍，你想去哪儿？

真要叫我挑呀……她忽然有些不好意思地抿了抿嘴：想去南京和北京。说起来，你在北京上的大学，二小在南京上的大学，村里可有人问呢，南京啥样？北京啥样？还怪想说说嘴呢。

那为啥哪回叫你去你都犟着不去？！我气得把毛巾摔到了浴缸里。

你个龟孙。说闲话哩，咋还恼了？母亲睁开了眼睛，倒是笑了：如今说想去，算是迟了？

不迟！我恶狠狠地说；等过完了年，天一暖和了就去！

唉，不去了，我也就是说说。看景不如听景……

必须去！

中中中，去去去。

……

水放够了。无须再搓，我便用毛巾轻轻地擦着母亲。擦她的大腿，擦她的大腿根儿，擦她的屁股，擦她的膝盖，擦她有些僵硬萎缩的右腿……擦着我能擦到的她的一切，她的松懈的下垂的一切。

再次擦胸乳时，视线向下，我看见了母亲的小腹。累累垂垂的横纹，如同一条条微型的道路，黄中带褐的肤色恰如土地，道路的颜色则要深一些。道路中间的阴影时宽时窄。小腹之下的阴部毛发，则是如雪如盐的纯白。

似乎是打了个盹儿，母亲突然闪了一下，睁开了眼睛。

妈，咋样？洗好了吧？

可好了。

卓吧？

可卓了。她满足地叹了口气，说，都说有闺女给洗大澡是福气，叫我说，能洗上这小澡才是福气哩。

又胡说了！

——老家规矩，临终前用清水抹洗全身，就叫洗大澡。这是女儿们要做的事。

我喊着弟弟，让他过来。弟弟进门的时候，母亲喊了一声：嘿！我扭头，看见她指着浴巾。可是这时弟弟已经进来了。他走到母亲身边，想要去扶母亲，母亲把他划拉开，等我拿着浴巾过来，又给她围拢到腰上，才让弟弟架到她的胳膊下。

母亲说，看看我这一身水，别弄你身上。

没事儿。弟弟说。我能听出来，他肯定是哭了。

穿心莲

· 常小琥 ·

焦武和李可在床上正亲热到关键地方，前妻这时打来电话："姓焦的！你女儿正在找你的路上，她身上还带了一把刀……"焦武一听前妻声音立刻软了下来，他看看手机上的日期，转头就问李可："你丫怎么也不提醒我？"此刻李可双手死死地攥住被子，两眼瞪着屋顶。她说："今天是我的排卵日，你要敢下床，那咱俩就别过了。"

　　焦武捡起地上一件真丝质地、黑白相间的条纹连衣裙，扔到她身上。她里面还是光着的。"赶紧穿吧，出去转悠一圈。"李可坐了起来，露出一对坚挺饱满的小乳房。她把连衣裙套好，戴上黑框眼镜，看见窗外天空阴沉沉的，云灰得发青，于是"哎"了两声，叫住已经走到卫生间的焦武。

　　"每次我都要躲。"

　　焦武在脸颊处抹了啫喱味的泡沫，瞥了一眼光着脚的愠怒的李可。

　　"别臭来劲。"

　　"我的孩子怎么办，还要我等到什么时候？"

　　"不愿意等滚蛋。"他攥着刮胡刀，走到厨房去，不由自主地挤了她一下。

厨房没有镜子，他只能瞎刮，同时耗到她走。然而一阵抽水马桶声响过后，李可又跟过来。

"你丫还没完了？"

"我煲了一宿的粥！"她吼叫起来，令他割破了脸。

两人打开灯，并肩而坐，在暗淡的客厅快速喝下烫粥。

"钱准备好了？"焦武问，声音客气许多。

"电视柜下面第二个抽屉，那是我刚取的奖金。"李可的嗓音带有轻微沙哑，听起来有气无力的。

"下月一起还你。"焦武擦了擦脸上的血道，鸡冠子一样的乱发左右晃动。

"她不会真带着刀吧……"

"喝你的粥吧。"

"钱给到什么时候，我不为难你。只是她下次再来，能不能约到外面去。"

屋里异常憋闷，加上被烫粥熏到，李可吸了吸鼻子，像是感冒了。

"不能。"焦武一口把烫粥喝完，又去拿她那碗。"你走的时候带上点儿伞。"

"你还想让我在外面待多久啊？"

她抬头看他站起来，粥还剩下小半碗就被倒掉了。

每过半年，焦海莲要来拿一次生活费。焦武以为只要把李可打发出去，女儿就不知道他已经有女人了。然而每次来这里，她都会碰见她，要么在小区超市门口，要么在单元楼下的健身器旁，要么干脆是在楼道台阶上。李可抽烟、发愣、走来走去。焦海莲眼里，这个白皮肤、赭色烫发、戴牛角框眼镜的安静女人，尽管穿着朴素随意，却有些书卷气质，像学校里那些女生向往长大后的样子。焦海莲从来都是拿钱走人，除了"谢谢"，她不和焦武多说一个字，甚至不叫他一声"爸"。很快她就会从屋里出来，然后见李可绕上一圈后再往回走。那间屋子显然是有女主人的痕迹，经历过男人之后，焦海莲对此了然于心。她觉得他们俩这一套特傻。

焦武家住在自新路一栋简易楼里，顶层最把边那间，三十多平方米。他总说这是自己留给女儿唯一的东西，她在这里有单独的房间，有时髦的床和衣柜，她可以随时回来住。可是每次见面，两人一个坐在靠窗的布艺沙发上抽烟，一个远远地背靠屋门玩手机，仿佛中间埋着地雷。焦武会尽量拖着不给钱，因为钱一到她手里，又是大半年里见不到人。半年是个有趣的时间段，他可以在女儿身上发现一些变化，每次都像是在重新认识她。嗯，她长高了、她知道忍了、她开始文身了、她学会抽烟了……他还发现她长着和自己如出一辙的深眼窝，眼眸更如新疆女人般大且多色，婴儿肥的白脸盘上是黑茸茸的假睫毛和辣椒色嘴唇。那副小鹰钩鼻，更是他们姓焦的标志。当他看够了，仿佛这钱才算值回来了。直到得知她怀孕了，还拿着钱去做了人流，焦武才不再整这么多没用的。

这一次他就没有废话连篇，她也没玩手机。短暂静默中，仅能听到天边闷雷在响。他把钱放到腿边茶几上，叫她来拿，其实还是想仔细看看女儿。而她只是压低黑色遮阳帽，没有再动。"听说你身上带着刀子，站那么远，学他妈荆轲呢？这钱多了一点儿，知道你毕业了，去买件正经衣服，面试用得上。"她像只萎靡的猫一样挪动身子，焦武眼睛对准她迟疑拖沓的脚步，随后抬头盯着脸使劲看。

"你把头给我仰起来，帽子给我摘了！"当女儿站到他身前，脸显露在天光映照下，他弹了起来，见她左眼到额角间爬有黄锈般的伤痕。她咬着牙又把帽子摘掉，一半的脑袋没有头发，上面盖着方块纱布。"这你妈的谁干的！"

"我妈。"她把帽子重新戴上，遮住半张脸。好像是自己犯了错。

"丫疯了吧？"焦武攥紧右拳，话从牙缝里挤出来，"哪能照脑袋上打！"

"不是打我，是拿缝纫剪划的。"她轻轻皱眉，不太耐烦地解释，"她要自杀。"

焦武瞬间蔫了下来，望着女儿欲言又止。她被他看得浑身不自在，扭头向周围瞅起来。

"还疼不疼了？"

"也疼，也不疼。"

李可不明白为什么这次雨都下了半天，焦武女儿却还不出来。她先是去水果摊买了半个西瓜、一盒杨梅和两串奶葡萄，又撑着灰伞，沿小区那条狭窄的健康道绕圈。当凉鞋被雨水浸透，脚趾沾上许多树叶，手臂也勒出了红印，李可坐在湿漉漉的长椅上抽烟，同时担心起会不会出什么事儿。烟都抽完后，看到焦武回了信息，她就一手扶伞，一手剥杨梅和奶葡萄吃，接着是啃西瓜。进出的人都会看她的脸，看那把摇摇欲坠的灰伞。很快李可嘴里泛酸，可她吃得更加坚决，一度连眼泪也憋了出来。直到雨水细如发丝，天色几近全暗，她才感到肚子胀得厉害，周身散发着腐臭的甜味。她扶正笨重的镜框，把西瓜皮用力塞进垃圾桶里。

李可掏钥匙时，焦武把门打开了。她一进客厅就说："我连内衣都湿了。"焦武却小声讲起女儿的事，他打算让她在这儿住上一阵子。李可伸头看向卧室，衣柜镜子里见到戴遮阳帽的女孩侧影。因为不能去取衣服换，她全身止不住地打哆嗦。

"焦武，我还是不是这个家的人？"

他使劲挤眼，没明白过味。

"你跟我商量了吗？"

"我这不是正和你商量吗？"

"这也叫商量？她在屋里，我在门口，这叫商量吗？"焦武用身体挡住李可，令她只能直立在门前。李可被这个下意识动作刺激到了，温润目光里透出恨意。

"你这么大人跟一孩子较什么劲？"

"我较劲？你是把你孩子盼回来了，那我呢？我他妈的特意去B超室照出来排卵期，跟护士长请一天的假就这么白白浪费掉了！"她使劲推他，自己反被身后的门把顶了一下腰。

"我懂了！你是想赶我走，好把你老婆接回来一家团聚。"

"神经病！有那念头我用等到现在？我要去找医院带她去做整形，这孩子马上得参加招聘，不能影响她找工作啊，这时候我不管她谁管她？"

"那我问你，我睡在哪儿？我问你我睡在哪儿？"李可目光游移，鼻音加重。

"你丫爱睡哪儿睡哪儿！"两人用恶毒却又极低的语调"商量"。"你让我说，你们睡卧室，我在客厅打地铺！"

"我和她睡一张床？"

"那怎么了，你不是一直嚷嚷着要见她吗，这不就见了吗？还是脸贴着脸。"

"这么个见法？"李可像是自言自语。她急忙推了推眼镜，理理头发，又看看落汤鸡一样的身体。

"我总是觉得，她头上那一剪子，其实是替我挨的。等她面试完，估计也就走了。"焦武叹了口气，仿佛女儿已经走了，"你帮她，就是帮我。"

李可重新拿起伞，推门就走。

"走了你丫就别回来！"焦武追到楼道，大声喊。

"我买菜去！"李可说。

焦海莲告诉焦武，妈总是会毫无征兆地袭击她，扇耳光、捶后背，或者直接上脚，有时候正在说说笑笑中，脸立刻冷酷下来，像变了个人似的盯着她。焦海莲讲话口气轻松，僵直的目光却呆怔地投向地上。在一种灰度的氛围里，焦武看到她脸上的黄色伤痕格外鲜艳。他一直把烟咬在嘴里，却没有点火。早年他和前妻在女儿面前常用最难听的话去骂对方，接着就是动手、动刀子，一次比一次熟练。记得有一回他要还手，女儿在沙发上一边摇着小脑袋，一边对他摆手，哭着说"爸爸不要"。如今他是躲了，可是那个情景每天都会跟着他，不论女儿样貌发生多大变化，他想到的还是她那一幕。

焦海莲本想问清，这间房子到底还属不属于她，这时李可却端菜进来，讲出那句刺心的"你把这里当成自己家一样"。那晚她做了叉烧鸭肉、虾皮油菜、干煸豆角和摊鸡蛋，三人坐在一张表皮翘裂的折叠桌前。桌子可以是圆的，也可以是方的。那是焦武结婚时在市场买的，裂缝是妈打架时拿菜刀剁的。焦海莲总去看那道裂缝，像是在认多年未见的朋友。上方一盏喇叭口吊灯，发出米黄色的光，令饭菜上的热气在眼前舞动。那道裂痕，也被照得黑亮如浆。整顿饭她只夹了两个虾皮，能嚼半天。无须用眼睛观察，她就能感觉出李可是个好女人，可她能做到最友好的举动，也只有沉默。她无法不提醒自己要和妈妈保持一致，尤其别再提起家里的生活。连同对这一桌子饭菜，最好也视而不见。这时焦武伸手去摘她的帽子，"李阿姨是宣武医院护士，让她给你看看伤口。""我的伤口已经好了。"焦海莲甩头躲开。李可低头夹菜，装听不见。

三个人以不同的动作幅度吃饭，中间李可和焦武女儿有过眼神触碰，足够两个女人交换心意，算是对之前的多次相遇回以认可，之后谁也不必提及。焦武反复地问李可，豆角要炒多久才熟、叉烧鸭在哪儿买的、摊鸡蛋焖锅了没有。如果是平时，她会立即叫他把嘴闭上，而此刻坐在这里，她完全不知道自己是什么身份，并且越想越觉得自己才是个外来者。如果不是焦武女儿在场，她会猛灌几听啤酒，然后打几个嗝，上床哭一鼻子，结束这糟糕的一天。

李可告诉焦海莲，卫生间有一次性的洗漱用具。她在客厅要先给焦武铺好被褥，即便眼下已是夏季，她仍然加了一层毛毯，再把沙发的竹席拼上去。两人盘腿坐在地上，由于视角变化，刚好能看见窗外的铅色月光，看见玻璃门上的姑娘身影。"客厅让你这么一弄，有点儿住在日本的感觉，还有穿堂风吹，舒服。"焦武看起来很兴奋。因为眼镜滑了下来，李可仰起脸，低着眼皮瞧他："看你这意思，是打算在地上睡一辈子了，小心风吹后腰，落下病根。"

女儿回到卧室后，焦武示意李可跟过去看看，这种场合她这个"身份不定"者反而更需要兼顾两头。在卧室她看到焦海莲一直站在墙角，紧靠着那张圆桌。李可爬上床，换新床单。"你别介意，我并没有洁癖。""没有关系。"焦海莲说，她把帽子也摘了下来。即便干了多年医护工作，可是目光掠过之际，李可还是被那张年轻又怪异的脸吓到了。

为掩饰失态，她迅速拿起手机给自己上闹铃。"医院上班早，我六点起床。"说到这她对着时钟叹了口气，屏幕显示距离起床的时间所剩无几。"我把闹铃调小，你可以吗？"焦海莲点头。

"你躺在里面，还是外面？"李可打开衣柜，弯腰去抽下边的毛巾被。这时焦海莲看见柜子的储物格里，有好几件婴儿连体衣，花花绿绿，被整齐地叠放成一摞。李可不见回答，再次问她："想好了吗，你睡哪里？"这时焦海莲忽然转身跑出卧室，即便站在门口的焦武挡住去路，也被她用坚硬的拳头给捶开了。看到焦海莲莫名其妙地打开门锁，冲了出去，李可跟到楼道，才意识到自己只穿着睡衣。她转身去叫焦武，"你还愣着？赶紧追啊！"焦武笑笑，低下头，让李可把门关上，问道："你排卵日现在过去了吗？"

在连路灯都已熄灭的自新路，忘记拿走帽子的焦海莲，裸露着伤口、光着脚拼命奔跑。地上传来沉重却悄无声息的震颤，可直达心底。她跑过少年宫，跑过万寿西宫，跑过法源寺，跑过半步桥小学，每一个焦武曾经带领她一起走过的地方，仿佛怎么跑都跑不完，同时又全部隐匿在黑夜中。只有自己的身影在脚下不断被拉长、压扁、重叠和分离。

次日焦海莲把关帅约到一家咖啡店内，见面时他身上穿着玫红色制服，金色方形纽扣、墨黑衣领——半小时后他要回到对面的维也纳酒店接晚班。坐在这里他总被认为是咖啡店的伙计，听到人们对他吆来喝去。

这个大她一年级的男孩，有张瘦长且五官立体的脸，那双深邃的眼睛，以及讲话时慵懒世故的语调很讨女孩子喜欢。他侧身坐在焦海莲对面，表情木然，仿佛随时就要离开。

"你用不着怕，我不是来讹你的，也不想跟你扯什么责任。"焦海莲瞪着他，努力让自己像大人一样讲话，"这种折腾，我禁得起。"

"我有什么好怕的。"关帅嘴里嘟囔，身子悄悄坐正，"迟早你会明白，我才是最爱你的。"

焦海莲低头顿了一会儿。由于帽檐遮挡，关帅只能看见她紧绷的嘴。

"你妈真是个狠人。"

"不说这个。听说你那单位属于央企？"她问，"给得多吗？"

"水利部下属酒店！开玩笑。"关帅故意扬起音调，引别人注意，"四星级。"

"你怎么能去那么好的地方？"

"你还要负责收拾桌子？"

关帅扑哧笑了，随后很严肃地低头看了看身上的制服，或者说是审视。

"对。那上面全是没有动过的大鱼大肉、好烟好酒。用不了多久我们就能把桌子收拾个精光，第二天都不会感觉到饿。"

"你去那里吃剩菜啊！"焦海莲一脸错愕。

"开始我也这么想。后来我问自己，什么叫剩菜？领班说，如果不是在维也纳上班，我一辈子都吃不到这些东西。"关帅舔了舔嘴唇，眉毛一挑，"今天晚上还是那些领导签单，我们又能享受一次了。"

焦海莲想结束这个话题，她感到有些恶心。

"我昨天去找我爸了。"

"哦。"关帅身子前倾，脸贴过来，"跟他提房子的事了？"

焦海莲摇头。

"那你干什么去了？"

"你叫我怎么提？我见到了他现在的老婆，我们还一起吃了饭。我想她已经怀孕了，难道让我把他们从家里赶出去？那是我爸啊。"

"看不出你还有一副菩萨心肠，脑袋被戳成这样你爸看到了吗？谁管你啊？"关帅斜着脑袋，用指关节叩响桌子，"迷途知返吧，人家和你已经没什么关系了。他有了新老婆，有了新孩子，他们才是利益共同体。"

"利益共同体？"她费解地看着他。

"对。你那个家早就不存在了。他给你钱也好，留你吃饭也好，那就是为了堵你的嘴，让你不好再提房子。将来你们总是要形同陌路的，因为一切关系都是基于共同利益而存在，你对他还有什么用？"

"他早上给我打电话，要带我去医院修复伤口。"

男孩愣了一下。

"你怎么说？"

"我说不必了。其实我还没有想好。"

"去啊，为什么不去？"关帅耸了耸肩，摆出不可思议的样子，"真要修复的话那可不是你能搞定的，借机出来跟他聊聊房子的事儿，等他真有了新孩子，那房子和你彻底拜拜了。别再错过机会了！"

"昨晚有一刻，忽然觉得其实我很需要依赖他，我很久都没有过这种感觉了。"她循着记忆，在大口吸气中，艰难讲出每一个字。仿佛为此感到自责，"不过我还是跑出来了，也没有拿他的钱。"

"牛。"关帅朝她竖起拇指，同时看了一眼手机。

焦海莲起身去卫生间。站到洗手池前，她对着镜子摘下遮阳帽，把纱布揭下来看，那地方疼的感觉有些不对劲。她拧开水龙头，捂着脸拼力忍住不哭出来，就要忍不住时她抽了自己一个耳光。然后感觉好多了。

"你那里有什么来钱快的路子吗？"再次坐回来时，焦海莲面目一新，"我实在不想住我妈那儿了。"

"等你伤彻底好了，来我家住，我爸妈已经把你当女儿看了。"关帅说。

"住你家？继续和你父母一帘之隔，和你睡在地上？"

"我家可是木地板。"关帅有点急了，"我总不能把他们赶到地上去睡吧。"

她想说什么，嘴张开却没有出声。

"我得走了。"关帅站起来，俯视着焦海莲，"我回店里帮你问问领班儿，维也纳还缺不缺人，她和我关系不错。"

"去那里做什么？吃剩菜吗？不必了。"

他伸出胳膊想摸她的手。

"你要是没想好，就先住你爸那儿。正好容我一段时间，反正店里也要去学校招聘的。"

她把手从桌上撤回来，夹在两腿中间。

"这是真的不必了。"

李可安排父女俩去她们本院的整形科。候诊时，焦海莲对面坐着个和她年纪相仿的女孩。对方整张脸都肿了起来，显然正处于整容后的恢复期，旁边女人在和护士交谈，可听见母女俩是来削下颌角的。女人还要抽脂，说脂肪不要浪费，直接填充进自己的胸部。如果效果明显，还想让女儿也做一个，然后她就可以去美国留学了。那女孩像是见到怪物一样盯着焦海莲看，她也抬起脸瞪了回去。

大夫揭开女儿头上的纱布时，焦武才真正看见她的伤口里面。他背过身，心像被刀片刮似的一缩一缩，全身还跟着发麻。

"你这里因为感染过，疤痕上的毛囊基本都坏死了。"听见大夫说话，焦武立即转回身子。"至于黄色部分是皮下出血后，血液里的铁跑出来，氧化的样子。这种开放性创伤的增生痕迹，是永久的。"

大夫把纱布还给焦海莲，摆弄起电脑，她则无动于衷地贴到头上，戴好帽子。

"有两种治疗方案，一种是植皮，一种是打水。"

见父女俩都没应声，大夫把屏幕转向外面，招呼他们过来看。

"植皮，顾名思义，是把你身体另一块皮肤的正常组织，补到伤口处，就像植发一样。这方案的优点是周期短、花费少。"

"效果怎么样？"焦武问。

大夫没有回答，而是用力敲击鼠标，他们随即在屏幕上看到一个又一个烧伤小孩的照片。碗大的疤爬在每个人身上，坚固得倒像是屏幕上的污垢。

"缺点就是效果一般，她这块疤痕还不一定成活。而且用那边的好皮去补这边的坏皮，那边还会造成新的伤口。"

"这照片是术前还是术后的？"焦武又问。

"术后。"大夫回答。

焦武不再说话，焦海莲则坐回椅子上。

"第二种方案，也是我要推荐给你们的最先进疗法，往伤口里埋一个扩张器，定期往里面打水。"很快，屏幕上的病人变成脖子扛着桶状肉瘤，接着是扛在后脑勺上、耳朵根下面，甚至连鬓角都鼓了起来。"这方案优点是愈后基本看不出旧伤，问题是需要你花更多的时间和精力。因为那么老大的扩张器，一打水全撑起来，她脖子上要顶七八个月的大鼓包。再说价格也要贵得多。"

焦海莲不再理会他们。透过铁栅栏，她确实看见几个肉瘤压在脖子上的女孩，低着头，迈着小步子，像接受刑罚一样，正在后院走来走去。

"多少钱？"焦武撅着屁股，还在分辨着术前术后的对比照片。

"十几万吧。你们每个星期要过来打两次水，所以最好在后院的小区租个房子，她到处走的话很容易吓到正常人……"

大夫话没讲完，焦海莲就站起了身子，理都不理焦武，大步走出去。

她闯过红灯，冲向马路对面的公交站。焦武紧跟在她身后，引得一串汽车长按起喇叭。他看着一辆辆陌生的公交车进站，不知女儿打算上哪趟车。

"这里没有车是到自新路啊。"

"我要回家。"

焦武听出她要坐相反方向的车去找她妈。

"钱的问题我去想办法。"

"这不是钱的事儿。"她说，"你觉得我是个怪物吗？你把我带到这种地方。"

"你就听我的吧，这是一辈子的大事！"

"这是我的脸！我听你的干什么？我看自己挺顺眼的。"

一辆多节车厢的公交车，七扭八歪地拐进站，焦海莲向前一步。

"你看着顺眼管用吗？是用人单位领导面试你！"他在她身后喊。

她并没有让他上车，他像是等待口令一样仰着头，两腿不由自主地在挪步。

"我有我的办法！"焦海莲喊了回去。

车里车外，众人侧目。

车里很挤，也没有空调，开到手帕口桥的铁道口时，还被迫停下来等火车。一小时后，火车仍不见来，车内已变成桑拿房，司机打开车门喊，谁着急可以下车！焦海莲有座位坐，焦武站她身边，手臂向前扒住横杆，同时用力顶住其他人身体。他脸上的汗顺着脖子，滴到她帽子上，但两人都不知道。

"我不做整形。"她看着车窗外面，一张张千篇一律的人脸。

"什么？"焦武弯下身，汗脸凑到她面前。

"我不需要整形。既然这道疤怎么盖也盖不住，我反而觉得没有什么，它已经成了我身体的一部分，这是事实，怎么也去不掉的！我要适应它。"

"这就是你的办法？那你戴他妈的帽子干什么？"焦武直起身，用嘴比画了个"丫挺的"口型。

毫无征兆中，焦海莲摘掉帽子，引得车上人纷纷看向她那块扎眼的白纱布和一片秃发。焦武拼命去夺女儿帽子，却还是被她手腕一扬，把帽子扔出车外。接着她推开他，再次离开座位，挤下了车。

伴着"火车就要开过来"的警报声，焦武又跟了出来。

他看见焦海莲在前面把纱布一扔，头也不回地直奔铁轨。

这时远远可见乌黑的火车头正在驶来。焦海莲迅速钻过护栏，像兔子一样蹦跶过了铁轨。到了另一头，她才意识到又忘记提房子的事儿了。叹了一口气后，她转过身，此刻夕阳耀眼，大地一片金红。

趁着火车还未进站，焦武作势也要跟着钻过护栏，正在进退两难之际，他听见对面传来女儿喊声。焦武眯起眼睛，努力在密密麻麻的人群中，在叮叮当当的警报中，辨认女儿。

"你别过来！这个疤你修不了啦！"她对他喊，声音不大，却很清楚，"你早干什么去啦？"

不等声音消散，谁也没注意到另一列火车，忽然间从反方向疾驰而过，像拉幕一样，将女儿彻底挡住。

之后焦海莲忙着独自准备简历、独自参加就业分配家长会、独自在眼花缭乱的企业名单中辨清她人生的方向。第一轮进校招聘的是维也纳酒店、建设银行、四通公司和同仁医院等几家央企和国营单位。然而焦海莲头部和脸上的伤口，那块仿佛要故意露出的伤口，令她看上去有些古怪，加之她身上还背着一个处分，老师根本没有给她面试资格。她每天和班里的差生们，在没有老师的课堂上自习。

当其他人围坐着打牌、抽烟、喝酒，她则坐在角落处，低头对着精心准备的简历练习自我介绍，并且等面试回来的同学聊心得聊待遇，看他们一天要赶三场面试。

渐渐地开始有同学穿着职业装，回学校交接收证明、看老师、发糖，开始有人拿第一笔工资请客。和焦海莲一起上课的差生，也变得越来越少，三两个同学在教室里故意坐得很远。第二轮面试过后，整个教室就只剩下她一个人，对着黑板上过期的招聘时间表上课。尽管早没人管她的考勤了，她每天还是会背着书包、捧着简历、顶着头上的伤疤，走进教学楼，和回来取档案的同学擦身而过。

焦武是被老师请到学校的，当他透过门上的副窗，亲眼看到女儿的处境，并且询问怎么会这样时，得到的答复是"她到底怎么回事，家长还不清楚吗？"听到后焦武紧咬嘴唇，眼珠锃亮，当然他忍住了。随后他推开门，横着走进教室，站到讲台处，面前所有椅子都倒扣在桌上，只有焦海莲独自坐在中间。焦武一时找不到走近她的路径，父女俩像是被无数铁栏阻隔。

"跟我走吧。"他说。

"老师把你叫来，说明再也等不到要我的地方了吧？"

"那倒不会。我这就去堵校长办公室，你去不去？"

他感到女儿长大许多，那身校服显得不再配得上她了。只是那块秃噜着的伤口，和四周支棱起来的头发，在西晒下依旧刺眼。

"其实你比我还着急。"焦海莲抬眼直视前面，却不看黑板前的焦武，"是因为找什么单位无所谓，只要我早一天上班，早一天挣钱，你也好早一天甩掉我这个包袱。不用再担心我什么时候过来找你，因为我和你不再是利益共同体了。"

随着突然一阵"咣咣当当"的巨响，焦海莲紧闭起眼睛，头向后一缩。

"去你妈的！"焦武举起一把椅子，砸倒周围一大片，身前变得豁然开阔。"这都是谁教你的？"

"你心虚了？"焦海莲睁开眼睛看他，缓慢却用力地点头，"行，承认就好。只要你当我面承认，为了尽早了却你这个心愿，我可以样样都听你的。"

"可以，这个简单。"焦武咬牙切齿，气喘吁吁地看着女儿，他鼓起的眼珠上分泌出黄褐色液体，又是一脚踹倒身边的课桌，"我他妈的认了行不行！"

父女俩走进教师办公室，和其他两个学生家长站在一起，开小型家长会。

"全校最后没人要的，就你们三个学生。"屋内有一长条沙发，可是没人去坐。老师扫视众人，不断拍击桌面，痛心疾首状，"就你们三个。寒不寒碜？"

焦武瞥见其他家长点头，自己也跟着点头。

"你们的处分是在档案里的，哪个用人单位想要这种孩子？不对，是员工。"家长们陷入沉默，有个孩子铁硬着脸孔，眼向上翻，泪向下落。"你们有两个选择，要么参加第三轮招聘，要么晚一年结业，等着跟下一届学生一起分配。"

"我们参加第三轮招聘。"

就在别的家长犹豫之际，焦武脱口而出，他再去看女儿，她也默许了。

"好，我们也不想她白耗一年。而且焦海莲的情况比较特殊。"老师把注意力集中到父女俩身上，朝她的脑袋上指着，"她本来是有机会的，可你看看实际情况，当家长的不关心，谁还能改变她什么？第三轮招聘就不会有太好的地方，你们要有思想准备，而且人家也不来学校，她要自己过去面试。"

　　焦武十指并拢，攥成一个拳头，使劲笑，接着又去按女儿后脖颈，让她鞠躬。

　　"快谢谢老师。"

　　她紧绷着嘴，垂头弯腰：

　　"谢谢老师。"

　　回到家里，李可为焦海莲挑了一个假发髻，还把在"两会"当保健护士时穿的西服借给她。焦海莲站在穿衣镜前，看着被假发和西服包裹的自己，显得不知所措。老师会打电话通知他们，焦武则负责骑自行车跟着女儿一起面试。同时李可意外地发现，他居然还学会做早点了。当然，主要不是为了她。

　　那个季节，自新路两旁的紫花槐长势极盛，翅膀状花叶在路上方交织成彩色的网，黄昏时刻，更显密密疏疏，碎叶半空。父女俩在其中并肩前行，把自新路的单位全扫了一遍。女儿面试时，焦武就在街边抽烟，找不到地方了，他们就去网吧，然后赶赴下一个目的地。那几天焦武话特别多，边说还要边看着她，有一次在路上她倒是骑过去了，他的前轮却撞到一辆汽车屁股上。她两腿划地，倒退回来，见焦武和车主赔笑："对不住哥们儿，我太久没和闺女在一起了，心里高兴得忘记看路了。"

如果在公交车上，她还会遭遇到已经上班的同学。对方难免过来打个招呼，聊上两句。某次她去面试的单位，正好是同学所在的下级部门，而这位同学是负责把关的人。中途还没到站，她就下车了，焦武只好也跟着下来，看她硬着头皮步行过去。老师的通知总像是临时决定的一样，面试要么是明天一早，要么是当天下午。有时上午面试完了，刚进家门，又接到电话，来不及吃饭，父女俩还得出去。有一次赶上个下雨天，派到她头上的地方是废品回收中心，焦武想把电话抢过来说，这个不去了。但是他没有，拒绝学校意味着不想要毕业证了。后来他看着洋溢着青春气息的女儿，衣着隆重、不声不响地走进那地上满是积水的大门，里面的人也都在看她。

　　"怎么样？"焦海莲出来时，焦武问她。

　　"我被录用了。"她低头说。

　　焦武用脚碾灭烟头，点点头。

　　"我们去吃维也纳吧，那里也对外营业。"

　　焦海莲一愣，使劲摇头。

　　"是我想吃，我请客。"

　　父女俩一前一后，步入维也纳的中餐厅里。桌子很大，将他们隔得很远，中间站着关帅。焦武打开菜单后，深吸一口气，又翻来覆去地看起来。整个餐厅里最便宜的是一道凉菜——"凉拌穿心莲"，98元。

　　"一碗酸辣汤，一盘穿心莲……"

　　"我不饿。"焦海莲说。

　　焦武重重地合上菜单，笑容勉强。

"还有吗？"关帅接过菜单，仍然要问。

"没有了。"

焦武衣服里藏了一瓶"红星小二"，趁关帅走远，迅速咬开，倒进茶杯里闷了一口，又显出得意神色。

"你要是跑这儿摆阔来了，我还是走吧。"焦海莲说。

"这顿饭，你得吃。"焦武说。

关帅端着一盆酸辣汤过来传菜。

"总是要庆贺一下。"隔着关帅，焦武看女儿，"废品回收中心，你想好了吗？"

"我有什么好想的？"

焦武点头，眼睛辣出眼泪，像好久不喝酒一样。好半天，憋出一个"也好"。

焦海莲一动不动。

"那是我以前的单位，我想实在没有出路，就替你求情进到里面，好歹可以旱涝保收。没想到绕一大圈，你还是回来了。"

关帅又把一盘穿心莲，放在两人中间。

"还是委屈你了。"焦武用手摸着脑门，像是在看自己发烧没有。眼珠子却盯着那盘凉菜，那道菜又绿又亮，像是微缩盆栽一样，令人不舍得下筷子。

"谢谢你这么说。"

焦海莲仰起脸，口气生硬，随后留下焦武，起身走干。

在过道里，关帅截住她。

"你真去干废品回收？"

"让开。"

"你听你爸的？"他指着在前厅那张巨大桌子旁，不停喝酒的焦武，瞪着她看，"你瞧他那德行。"

焦海莲没有去看。

他递给她一张纸条，上面有一串网址和电话。

焦海莲没有去接。

"这公司正在网上公开招聘，待遇和岗位条件写得很清楚，你回去可以上网查查，做证券软件的。"

"你让我不跟学校分配？如果被老师知道，我就没有退路了。"

"你不是着急挣钱吗，要那么多退路干什么？我看准了，以后是金融和互联网的天下，中央电视台的财经节目都在用他们的炒股软件。你想去废品站，什么时候都可以去，没人拦着你。"

焦海莲把纸条塞进兜里，低着头说"多谢了"。

"你跟你爸提房子的事了吗？"

"他们并没有孩子。"

"你丫真是很傻很天真。带着你爸赶紧走吧，别在这儿寒碜了。"

"多少钱，我叫他结账。"

"结他妈屁，我跟哥们儿说了，这桌人是我媳妇，谁也别管。"

焦海莲坐回去时，焦武已经醉了。她独自把整盆酸辣汤一口一口喝干净，那盘穿心莲，也被她一片叶子都没剩下，全部嚼碎，咽了下去。

焦武酒醒后，得知女儿要去的是什么软件公司，脸上现出异样。这家单位并不属于学校介绍，同时离家实在太远，她需要先后穿过宣武区、西城区和海淀区，和家里居然相距四十公里，而且方位上完全是个大吊角。要知道，焦武半辈子都没走出过自新路，她却要每天往返在三个区之间上班？不过焦武没有反对，他本想建议这种节外生枝的事别让学校知道，可连这他也没有说，因为女儿看上去什么也听不进去了，并且明说不需要他再跟着。对于她不去废品回收站这件事，焦武心里竟然还有些遗憾，他对自己会有这种想法感到厌恶，就像酒还没醒透一样。

焦海莲一不认识路，二没有收到面试邀请，可这些都没有影响她的决心，对她来说，这才是一场面试，一场真正的面试。胜龙科技在海淀区车公庄西路，算上走过的冤枉路，她一共骑了两个多小时的车。那天风刮得特别邪性，无论往哪个方向骑都是顶风，空气卷扬着沙土，树也被吹得摇摇欲坠，整个人呼吸起来却还格外憋闷，像被浸在水里。至于天色一整天就没见过光亮，由远及近皆是墨黑云层，出门恨不得要打手电筒。最后焦海莲是推着车走到这家公司的，她闭着眼睛，累得苦胆都快吐出来了。当她看到巨大的"胜龙科技"四个红字时，整个人要绷直身体，头仰成直角，望着那栋三十层高的大厦顶端。

走进大堂后，焦海莲死活鼓捣不好那个智控电梯，很快令保安注意到她。对方径直走来，她以为自己会被轰走，慌乱中，主动开口问胜龙科技在哪一层。保安看着她，随即按下按钮，请她去显示出的C座电梯门，胜龙科技在27层。

心跳随着电梯的升高而加剧，她在里面，有失重感。再睁开眼，迎面透过一扇自动玻璃门，可见里面坐着一位漂亮的前台职员。焦海莲道明来意后，对方客气地问她是否收到面试邮件，她想了想，如实回答没有。"可我非常适合你们的要求，实在不想错过这个机会。"前台笑着愣住片刻，这片刻对她来说已像是在做梦。没想到前台同意她坐休息间等候，还给她倒了茶水，随后去叫部门主管。

焦海莲对着茶杯发怔，她一个身背处分的问题学生，一个头顶伤疤的单亲女孩，一个要进废品回收站的待业青年，居然坐在这么漂亮的办公楼里。走到这一步，这场面试对她来说已成为唤醒生命的战斗，想到这就连身体都跟着轻微发抖。

一个瘦小男人在远处叫了她的名字，她抬起头，他笑着示意她来会议室。主管是上海人，有着明显的南方人相貌，目光锐利，高鼻梁、高颧骨、厚嘴唇，白色衬衫，袖口挽起，实干家做派。他始终大度地看着她，任由焦海莲介绍自己，她用尽一切能量，把在脑海里想象过无数次的语言，把对工作、生活以及对未来的设想，毫无保留地倾诉给主管。这令对方认真地看起简历，并且随之陷入沉思。接着她不知不觉地把焦武，把那个零碎不全的家也讲出来，甚至包括自己的全部遭遇，她发现她心跳过快，嘴已经停不下来了。她一边说，一边瞄向27层楼的外面，整座城市的天空已经阴云压境，有雨点在敲击窗子，似乎暗示她时间所剩不多。她说起此刻能坐在这里，能独自支撑这么久的面试，是从没想过的。她没有被保安轰走、没有被前台拦下，这本身就是奇迹。

"保安怎么回事我不知道，不过前台没有拦你，是因为她也刚来上班。我会罚她的。"主管笑着点头，示意她喝水。"你为什么不等邮件就来这里？我只是想搞清楚，是不是公司邮箱出了问题。另外你可能没看清，这个岗位只招男性。"

"我本以为性别要求并不重要。"

主管笑着低下眼皮摇头，显出无可奈何。

"这个岗位要对上市公司的全部财务报表进行录入，工作压力巨大，经常要加班，所以是否男性至关重要。"

焦海莲仍没有走的意思，她请他至少问一个问题。对方顿了一会儿，收起笑容。

"外面下雨了，你家离公司远不远？"

焦海莲点了点头，"四十公里吧。"主管眼睛张大了一圈。

他送她到公司门口，走出去时她又转身回来，向前台要了支笔。

"我可以留个手机号吗？如果有变化随时可以打给我。"

"可以。"然而主管那副表情明明在说，即便你留了我也不会打给你。

焦海莲站在大厦门口，仰头看雨势越下越大。这时手机振动响起，她急忙掏出来看，才知道是焦武打过来的，他问她那边雨大不大。"人家没有录用我。"她说。焦武没有听清，让她等雨停了再回来。挂电话前，他忽然特别平静地告诉她，"咱们还是按原计划回来上班吧。"

随后焦海莲跑进一家复印店，她的简历都用光了，需要重新复印几份。这时外面暴雨如注，她盯着自己的简历和照片，它们正被一页一页地复印出来。即便这次没有成功，她也不想再听从学校分配，她觉得自己一下子被打开了。她想得很投入，以至于手机再次振动时，也没有理会。

她知道是老师再次打来分配工作的，她还没想好怎么拒绝。此时街边，她的自行车已经倒在地上，像一匹濒死的斑马。她坐在复印店门口的台阶上，假发和西服都已湿透。她拿出手机，编辑了一条短信给焦武："你把我生成男的就好了。"之后她看到同样的陌生号码打进来三次，焦海莲回拨过去，听见那边的电话语音"兴业胜龙科技有限公司……"

焦海莲疯了一样冲进雨里，扶起自行车，她拼命地向前蹬车，无论是多急的拐弯、上坡还是下坡，仿佛都影响不了她郁积已久的那股劲儿。沿途经过月坛桥下时，路边已有树干折倒。她却越骑越用力，在瓢泼般的雨水里，她肆意大叫、畅快呼吸，不顾雨水打进她的眼睛和舌头上。就这样被雨浇着骑了四十公里回到了家。焦武打开房门时，看见地上全都是水，湿透的女儿正站在面前，周身发亮。

焦海莲试用期工资是两千五，算上补贴可以达到三千，当时即便学校分配到最好的国企，那些学生会干部、学生党员或者各班班长，也只有两千。焦海莲把工资全留给母亲，因为焦武家位置更近，她平时可以回他那里。焦武没有说话，倒是李可带她去商场买了两件合身的时装，她说，不换衣服去上班，给人印象不好。

那半年试用期里，焦海莲拼命工作，可恰好由于这种心情，她录入的报表总要被主管发现错误，并且指出她对数据毫无感觉。这令她常以懊悔的心情结束每天工作。主管也始终刻意保持距离，不再有面试时的客气，甚至对她有点冷漠。然而焦海莲最大的问题，还是往返公司的那四小时骑行距离。上班途中她差点被右拐的公交车从身上轧过去，晚上经过铁道边还有野狗发光的眼珠等着，如果碰到雪天，她更要骑得像表演单车特技一样小心，只求不要摔倒。

那晚在骑了近三小时的雪路后，焦海莲终于到达小区门口，她试图蹬过一片冰面时，听见焦武在身后喊她，回头间，前轮打滑，连人带车栽倒在冰面。

吃饭时焦武抽着烟，目不转睛地看着筷子在女儿擦伤的手里发抖，看得眼圈都红了。

"我想买辆车。"焦武帮她夹菜，话却是对李可说的。另一头的李可把盛了一半的饭停下来，碗放到自己面前，看着。

"我想给家里添一辆车。"焦武继续补充。他弹掉烟灰，依旧不看李可，"我打听了，花乡二手车市场有过了报废期的夏利，才卖三四千块钱。"

李可两手已从桌上退了下来，背靠椅子，也点起烟。

"我车本儿拿下来这么多年，你也没动过买车的念头。"

透过眼镜，她冷冷地看着满桌烟雾，盖过饭菜的热气。

"之所以买车，我是想私下拉活儿，挣点外快。"焦武拉起长音讲话，脸上不再耐烦，"你们医院放个屁工夫就到了，你不是用不上嘛。"

"我又没有问你。你愿意说就说，不愿意说就吃你的饭！"

李可语气罕见强硬，令父女俩都有点不太好意思。

"我明天回我妈那儿住。"焦海莲用力把饭咽下去，着急讲话，"这几天看了看地图，她那边可以先骑到快速公交，坐到宣武门后再倒地铁，换乘到一号线。出来后我再上一辆公交车，两站地就到了。"

焦武吐一口烟，不再言语。三人继续吃饭。

夜里，李可和焦武睡在客厅地上，焦海莲独自在床上睡。

"你想什么我会不知道？三千块钱的黑车，你能拉个屁活儿。"月光下，两人在被子里说话，"现在好了，她不住这儿，我看你还买不买车。"

"为什么不买？你听她说的那叫上班吗？那是参加奥运会吧，

还是铁人三项。"焦武闭着眼嘀咕。

"咱俩将心比心吧，既然你当面提出来了，我也不能驳你。但是我要什么你得给够了，答不答应，你自己看着办吧。"

很快在卧室里，焦海莲就等到了时而轻软、时而粗重的喘气声在交替传来。像是故意要让她听到一样。

焦武买下的是一辆浅黄色夏利，除了破旧、漏油和噪声大之外，助力系统还坏掉了，这令整部车显得十分倦怠。越是要拐小弯，焦武就越要紧咬牙关，双臂使出开垃圾车的劲儿，像扳阀门一样去扳方向盘。好在这辆车自带一个步话机，他可以把它拿在嘴边说点什么，让街上行人和其他车主都听见，他要开过来了。于是从家到地铁的这段路程，焦武像玩赛车游戏一样威风且粗野，不是随意并线就是逆行，甚至连红灯他都敢闯，其他车都要离这辆夏利远远的。焦海莲则必须闭紧眼睛，攥着安全带，焦武会叫她下车。到了晚上回家，街上变得空空荡荡的时候，他反而把车开得很慢，还会拿着步话机，唱起一首老歌，焦海莲绷住不笑，假装睡着。

"你那里，好像不怎么明显了。"焦武咳嗽两下，显得比白天逆行还要紧张，"等头发再长一点，去烫一烫，就一点儿都看不见了。"

"那是你每天都能见到我，感觉不出来而已。外人还是一眼就能看出来的。"

她抬起头，看看焦武，感觉他有些奇怪。

"我这车开到你们公司没问题的。"

"算了吧，那条路，我自己走。"焦海莲继续闭上眼睛，"你送不了我太远的，你知道吧。"

有时候焦海莲也会和李可聊上几句，某个下午，她把假发髻还给了她。随后用电脑放起焦武唱过的老歌，两人错身相对，在尘埃一般的夕阳下，安静地听。

　　"这歌我知道。可我从没听他唱过，也没法想象他怎么开车唱歌。"李可语气讪讪，情绪低沉。

　　"我也没想过，他会是现在这个样子。"焦海莲把声音调小，"当初在家里，他可是用啤酒瓶凿我妈，用开水浇电视机的主儿。"

　　"他以前打过你？"李可打量着她。

　　"忘了。你不用装不知道，你们俩早就好上了。"

　　"对不起。"

　　歌声结束，屋里氛围凝滞。

　　"我记得他玩牌赌瘾特大，后来还碰过吗？"焦海莲转头问她。

　　"没有了。"李可轻轻摇头，不去看她。像在躲避审视。

　　焦海莲苦笑。

　　"不可思议，赌瘾还能戒掉。你们两个为了能结婚，牺牲很多吧。"

　　"我们还没结婚。后来你爸戒毒，也不是因为我。"

　　"你不会是想说，这些都是因为我吧。"

　　李可看着她，两人终于目光相接。焦海莲从兜里掏出香烟，抽出一根递给她。

　　李可看了看烟，又看了看她，顿了好一会儿也没有去接。

　　"谢谢。我怀孕了。"

　　焦海莲和关帅再次见面，两人是在维也纳咖啡厅的操作间里。关帅大口嚼着从客人桌上撤回的培根三明治，他让她跟着吃另一羊。

那客人因为沙拉酱味道太重，并没有碰盘子里的东西。

"我打算租个房子，你帮我留意一下，越便宜越好。"焦海莲看着那块留给她的三明治说，"你知道，我的钱还要给我妈。"

关帅一边把嘴角的沙拉酱抹到舌头上，一边点头。

"你就这么放过他们了？天底下哪有这么便宜的事儿。"

"搬出来住，对大家都有好处。"

"好处？"关帅把盘子又往她面前一推，不以为然地笑，"如果这是在做生意，你这就算被吞并了。你看我已经和这儿的领导称兄道弟，所以在客房部值班时，我可以利用系统的漏洞把房间隐藏起来，然后私下挂到外网，租给来打炮的男女。一个月能多挣六万块，分给弟兄们后，还有三万是我的。这他妈的才叫好处。"

焦海莲拿起自己那块三明治，沙拉酱很快流到她手心上。

"领班跟我说他在天津有个项目，按照那儿的商业模式，只要交纳一笔会费，组织就会帮你发展下线，下线的下线还能继续拉人，上缴的大头归你。"

"下线？你说的是传销吧。"

"你别管它叫什么，总之这模式能一本万利。领班已经做到五星级家长了，开奔驰车、住别墅区。"

"家长？"

"没错，在组织里他是我家长。酒店的位子不过是他巴结部里领导、结交商界精英的一个渠道。我会和他去看项目，你如果有兴趣，不如我们做合伙人。干成了，别说是租房，买房都可以。干不成就当是过去玩一趟，反正也不用多少钱。"

焦海莲咬了一口三明治，边嚼边想，她确实饿了。

"会费多少钱？"

"一个人头五万。"

"五万？"

关帅用那双深情的眼睛，注视着她，仿佛看到更诱人的食物。

"亲爱的。你整天录入上市公司信息，那些股票也要先花钱买啊。你们学校是白给你介绍工作吗？你交培训费、实习费，一个人头校长能提两万，卖的就是你啊。就连你妈你爸，养你也是一种投资。一切都是生意。可是在组织里，你会遇到很多相同经历的兄妹，有让你住的家，有管你的家长，大家在一起洗衣烧菜。我是看你有成功的潜力，才把这个千载难逢的机会告诉你，等你也做到管理层，就算躺在家里都有人替你挣钱。那时候你爸才会明白，失去你有多傻。"

"有很多相同经历的人？"

"是的。比起来，那里更像个家的样子。"

焦海莲把三明治全部塞进嘴里，她的嘴撑起了一个大鼓包，这令她的样子看上去有些古怪。关帅伸手擦掉她嘴边的面包屑，又拿玻璃杯去水龙头那里接水。

"不过你这么白白走掉，恐怕很难再要回那个房子了。你不想给自己留个转机吗？"他背对着她说。

"我不明白。"

"这有什么不明白的，那个小崽子，你得找个机会。"关帅的声音变得微乎其微，以至于那些话仿佛是在焦海莲的脑子里转，"就像当初你对自己做过的，简单、干净、无痛。"

焦海莲得到正式合同的那天，也是主管正式离职的一天，她在公司坐到天黑，不肯离去。部门已被打散，她会并入营销小组，新主管给她的条件是，开拓西北市场，同时降低岗位工资，加大提成比重。对于没有任何资源和经验的她来说，这无异于逼她离职。

焦武打来电话，他的车就停在楼下。她靠在27层窗边，勉强找到地上那个圆圆的小黄点。"不是不让你接我吗，一个来回的油钱，抵我一天工资了。""助力我修好了。就是想让你看看，我这车能开这么远。"焦武说。

车踩下一脚油，才往前蹿一下，坐久了，她有点想吐。挡风玻璃已经发花，路灯打在上面，像是斑驳的琥珀，金灿灿的。这时主管发来短信："当初面试结束，我回去告诉同事，我在你身上看到了年轻时的我。不论今后做什么，别忘了这四十公里路的执着。"

焦海莲摇下车窗，手伸出去，感觉风在指尖缭绕，感觉一切都在过去。

"给我回来。"焦武快速地瞥了她一下。

"我准备租房子住，准备去外地看看。"

焦武装听不见。

"给你们腾地方。"她脸别过去说。

"我以为你会回你妈那儿。当年知青返城，我和她被各自的家庭拒之门外，那个年代的事你无法理解。现在她精神不好，你应该回到她身边。"

"你为什么不回她那儿！"焦海莲转过头来，恶狠狠地看他，"我每次回去，都希望你能和我一起，我们三个能坐在一起！"

被她这么一咋呼，焦武的车熄火了，趴在菜户营桥下，护城河边，怎么也打不着。他必须把头伸到副驾驶下，焦海莲放脚的地方，把电打火线接在一起。

"你们为什么要结婚，为什么要生我？"

"不生你厂子怎么分房！"焦武放弃了打着车的努力，气急败坏地把话甩出。

"所以你们是为分房才要我，别再说什么这房子属于我！没什么是属于我的！"

焦海莲摔门而去。焦武跟下车，又不能走远，他站在车头前，看着女儿背影。

"过来把车推起来啊，至少你今晚要回去住吧。"

她转过身，五官蹙到一起，脚跺着地走回来。

"你以为我愿意见你？每次我缺钱，她就打发我，'缺钱管你爸要去，他欠你的！'这时候她倒挺清醒。我跟她嚷，'喂，我他妈的被判给了你，他都不要我了，你还让我管他要钱，我还要不要脸啊？'我不敢去找你要钱啊，我怕你也不给我钱，我怕你是真的不要我！"

在镜面一般平滑的护城河边，在暗幽幽的冷月光下，焦海莲像是一人分饰两角，声嘶力竭地自言自语。那张失控的惨白的脸，令焦武万箭穿心。他终于明白为什么前妻说，女儿是带刀找他的了。

焦海莲再次转身离开时，像是夺路而逃。这次焦武没有喊她。

焦海莲跟关帅去天津之前，焦武提出要为她送行。到了北京南站，他把车停到地下车库后，却忽然又说不上去了，让李可替自己见她。

"我上去该说什么，要不要把她留下，你倒是给我个指示啊。"

"全看你。"焦武趴在方向盘上，像死猪一样。

"你这意思是我赶她走的？"李可把门踹开，两手拼力撑起身体下车，"操！"

会面约在火车站一家人来人往的饺子馆里，焦海莲和关帅的座位正对店门，方便认出每一个走进来的人。

"这可是千载难逢的机会，你什么都不用做。"他把一杯茶水推到她面前，若无其事地环看四周，"人来了以后，不论她讲什么，我们不听。只要看着她把这个喝了，咱俩抬屁股走人，一上火车，大功告成。"

焦海莲瞧了一眼那个杯子，和普通茶水没有区别，浑浊却可见底。

"她这个年纪怀孕，什么意外都是正常。"关帅对她耳语，她则重新戴上遮阳帽，她习惯这样的自己。"而且我保证她不会再有了。"

"你别说了。"

"她来了。"

焦海莲抬眼，见李可正朝他们走来。她身材虽然还没显怀，可是走路的步态格外小心，还用皮包护住肚子。同时目光坚定地看向她这边。

"李阿姨好。"两人同时站起。关帅问候，试图握手。

"你叫关帅？"李可问，看到关帅点头后，她反手就是一个巴掌扇过来。

猝不及防中，一声脆响，将吵闹的饺子馆，压得一阵安静。

"这是替她爸给你的。"李可面无表情地说。

随后三人坐下，关帅强作镇定，然而一贯的慵懒笑容不再，脸也完全红了。

“你们什么打算？”李可问。

“她以前的主管，回到上海做券商了，我们是去投奔他的。”

焦海莲没有开口，关帅替她给出答案。

李可看了看他，又看看焦海莲。

“麻烦你出去一下，我和她说点家事。”

焦海莲这才抬眼去看李可。并且错开身子，让关帅走开。

直到他捂着脸走出店门，李可还在盯着他。

“那小子讲瞎话不眨眼睛。”她终于恢复正常语气。

“我知道。我爸也是。”焦海莲不安地瞥着李可，她脸色很差，“他怎么没来？”

“他躲在地下车库。换成是我，我也不敢上来。”李可隐隐露出慈爱的目光，像在想着什么，这令两人得以在沉默间隙，缓一口气。

“你们到底去哪儿？天津？”李可突然发问。

“你偷看我手机？”

“不是故意的。我用电脑时，是那上面蹦出来的。”周围有人端着饺子经过，李可的手始终护在肚子上，“算了吧，传销组织难道比家还好吗？”

“家？谁的家？”焦海莲看着她，目光灼热。

李可错开脸，发现手边茶杯。

“我以为小孩出生后，会有个姐姐。”焦海莲没有吭声，李可慢慢地把茶杯握进手里，“现在看起来，确实像是大人欺负孩子。你不该走，如果你还是怨恨我，我把这杯茶喝了，就当是郑重对你道歉。”

李可艰难地把茶杯端到唇边，抬手要往嘴里送。

焦海莲转头，看到关帅正在店外的玻璃门前看着自己。她伸手打翻茶杯，茶水洒到李可手上、皮包上，以及肚子上。

"你不必道歉。还有，没人能欺负我。"

她低声把话说完后，拿起行李，擦身而过。

焦武像等待判决一样，闷头坐在车里。直到李可一人出现在车前，他知道女儿不会回来了。她敲了好几下车门，他才打开让她坐进来。

"她就是不肯原谅我。"李可强撑着情绪，不想影响到腹中孩子，可她无法阻止眼泪接连滑落，"连个道歉机会都不给我。"

"她要去哪儿，说了吗？"

"上海。"她擦拭着模糊的镜片，沙哑地挤出两个字。

"上海，上海比北京好，是不是？"焦武启动车子，开向通往车库出口的单行道，"她总是要走的对不对？总要走的，我们留得了这次，留不了下次。"

"你有话想对她说吗？我替你转达。"李可拿出手机，焦武目视前方，没有理她。夏利车进入等待开上出口的队伍，一辆辆漂亮车子，逐个开上一个足有40度角的长斜坡，下一辆车隔开一段距离，等在坡下。终于轮到焦武时，夏利车又熄火了，他怎么也打不着车。很快四周响起各种笛声，李可惶恐地看向车外，手里还攥着手机。

焦武拿起步话机，警告其他车主，老实等着。他的话音，一度盖过车笛声。

"你来开车，我下去推。"

"我开？我拿了车本后从来没动过车呀。"

李可打量着方向盘和挡把，临阵磨枪。

"油离配合，油离配合，记住这个就好，车子自己会开上去的。"

焦武下车前，李可拽住他的胳膊。

"你真没什么话和她说吗？我想她到了外地，会换手机号的。"

他仍然没有回答，而是走向车尾。无数远光灯照向他们，晃得李可睁不开眼。

她在后视镜上看着焦武，他整个人贴住后备厢，用头部、手掌和肩膀扛着车子。夏利车缓缓挪动起来，李可用脚反复轰着油门，很快便在车头上方看到斜坡尽头显出的半块光亮，接着她身体一震，头向后一仰，夏利车居然发动着了。

"海莲啊！一定把好方向啊！"李可以为自己听错了，伸头去找焦武，却听见他在车尾又喊出声，"别回头，把好方向啊！"

夏利车终于升起，开到一半地方，平稳而迅速。焦武还站在地下车库口，身后是悲壮的鸣笛声，和闪烁的远光灯，他望着夏利车变高变远，望着那个发亮的出口，大口喘气。

因食而遇

·女真·

那次与李桃约了吃饭地点和时间，我很开心。我俩至少半年没单独在一起吃过饭了。之前约过几次，不是她临时出差，就是我突然有会，还有一次王人杰临时去外地办案子，她得开车去桃仙机场，替王人杰接回国探亲的姑婆一家。总之聚一次不容易。想从前，李桃没结婚那会儿，"吃货二人组"每个月至少出去吃两三次，远远近近，适合闺蜜解馋又物美价廉的馆子，不说吃遍，至少像点样的我俩差不多都亲自考察过。后来别说消消停停吃顿饭，连通个电话都难得。真是太忙了。

　　婚前女友好闺蜜，再忙也要聚。约了去西塔吃冷面。冷面到处有，西塔的更地道，那里是朝鲜族聚居的地方，韩式料理远近闻名。伏天溽热，在空调冷风的吹拂下，烤肉加冷面，解馋又解饿，是不错的选择。想一想就有胃口。西塔在我俩单位中间，我坐公交直达，她开车也不算远。欧耶！

　　天气预报有小雨。我下班离开单位的时候，已经开始滴答雨点。这点困难不算啥，打伞就行。遇到困难的时候，可以想一想我俩那次堪称伟大的饭局——那年正月十五，下了一场多年未见的暴雪，雪积了一尺多厚，地面交通全部瘫痪。那时地铁还没通车呢，不像后来再遇到这种情况至少可以去挤地铁。在人行道上，每走一步，雪地靴就陷在积雪中。马路中间因为被机动车碾轧过，雪稍微硬实一些。车极少，虽然可以到马路中间走，但要特别小心打出溜滑。那天能不出门的都不出门，一些单位默许早退，那种情况下我俩竟然约了去喝羊汤。羊汤喝足、花卷吃饱，从热乎乎的羊肉馆子出来，往回走时，既没有公交的影儿，也打不到出租车，我俩愣是打着出溜滑走了五十分钟回到出租房。要不怎么叫闺蜜、叫"吃货二人组"呢——这绰号是王人杰起的，那时候他还没跟李桃结婚，刚有恋爱的苗头。周末他到我们住处，十回有八回碰上我们做了好吃的。包饺子、烙韭菜盒子这样的活，我和李桃配合起来既默契又熟练。通常她拌馅、我和面；她擀面皮，我包。有时候家里食材不全，或者我们忙了累了，没兴致下厨，通常就熊王人杰请客。订馆子、开心吃，王人杰买单。找的都是那种不贵又解馋的小馆子，不能让人家多破费呀。给王人杰的说辞是："咱细水长流，下回再吃。"

也不怪王人杰叫我们"吃货二人组"，我和李桃能住到一起，还真跟吃有关。那年我们一起参加新公务员培训，吃饭的时候，发现彼此打到盘子里的饭菜非常像。我俩都爱吃带馅的，包子、饺子、韭菜盒子都喜欢，也都爱吃麻辣烫。我俩的家都是外地的，单位没有宿舍，入职以后，我们在各自单位附近租房住。因为对胃口，能吃到一起，后来我们就共同租了一个套间，共用客厅和卫生间、厨房，每人一个单独卧室，直到她和王人杰结婚，我们才分开。她搬走以后住进来的90后小姑娘，很少在家里做饭吃，厨房成了我的私人领地。

李桃给我留言："出去吃点啥？我明晚有空。王人杰又要出门办案子。"

我做欣欣然拍手状、拥抱状，告诉她："必须有空。"

讨论去哪儿。三两个回合，定了吃冷面。天热，别的也吃不进去，冷面正好。李桃又说她有好消息要告诉我。我让她先"剧透"一下，她表示一定要当面奉告。

好吧。我不着急。吃冷面时再说。

定的馆子名叫"因食而遇"，以前我俩吃过一次，印象不错。这店名，在西塔一带，有些另类。这一带的馆子很多后面都带"烤肉"或者"冷面"字样，或者前缀"三千里""汉江""鸭绿江""首尔""平壤"……总之一看名字就知道有朝鲜民族特色，因食而遇这店名，用在别处更好吧。

管他呢，味道好、价格合适是正道。

刚到公交车站，马上来了一趟138路车，到西塔异常顺利，比约定的时间早了将近半小时。时间宽裕，我先去朝鲜百货大楼东边胡同里的农贸市场，买了朝鲜特色辣酱。一式两份，另一份给李桃带走。王人杰也爱吃这里的辣酱，这个我知道。我们三个在一起吃过很多次饭，李桃搬走以后，我和李桃单独再聚时，有一些话题就是她又发明了什么新菜式，王人杰口味有什么新变化。论朝鲜辣酱，这里的最地道。佐餐或者做辣白菜，都好。我拎着辣酱拐上西塔街时，雨点大了，关键是风很大，雨伞不太管用。幸好，再有一分多钟我就到地方了。

选了一个临窗的卡座，侧脸就可以看到小马路上行人打伞走路，也可以看到就餐的人开门进店。

穿着朝鲜民族服装的小姑娘过来点餐，我告诉她不急，先等等，还有一位客人未到。麻烦先来点水吧。对，要大麦茶。

这家的大麦茶好喝。醇厚，解腻，清口。我和李桃都不喝酒，这个正好。上次在这儿吃饭就喝的这个。如果王人杰也一起来，估计他会点大米酒喝。大米酒据说是这家的特色。王人杰有酒量，能喝酒。以前我们三个在一起吃饭的时候，他不喝酒，因为通常要开车，下班以后单位也可能突然来电话，随时要上岗。这会儿如果聚的话，也许他可以喝点，李桃拿下驾照已经两年，年初买了新车。

雨好像更大了。天气预报是小雨呀。是不是"强对流"？这词我好像最近几年才经常听说，以前没怎么在意。外面行人雨伞有被吹翻的。风大，雨点打在玻璃上啪啪响。幸好李桃开车，而且她胖，走路风也刮不动她。哈哈。待会儿跟她说这个，非得捶我，一边捶一边说你才胖呢。

已经到了约定时间，李桃还没到。我不急。李桃约会很守时，这会儿没到大概就是因为雨太大了。正是下班交通高峰，赶上下雨肯定更堵车。再说这一带停车不容易。再说李桃是新手，就是给她打电话她也不敢接。就不该给她打电话分散她精力。

陆续有客人进来。都不是李桃。晚到的隔壁已经上菜了，烤肉的香气在我身后弥漫。我听见他们大声聊天——大意是本来不想在外面吃饭的，被大雨隔在这里，顺道把饭吃了。等雨歇了再走。

雨不歇，一直下。天像被什么捅了窟窿。李桃还不到。我塞了耳机听音乐。肚子开始咕咕叫。来碗冷面先吃？好像不吃最好。挨吃会儿，饿不死人。但还是感觉有什么不对头。约会迟到，不是李桃风格。即便车堵得严重，按理她也会告诉我一声，至少我可以先点菜。我看了一眼手机，她没以任何方式给我留言。倒是几个群里热闹得很，朋友圈很多人在发堵车、积水的视频。果然是"强对流"

了，天气预报竟然没预报出来。晚高峰的时刻，这种突如其来的"强对流"真要命，幸好我出来得早。估计外面乱套了。窗外行人越来越少，哗哗的雨点敲打着窗户，叮当作响。下雹子了。

约定时间过了一个小时，我不得不给李桃打电话了。

电话不通。不是没人接，是忙音，打不通。

我怀疑自己是不是记错了日子，把约会时间搞混了。打开手机看一眼，确定没问题。我的记忆还没糟到这程度。又想是不是给王人杰打电话问一声。但王人杰出门去办案子，这个电话还是不打为好。万一警察同志这会儿仍旧有公务呢。警察"蹲坑"的时候，一个手机电话铃声很可能会打草惊蛇。咱不干招人烦的事。

手机快没电了，我找了个插座紧急充电。

又一阵无聊的等待之后，店里忽然一阵骚乱。用餐的，有几个人明显并没吃完，扔下餐具往外冲。外面雨水那么凶，他们干吗？我问点餐的姑娘，姑娘说："他们说去看热闹，北边铁路桥下边积水了，听说刚刚有车淹了，没顶了。朋友圈里疯转呢。"

小姑娘是朝鲜族，说汉语有一点生硬，但表达没问题。

我能听懂。

我身上开始突突。饿，血糖低了。但主要是紧张。那个跟我约了饭的人，李桃，她没按时出现。她来这里要经过铁路桥下。她开车了。手机打不通。我打开手机看朋友圈，很快找到几个发水的小视频。铁路桥下，本来是机动车道，在视频中已经是一片汪洋。一辆小轿车露着白色的车顶，眼看着淹没了，沉进了水里。地势高处，有人在围观。拍视频的，一定是围观的人。

我眼前发黑——李桃年初刚买的车，正是白色的呀。

像疯了一样，我也往外冲。

西塔街向北，过了铁路桥就是长江街。西塔街属于和平区，长江街属于皇姑区，两个区以铁道分界。李桃出事的地方，就在两条街交界的铁路桥下，也是两个区的交界处。桥下地势低，雨稍微大一点就积水，但那天的积水实在是太深了，机动车道全部淹没，机动车道与人行道之间的铁栏杆淹了一半，地势更高的人行道，积水没到我的膝盖。下水井早就满了，往上咕嘟咕嘟反臭水。大概那天雨水太急、太猛了，刚刚前面的车还能蹚水开过去，李桃开车正蹚水经过时，四面八方的水好像一下子就聚到一起了，大水很快就把一辆小汽车淹没，救援车赶到时，小车已经没影了。从长江街、西塔街汇流到一起的雨水，而不是长江的水，无情吞噬了李桃的车，我能说什么？！

关于那天的事情，我不愿意多说。

李桃走了以后，需要经过那个地方时，我绕着走。

我不敢回到那里。

李桃走了以后，我轻易不敢再去外面吃饭。或者说不愿意去外面吃饭。

总是忍不住想，如果那天我俩不是约了在西塔吃饭，而是别的什么地方，李桃就还会活着。多少次回忆，到底是谁先提议的去吃冷面？我记得好像是李桃，她说天热，没胃口，吃不下饭，要么就冷面吧。好像是这样。不敢去翻我俩的联系记录，我怕控制不住自己的情绪。不止一次想，如果我反对去吃冷面，不也是能逃过这劫吗？那天，这个城市遭遇了事先没有预报的"强对流"天气、无数下班的人被困在路上，许多车辆被雨水浸泡，但只有李桃的车被彻底吞没，只有她一个人丢了性命，这是为什么？那一天、那一刻、那个地方，为什么要让李桃赶上？

不想与任何人去外面吃饭。不愿意见人。

连在家里吃饭也不像从前那么认真了。

仍旧是一日三餐。但总是吃不下几口。

胃口没了。

都说我瘦了。以前我确实有些胖——我和李桃互相安慰说我们这叫丰腴，属于唐朝的美。经常喊减肥，但基本没什么效果。减肥首先要管住嘴，反正我管不住。美味那么多，凭什么不能吃？口头福也是福。

又开始有人给我介绍男朋友。过了三十岁，可供女人选择的对象越来越少。而当我过了三十五，基本上很少有人给我介绍了。忽然间又有人在这方面关心我，我猜人家可能是在怜悯。不会是因为我瘦了。介绍的全部都是离异男性。我见了其中两个，没有一点想继续交往下去的想法。到了这个年纪，何必勉强自己呢。

空余时间，四处看房子。工作以后一直租房子住，幻想着将来有了另一半，可以买一套两个人上班都方便的房子。或者男方万一有现房呢。我爸、我妈早就劝我买房子，自住加投资，他们答应出首付，我用公积金还款。他们还说，将来如果我结婚了，不再用这套房子，他们退休以后可以过来住，他们愿意跟闺女住得近一些，万一有个外孙或者外孙女需要他们带呢。我一直没太在意他们的劝说，对他们赤裸裸不加掩饰的逼婚不以为然。总觉得他们退休以后可以多做点自己喜欢的事情啊，何必早早就许了愿要来带孩子。再说我的另一半还没影儿呢。这次我终于下了决心。在离单位不远的地方，总统大厦的后身，买了面积六十多平方米的二手小房。是旧房子，但学区好。将来即便不用，也好出手。最大的优点当然是离我单位近。我每天走路上班，省了买车的钱，连公交车票都省了。冬天下雪，夏天下雨，雨雪再大，我也不会上班迟到，顶多打雨伞、湿鞋底呗。

最主要的是，搬离了跟李桃一起住过三年多的那处房子。

我不会忘记她，我想念她，但也许我应该少想起她几次。

生活总要继续。

房子过户手续办好，简单粉刷一下我就搬了。

处理完李桃后事，我再没跟王人杰主动联系过。

他也不联系我。

这样挺好。

李桃的事情，我以为王人杰也有责任。那次王人杰是临时替一个同事出差。如果他不出差，李桃就不可能约我出来吃饭，就能躲过那个时刻。但这话我说不出口。好像我不讲理。世上所有的果，都有不止一个因。一定是这样。不能把责任都推给王人杰。

李桃出事的时候，王人杰在广州。我站在铁路桥下，鞋子泡在雨水中给他打电话。打完这通悲伤的电话，手机彻底没电了。

第二天中午，他飞回来了。

当然悲痛。谁也不会想到出这种事情。

那又能怎么样呢？人已经没了。

我不主动给他打电话。他也不找我。我们俩彼此回避。大概都想尽量忘记李桃？虽然不可能忘掉。

所以，那次接到王人杰电话，确实在我意料之外。其实我已经睡下了。手机没静音，在夜晚响起来有些瘆人。我看了一下时间，是凌晨一点十五。

来电显示是王人杰。他要干吗？

我没接。我想静静。过了一会儿，又响。

好吧，我接了。听他说了一会儿话。前不着村，后不着店。终于，忍不住打断他："你喝酒了吧？喝了多少？"

不用他回答，我就知道他是喝酒了，喝大了。他说了一堆话。有的清楚，有的含混。一个半夜给人打电话的酒蒙子。如果是别人，这种电话我即便接了也会马上挂掉，其实更可能干脆就不接。但他是王人杰。李桃的王人杰。失去了李桃的王人杰。他在电话里几次说到了李桃的名字。所以我听了一会儿。最后狠心摁掉。关机。我想静静。虽然睡不着，但也不想再听到他的声音。说一堆废话有什么用？

第二天晚上七点多，我正在家里看电视新闻，电话响。看来电显示，又是王人杰。我接了，直接问他："你要干吗？"

王人杰说："对不起，我昨晚喝大了，断篇了。上午看了手机，有跟你的通话记录。那个时间，骚扰你，对不起。"

我能说什么呢？一个喝大了的、悲伤的男人。

王人杰说："我在你楼下，可以上楼吗？"

我告诉他我搬家了。已经不住那个老地方了。那地方他以前常去。我和李桃一起住的时候，他常来蹭饭。也请我俩一起下馆子。下馆子时当然是我蹭他和李桃的饭，我当过他俩的"灯泡"。

我想了想，告诉了他新地址。

半个小时以后，王人杰上楼。

人进来，先说："我还没吃晚饭。"

我煮了挂面。从冰箱里翻出一根旱黄瓜，切了丝，拌一点现成的炸鸡蛋酱。一个人过日子，吃饭越简单越好。鸡蛋酱百搭，拌面条、米饭，或者蘸酱吃点黄瓜、生菜，都方便。炸一碗酱，放冰箱里，吃一星期没问题。

这酷热的夏天，对我来说，也只有这个才能吃进几口吧。

我知道可能有点委屈王人杰了，他是个肉食动物，我见过他一个人吃了半只烤鸡。

但我没有心情给他整更复杂的。再说我冰箱里最荤的菜就是鸡蛋。

我记得，三年前的这一天，我和李桃约好了一起去吃冷面。

三年了。

又过了两年，我跟王人杰结婚了。

没大操大办。领了证，我俩就到一起了。

感觉自己像飞蛾扑火。

李桃当新娘子时，我是她的伴娘。李桃走后五年，我做了王人杰的再婚妻子。能来参加婚礼的，大部分都认识李桃，少部分既认识我也认识李桃。这婚礼怎么办呢？谁有心情去应对这种复杂又尴尬的情况？至少我觉得很难。

人杰说他尊重我的想法。他说怎么着都行。我猜他其实也跟我有一样的想法，但又不好意思先把话说出来，怕我万一不高兴。毕竟我是头一次结婚嘛。我们俩之间，有些话好像不能说透。说出来的话都是冰山上面的，冰山下面还有多少呢？谁知道。

我们把鸭绿江街的房子卖了。那里最早是人杰爸爸单位的福利房，人杰妈妈还在的时候，他们家住那儿。妈妈去世以后，人杰爸爸找了后老伴，后老伴房子大，有个小园子，人杰爸爸跟后老伴一起去住，陪后老伴一起种菜、种花。人杰跟李桃结婚，把老房子重新装修，做了婚房。他家里不是很富裕。妈妈癌症，治病花掉了家里的大部分积蓄。这次卖房子的钱拿来做首付，在人杰爸爸和后老伴住的那个小区，又买了一套比原来稍大点的房子。我的继婆婆，我随人杰，管她叫姨。她一双儿女都在加拿大，她也去过，但不习惯在国外定居生活。姨对我和人杰挺亲热，再三表示愿意我们住得离他们近些。

腾房子之前我去收拾了一次，在里面待了不到半小时。他们一起生活过的痕迹还在。窗帘是我陪李桃去五爱市场一起定做的。那只陶瓷的煲汤锅，是我单位工会发的，送给了李桃。衣柜里倒是没有李桃的衣服。李桃出事后，她妈妈来过，把李桃的衣物都带走了。但鞋柜里有李桃的拖鞋。屋子里灰尘挺大，墙角长了灰吊，厨房台面上有外卖的包装盒、塑料袋。做家务、搞卫生，肯定不是男人长项。人杰说那几年出差更频繁，单位只要有出差的任务，他抢着去。

工作忙是一方面，我猜他是不愿意一个人在家里。

李桃去世以后，王人杰处了一个女朋友，一个比我小三岁的在读女博士。

他主动告诉我的。

那时候他还没追求我，没说要跟我一起过日子。

李桃去世第四年，那个日子，我们俩在一起又吃过一次饭。

仍旧是在我家里。这次我事先准备了。

我做了四个菜，两荤两素。荤是杭椒牛柳、炖黄花鱼；素菜两个，一个黄瓜拉皮，另一个极简单，西红柿拌白糖。主食是米饭，煮的时候我加了红枣，还加了一点点橄榄油，这样煮出来的米饭亮汪汪的。杭椒牛柳其实简单，牛柳是在超市买煨好的，配了杭椒而已。炖黄花鱼是我的拿手菜，这道菜最主要的秘诀是不要放盐，也不要放水。盐完全用生抽代替，炖鱼时加啤酒，这样炖出来的鱼味道醇厚鲜美，跟米饭是绝配。

王人杰带来一瓶冰葡萄酒。

我准备了三只杯子。

我俩喝得很慢，没吃几口东西。主要是说话。

最后，王人杰把给李桃倒的那杯酒也喝掉了。

他处了女朋友的事情，就是那次告诉我的。

但他又说："感觉我跟她其实并不合适。人家研究学问，形而上、形而下什么的，我就一俗人，天天跟罪犯打交道，面对的多是社会的阴暗面。好像差距有点太大。你要是不嫌弃，要不，咱俩过吧？你想想？我觉着你做的饭真挺好吃的。"

我才不想呢。一个喝过酒的男人，说话能算数？

就因为我做的饭好吃而和女博士分手？又不是头一次吃我做的饭。这话也说得太不着调了。

再说，这中间还有李桃。

还有那个学哲学的我不认识的女博士。听说女博士也是难嫁的，能找到王人杰这种虽然丧偶但长相周正、脾气不算差的小警察，也不容易。何必坏人家的好事。咱也不是这样的人哪。

不可能。

我喝酒了，头晕，但脑子还清楚。

那次我跟王人杰在北陵公园里遛弯儿，迎面碰上一个健步走路的老先生，他主动跟我和王人杰热情打招呼说："你们好，好久不见！王人杰，你爸还好吧？"

　　他一定把我看成了李桃，我身上凉飕飕的，起了鸡皮疙瘩。我站在一旁看着王人杰跟他寒暄。人杰并没跟老先生解释我不是李桃，简单应付了几句拉着我赶紧离开。老先生是他爸爸的同事，参加过他和李桃的婚礼。那天我是伴娘，就是说我应该在婚礼上也见过他。但我没有印象。

　　他把我当成李桃。居然不知道李桃已经走了。

　　我几次想到这个事情。我们这座城市，几年前的一次"强对流"天气中，一辆小轿车在铁路桥下淹没了。很多人知道这件事，但绝大多数人不知道谁在开那辆车。包括一个参加了司机婚礼的人。人是遗忘的动物啊。每个人的生活都在一个很小的圈子里，圈子外面的事情，如果与己无关，其实等于没发生。

　　我这样想是不是有点唯心？

　　认识我和李桃的，有人说我俩长得像。个头差不多。说实话，都有点胖。或者往好听里说，我和李桃自诩的，是丰腴。我单位一个老大姐跟我开过玩笑："一看你就是80后，改革开放的成果在你们这代人的个头和体重上都能看出来。"然后她又自嘲："看看我，我们，一看就是60后，困难年代出生的，个子矮，身上没肉。没办法，这叫先天不足……"

　　我后来回想，虽然我跟李桃在一起住了好几年，我们很能吃到一起，但其实我俩在一起的合影照片并不多。我们共同的爱好是美食而不是拍照。平时出去，偶尔照相，我给她照，她给我照，单人的居多。我俩的合照，最多的是在她和王人杰的婚礼上。但婚礼上的女人，妆化得太浓，又穿了跟平时不一样的衣服，所以被老先生认混，也不意外。天色向晚，我和王人杰逆光走路，被人认错，无所谓了。

我怀孕以后，人杰为多陪我，调了工作，不再做刑警。出差次数少了，他有时间偶尔陪我散步。医生说，我这种高龄产妇，又是双胞胎，一定要时刻小心。最后一个月，我干脆请假休息，不再上班。后期我的肚子太大了，不敢一个人上街，有妈妈或者人杰在身边，我才敢大胆出门。

真是没想到会怀上双胞胎。记得我和人杰还曾经讨论过是否要二胎的问题。我说年纪大了，有一个就好。人杰却说越多越好："你看我们都是独生子女，多孤单啊。"当我知道自己怀的是双胞胎，我就决定自己只会生这一次。有两个女儿，还求什么呢？

一起探讨过孩子的名字。曾经想，是不是要给孩子起跟李桃有点关系的名字。是一种纪念吧。我没跟人杰明说过。在人杰面前，我一般很少主动提起李桃。我很纠结。人生的沉重，为什么要让孩子来背负？没必要。那件事情跟孩子没关系。不能让女儿一来到这世上就感受人生的悲苦和诡异。但是，你要说一点关系都没有，好像也不是。

怀孕以后，有一次跟人杰说话，不知道怎么就说到了李桃。李桃虽然是我们不能回避的，但我们俩很默契，一般不提她。她在我们心中。像一块结了痂的疤，不揭不疼，揭了可能仍旧流血。没事最好别去捅。那次是我没忍住先提起的："李桃说过，有什么重要的事情要当面告诉我，不知道是什么？"我头一次跟人杰说起这个。

我没跟任何人说起过这事。人杰看我一眼，没接我话茬，转身出去了。过了有半个小时吧，他从外面回来，坐到我面前，眼睛布满红丝，耷拉着头，说："可能是说她怀孕的事吧。她刚知道怀孕了，在犹豫要不要。那段时间我酒控制得不好，她有些生气。出差之前，我俩吵过一架……"

李桃那时怀孕了，我没想到。她要当面告诉我的多半就是这件事情了。记得我们定下约会时她很开心，我没感觉出她跟谁生气，没感觉是要找我控诉谁的意思。所谓生气，也许只是当时跟王人杰说说而已，属于两口子拌嘴那种。我猜是。

王人杰坐在我面前告诉我这些，我能感觉出他的内疚。原来是两条命。李桃肯定准备当面告诉我的。怀孕这事，她甚至连自己的妈妈都还没告诉。如果人杰不说，这世上大概只有他们两个知道。他把这个秘密憋在心里，六年多了。不好受啊。

我在心里发誓，以后绝对不再提起这件事。

如果不是看见那个招牌，我已经有一阵子没想起李桃了。

我家小区门口，马路两边临街的门市，都是跟周围居民生活关系密切的小店，理发店、鲜花店、足疗店、粮油店、杂货店，还有几家小饭馆。那些小店，除了理发店坚持得时间长些，其余的店都在不断变换内容。

我在妈妈的监督下，遵守传统的坐月子习俗，满月了才出屋。满月前两天，人杰又有紧急任务，必须马上出差。他跟我说对不起，我说："你尽管去吧，妈和姨都在这儿照顾，你不用操心了。咱又不摆满月酒。不差这个形式。"我这个人，从前其实性子有点急躁，但自从跟人杰结婚，我觉得自己温柔多了。李桃是个温柔的女子，王人杰什么都不说，但心里一定会有比较。所以我要做得更好。

日子长着呢，真不差这个形式。我心里真是这么想的。

满月前一天，我跟妈妈说："明天咱们出去吃饭吧。把爷爷和奶奶都喊上。这段时间您累坏了，您也歇歇。"

妈妈刚开始不同意，我只好跟她开玩笑："妈呀，让我吃顿有咸淡的饭呗，这一个月少盐的月子饭可把我憋坏了。"

我妈笑着同意了。我说："就去咱家附近的那家三宝吧，样式多，也不贵，都是自己家里人，谁愿意吃啥就点啥。我可是真馋了。"

三宝是一家粤式晚茶店。我第一次在那儿吃饭，是公公和姨请客，吃一次就爱上了。结婚以后，一般情况下我主动下厨，很认真地做饭、做菜，但偶尔工作忙，或者想改下口味，就来家附近的这家店。虾饺、牛肉馅饼、蟹黄包，以及各式粥、小菜，价钱不贵，都还可口。其实我在月子里就跟人杰提出来，让他买几样给我打包回来，被我妈阻拦了。她坚决不让我在月子里吃外面的饭菜。

但我妈说："换家馆子吧，三宝黄了。我出去买菜，看见那家正换门脸呢，大概还是开饭店。牌子还没挂出来。"

真是遗憾。现在开店都不容易。既然三宝黄了，我让他们挑选，去哪儿都行。

在家里一个月没出门的我，走出小区大门，忍不住往三宝那边看了一眼。有工人站在脚手架上，正在挂牌匾。牌匾上那四个字我认识——因食而遇。

我的天哪——

当年李桃是在跟我约会吃饭时出了事情，但谁也没问过我们准备吃饭的那家馆子叫什么名字。

这是怎么了？

李桃，你一直在。我知道。

月子里，给两个女儿起名时，我和人杰争执过。王是大姓，容易重名。两个女儿，一个叫王因，一个叫王而。王人杰说："这名有点怪，不像女孩名啊。"我反驳他："不像女孩名才不容易重名呢。因、而，多好啊，抽象，还神秘，不俗。"

女儿的名字，已经上了户口。

长大以后，女儿也许会问爸爸、妈妈，为什么给她们起这样的名字？

王人杰当然讲不清为什么。

我会怎样给女儿解释呢？

后 弄

·薛舒·

一

穿红色羽绒服的女人又在后弄里跺脚，鞋跟撞击地面，发出"咚、咚、咚"的顿挫声。老张直起身，朝窗外看了一眼。

大冷天，在屋外蹦，她这算取暖还是乘凉？老张对床上的母亲说。老张说话的时候并没有张嘴，也没有发出声音，他在心里完成了与母亲的对话。

老张刚喂母亲吃过午饭，准确地说，那不叫"饭"，也不叫"吃"。母亲已经不会吞咽，命还在，一根细细的橡胶管子，从鼻孔插进去，流质食物通过细管直接灌进胃里，这叫鼻饲。

母亲这间房，玻璃窗已经很久没擦，油腻和灰尘凝结在一起，不知道经过多少次雨水的冲刷，划出一缕缕带冰碴儿的乳白色道痕。老张在玻璃窗里面，红衣女人在外面，他们之间的直线距离大约3米。

没有太阳，阴沉沉的天。红衣女人手上戴着半截绒线套，挺着厚实的胸，在晦暗的天色下转着圈子蹦跳。羽绒服大约是尼龙材质，随着身躯的颠簸，发出"沙沙"的摩擦声。

老房子是单壁，形同虚设的墙，让老张感觉自己正和门外的女人共处一室，他几乎能闻到她身上散发出地摊香水的浓烈气味。她蹦跳了三圈，圆脸盘三次正面朝向老张，红嘴唇微微张开，湿漉漉的艳丽，口里呼出的白气都要被染红了。老张站在离窗户大约一尺的地方，他没有躲闪，他确定，她的视线无法穿越肮脏的玻璃落到自己身上。他却可以看见窗外的她，很清晰，清晰到细节都能看清。

一如既往的红衣，一如既往的浑圆，后脑勺上吊一把油黑肥沃的马尾辫，脸上覆着厚厚的粉，像一只白刷刷的大磁盘，两轮眼圈又分外浓黑，显然画了太深的眼线，眉毛亦是粗肥，苗壮的两条，让老张想到营养过剩的毛毛虫。然后，老张的注意力就会不由自主地从她脸上移至胸口，真是非同一般的丰厚，符合微胖女性的普遍特征，并且，是紧绷绷的，体态不松懈，说明还年轻。

老张是男人，他不知道别的男人在注意一个女人的时候，是先注意到她的脸，还是她的胸，当然，红衣女人不是一般的女人，老张一直这么认为。看她的身形和脸蛋，里里外外透出一股强壮的无聊感，仿佛，浑身充满了取之不尽、用之不竭，却又无处施展的精力。

年纪轻轻的，也不出去上班？老张对着墙外的女人问了一句话。红衣女人是听不见的，因为老张依旧没有发出任何声音，他的嘴巴已经闭了一上午。

红衣女人在弄堂里蹦跳到第四圈的时候，一个穿棕色皮夹克的男人骑着自行车从她身后滑过来，链条"嗒嗒嗒"一路响到老张窗前。男人单脚撑地，对红衣女人说了句什么话。她回答，语速有些快，老张能听见她说的每一个音节，嗓音脆亮甚至尖锐，可是，一个字都没听懂。老张无数次听过她说话，隔着墙听得也清楚，可是每次都这样，听清了，却没听懂。老张断定，那是一种他无法懂得的方言，来自比上海更北，比北京更南的某个不怎么发达的省区。

红衣女人和男人一来一回，三言两语，男人把自行车靠在老张这边的墙上，跟着她进了对面的屋。老木门"咔嗒"一声关上时，老张的心脏跟着揪了一下。

对面的房子也有玻璃窗，与老张这边的玻璃窗面面相觑，大概也是许久未擦了，斑驳、模糊，全没了透明度，却可以看见始终闭拢的土黄色窗帘。窗内的把手上挂着一条三角形内裤，也是红色，宽大、松弛，显然被一个壮实的臀部撑大了，又洗过很多次，失去了弹性。

她喜欢红色，没错，什么都是红色的，老张想。她总是把她的红内裤晾在窗帘与玻璃之间，窗帘闭着，她自己在屋里是看不见的，外面的人却一目了然，仿佛，她把内裤挂在那里，就是为了给窗外的人观瞻。老张是固定的观瞻者，或者叫"回头客"。

其实老张完全可以回避，不去看对面窗户，但他做不到。每次给母亲喂饭、擦身、换纸尿裤……忙活完，直起腰，老张就会站到窗前，看一看后弄的景致。

弄堂很窄，老张从小在这里长大，推开自家的门，跨一大步，就是对面大毛家的门槛。大毛和老张同岁，小时候，他俩就是窗户对着窗户闪镜子发暗号，约好的，闪两下是抄作业，闪三下是溜出去玩。后来他们同一年去了安徽插队，又是同一年回的城……那时候，弄堂里住着几十户人家，从早到晚穿梭着忙碌的街坊，炸油条的、倒马桶的、生煤炉的、打儿子的、骂娘的，一早一晚最是热闹。后来，一家家都搬走了，买了商品房，住进了设施齐全的公寓楼。老房子空关着，等拆迁，或者像大毛那样，租给外来打工的短期住户，一两千元租金，权作零花钱。

老张没有大毛命好，老张走不了，母亲还活着，他不能把一个瘫了好几年的 89 岁老太太搬去公寓里住，送护理院又太贵。好在老张退休了，有大把时间，就常年住在老房子里照顾母亲。

现在的后弄，完全不能和早年比了，荒凉、凋敝，没几个门里有人住。老张常常站在窗前往外看，有时候，半天也没一个人走过。一眼看见的，就是对窗的红内裤，隔着玻璃，端正而又壮阔地挂着。

老张没有别的东西可看，只能看看后弄里的风景，如果红衣女人和她的红内裤也算风景的话。看得多了，老张都能区分红内裤与红内裤的区别。今天这一条，显然与昨天晾的不是同一条，昨天的裤腰更紧致一些，颜色更鲜艳一些，说明今天这条更旧，穿的时间更久。这么想着，老张觉得下腹有些燥热，大冷天的，怎么会呢？

老张去了一趟厕所，并没有多少积尿，只放了几滴，淅淅沥沥，不干不净。回到母亲房间，视线首先抵达的还是窗外的后弄。对面的屋门正好被打开，只开了半扇，穿棕色皮夹克的男人从里面闪出来，带上屋门，跨过弄堂，推起靠在老张家墙上的自行车，骗腿上车，一蹬脚，骑走了。

老张看了一眼墙上的挂钟，自言自语：20 分钟，也太快了。

红衣女人没有跟着男人出来，每次有人来，她总会在弄堂里把人家迎进门。人家走，她却不送出来。

二

母亲患上阿尔茨海默症后，老张日渐像个医生了，插胃管的手法，比护士还熟练。年轻的时候，还是小张的老张在安徽农村做过几年赤脚医生，会打针，会包扎伤口。后来回城，进街道工厂，做的是纽扣加工的活，赤脚医生那两手，荒废了。直到母亲发病，又重新捡了起来。

老张要给母亲插胃管了，一根胃管顶多用六天，今天已经是第七天，该换新的了。老张看不见母亲身体内部的骨骼和器官，他只能看见一层纸片样的皮肤，灰白色，薄得几近透明，却并不柔韧，而是坚脆的，一碰就破的样子。就是这层薄脆的皮肤，包裹着一副依然存活的躯体，每个星期，老张都要通过一根胃管进入躯体内部探视一次。母亲的体内构造，老张太熟悉了，闭着眼睛，他都知道她的鼻咽腔、食道、气管口、会厌处长什么样。

母亲是个矮小的女人，在床上躺了几年，越发萎缩得像个还没发育完全的少女。橡胶管插入的长度，以身体外部距离估算，从鼻尖，到耳垂，再到胸膈剑突，45厘米足够。老张抽掉母亲脑后的枕头，头颅呈后仰状态，然后，他想象中探险的脚步，随着橡胶细管，从鼻孔进入，一点点深入母亲的身体。

那是一条狭窄而又幽暗的隧道，道壁上排布着阡陌纵横的血管，缓慢的脉动带着红色的微光，波纹一样，对，就像照片洗印房里的那种红光。老张在红色的微光中小心前行，13厘米，会厌到了。这是一个关键部位，气管和食管的分界点，活瓣样的会厌阻隔了胃管的继续探入，老张的脚步紧随着暂停。走到这里，是万万要小心的，倘若把胃管插进气管，岂不是要了母亲的命？

幸好母亲已经昏迷，昏迷的人不会有咳嗽和恶心反射，当然也不会有吞咽反射，所以，老张必须托起母亲的头，让她的下颌靠近胸骨柄，然后，躯体弧度显然，活瓣挡住气管，食道随之展露。老张跟随着胃管，得以继续前进，小心翼翼地穿过会厌、食道，最终到达胃部。

老张直起身，松了一口气。吸气的时候，他一如既往地闻到那股气味，来自一副持续进行着缓慢的新陈代谢的躯体。这是专属母亲的气味，蛋白质和汗腺分泌物混合而成，老张从小闻着长大的，他不喜欢，但习惯了。

老张倒了一碗水，把母亲体外的胃管开口端插入水碗，没有冒气泡，很顺利。老张很少会把胃管插入气管，失误率比医院里的护士还要小。因为他只护理一个人，每星期一次，一年53次，三年就是159次。一条走了159次的路，能走错吗？但他每次还是要测试一下。

老张撕了块胶布，把胃管固定在母亲的鼻翼上，随后按程序，用针筒往胃管里注10毫升温开水，接着，再慢慢注入牛奶、苹果泥、菠菜汁、蛋白粉和融化的药混合的流质食物。母亲瘦弱，饭量小，一般人需要200毫升，老张给母亲喂了150毫升流质。喂完饭，老张又注了10毫升温开水清洗胃管，最后用一把止血钳夹住管口，以免空气流入胃里。一顿饭算是完成了，现在，轮到老张自己吃饭了。

老张给自己下了一碗面，捣烂的菠菜，菜汁喂了母亲，留下的筋筋脉脉，加了盐和胡椒粉，拌在面条里，毕竟，筋筋脉脉也有营养。老张吸面条的时候，好像故意要弄出很大的声响，一阵"哧溜、哧溜"，一阵"呼噜、呼噜"，忽而激烈，忽而悠长，居然有回声，仿佛，他是在一间空旷的大厅里吃面条。

这一间房，其实只有15平米，两张单人床，一横一竖，母亲日日夜夜躺在竖的单人床上，老张入夜睡在横的单人床上。三只樟木箱按大小叠成宝塔，墙角的五斗橱上堆着十来包纸尿裤，窗下是一张八仙桌，上面铺排着各种医药用品：搪瓷盘、纱布卷、没拆封的新胃管、止血钳、压舌板、50毫升注射器、棉签盒、胶布、听诊器……窗户左边，是通往后弄的门。

老张很少打开门，他更愿意隔着玻璃窗往外看，看看足够了。现在，老张端着面条站在窗前吃，臀部靠着八仙桌。他不想坐着吃饭，就一碗面条，一个人，有什么必要坐下来吃呢？坐着吃饭，是必须要一家人围在一起，有饭有菜，那才像样。

后弄里静悄悄的，没有一个人走过，跺脚的女人也没出现，对面的门户紧闭着，土黄色窗帘照旧没撩开，居然，也没有红内裤，黑色塑料衣架倒是挂在窗把手上。老张看着光秃秃的衣架吃面条，肚子几近饱胀，心里却空空的，好像，没有了红内裤，窗外的风景，整个都失色了。

老张喝掉碗里的最后一口面汤，脑门上泌出一层细汗，这表示他的生命力还很旺盛。老张其实还不太老，才63岁，虽是退休了，可他时常感觉到，自己的身体里还会涌动着某些不明所以的情绪。比如，天气暖和的时候，他就有种冲动，想骑着他的破自行车，出去逛一圈，看看街上闲逛的女人。就好像，在农村插队的时候，背着药箱走在田埂上，那些插秧的女人，双脚踩在水田里，露出小腿肚子，污泥斑驳的，像刚从河里捞起来的一段段莲藕，肥瘦色泽，也能比出个优劣。

这么想的时候，老张会忽然眼眶潮红，心里却并无怨愤。老张是17岁那年去的安徽插队，照理他是独子，可以留在上海，但他瞒着母亲报了名。出发那天，母亲追到火车站去送他，瘦小的女人在月台上号哭，呼天抢地，甩手跺脚，眼看着要哭晕了，却始终屹立着，只倔强地把身体扭曲、拉直，反反复复，不倒翁似的。父亲死得早，也没有别的亲戚一起来送，号哭的女人没人劝，只能自己和自己过不去，演绎着一场生离死别的独角戏。

还是小张的老张没哭，对母亲的哭戏，他甚至有种不忍卒视的尴尬。他的座位靠走道，和车窗之间隔着两个女同学。两个女生扑出窗口和家里人拉着手说话，堵住了一大半车窗。那简直成了他的庇护，他躲在她们身后，正襟危坐，目视前方，任凭母亲在月台上对着车窗上蹿下跳。火车启动时，哭声轰然响成一片，送行戏到达高潮，他终于扭头看了一眼窗外，火车在移动，瘦小的母亲早已淹没在人群中，他没有搜寻到她，如释重负。

那时候，他想，他总算可以不用闻着家里的气味过日子了。家里的气味，就是封住的煤球炉溢出的煤气味，隔夜剩粥的半馊味、刚晾的衣服滴下的肥皂水味，杀蚊子的 DDT 药水味……还有，母亲身上那种专有的、令他每每闻到就莫名抗拒的气味。他没有兄弟姐妹，甚至没有父亲，没人与他一起分担母亲充沛到满溢的爱，也没人和他共同消受母亲身上时刻散逸的气味。他过腻了那样的日子，像一只困兽，只想逃离。

火车在移动，车窗外的人群在闪退，他感觉到家里的气味正离他越来越远，火车驶出站台的瞬间，他听见邻座有人带着哭腔轻喊：再见了，上海！

他居然鼻子一酸，差点没忍住眼泪，然后，他也大喊了一声：再见上海，我自由了！他没喊出声，他是在心里喊的。

他没想到，自由的日子，也是很容易过腻的。

现在的老张，与母亲几乎是寸步不离了，老太太用自己的身体绑架了 63 岁的儿子。老张的自由，只剩下窗口的一方天地，自由这东西，再一次变得有悬念起来。

面条吃完了，老张准备去厨房洗他那只空碗，转身，听见窗外有"轰隆隆"的声响，由远而近，是摩托车的引擎。后弄里很少有这么大动静，老张把空碗放在八仙桌上，他决定等一会儿再去洗，现在，他要等着摩托车开入他一方窗户的视野。这个声音他认得，自从红衣女人住进大毛的房子，他听到过三次。

轰隆隆的引擎声越来越近了。

三

下雪了，才 6 点半，天光已经亮得晃眼。屋里并不冷，墙上的温度计，红色标记停留在 16 上。这种天气，老张照理是 24 小时开着空调的，给母亲擦身换纸尿裤，不能冻着她，只不过电费，这个月肯定要破 300 元了。

老张起床，穿衣，套上棉拖鞋，站起来，第一眼就是窗户。玻璃上积了一层薄雾，老张走到窗前，手掌张开，贴住玻璃，薄雾瞬间融成水，流出五道水痕。真冷啊！老张咧咧嘴，把手掌拿开，巴掌清晰地留在玻璃上，五根手指滴血般往下淌水。

老张凑在巴掌印上往外看，后弄的老屋房檐上挂着几个冰锥，小拇指般的尖儿。屋顶上，黑瓦的凹槽里积了雪，突出的地方依然是黑瓦，整个屋顶，就像雪后犁过的农田，一畦白一畦黑，没有顶着积雪的瓦楞草，一棵都没有。奇怪了，老房子还是几十年前的老房子，不知道哪一天开始，就再也不长瓦楞草了。还有，小拇指样的冰尖尖，也比不上他小时候的冰锥。老张记得，很多很多年前，大冬天的早上，他和大毛拿个丫杈戳房檐上的冰锥，尺把长，刺刀似的。戳下来的冰锥大多摔得粉碎，偶尔接住一根，捏在手里，当冰棍舔。

大毛已经很久没来了，他住在别墅里呢，他的娘老早死了，他没必要回来。老张看了一眼床上的母亲，努了努嘴，想说什么，声音却没从嗓子眼里冒出来。

前些年，老张伺候母亲时，会和母亲说说话，当然是没有回音的，可他还是会说：姆妈，吃饭了，奶粉是进口的，豆豆去新西兰旅游，给你买回来的……

老张对着永远不会给他答复的母亲说话，把所有能说的都说过了：儿子豆豆升职涨薪；儿媳晴晴不生养，做了三次试管婴儿都失败了；自己患了前列腺炎，撒尿淅淅沥沥，不干净、不爽利；还有，和老婆已经很久很久没在一张床上睡了，老婆住在豆豆的公寓里，没有孙子带，天天去跳广场舞；要是老房子拆迁了，我们能得两套公寓房，可是说了好几年都没动弹，不拆也好，要不然老娘你怎么办呢？大毛的女儿嫁了个富二代，把大毛两口子接去住别墅了；租大毛家房子的是个年轻女人，天天在弄堂里跺脚，也不出去上班，喜欢穿红色的衣服……老张没说对面的女人连内裤都是红色的，这话不适合说给母亲听。还有，对面的女人做的是什么营生？不上班也能过日子？这话，老张对自己都不曾说过。

老张把肚子里的话说了个底朝天，有的话，颠来倒去说了好几遍；有的话，终归不能说出口，哪怕是说给自己听。最后，老张发现，他已经无话可说了。

　　一个长期说话的人，远比一个长期不说话的人入不敷出。老张觉得，现在的母亲，就是一个最富有的人，她肚子里肯定藏着很多很多话，憋闷着、沉淀着，积了厚厚一层，像黏在紫砂壶内壁上的茶垢，没法洗干净，就干脆不洗了。要是茶壶一直在，茶垢就会随着年代的更替，一起变成古董，越来越值钱。只不过，后人永远不会知道，那些茶垢里究竟藏着什么样的故事，真是可惜了。

　　玻璃窗上的巴掌印越融越大，五根水痕融汇成鸭蹼状，手指与手指连在一起，窗外的一切看得更清楚了。对门还是紧闭着，上午10点前，红衣女人肯定不会出现。老张有经验，不用上班的人，又何必早起？自然，土黄色窗帘也是不会打开的，起床了也不打开。只是，一大早的，窗帘和玻璃之间，已经悬挂着一条三角形红内裤。兴许，是昨晚挂上去的……

　　昨天午饭后，老张连碗都没洗，就守在窗前，等着引擎的轰鸣声由远而近。果然没让他失望，一辆风尘仆仆的枣红色摩托车冲进他的视线。骑摩托车的男人戴着大头盔，穿着黑色羽绒服，粗壮的身材，背上还驮个大红包袱。摩托车停下，大红包袱里抬起个脑袋，是红衣女人，整个趴在黑衣男人的身上，两条红手臂环绕着黑衣男人的腰。

　　引擎熄了，红衣女人跨下车，大圆脸整个露出来，红彤彤的，身材一如既往的厚壮，看着就是干农活出身的女子，只是平日里总亮着一张白脸，身上的乡土气被掩盖了。上海人都说，一白遮三丑。可她那白脸，是涂出来的白，冷风一吹，一脸农民红，土得要死。老张咧嘴笑了，嘴角不自禁地流出三个字：乡下人！说完，心头滚过一丝快感，很有解气的意思，又不知道哪儿来的气，到底气什么。

就是这辆蒙着灰土的枣红色摩托车，就是这个戴大头盔的男人，老张见过两三次。只是，男人从没在后弄里摘下过头盔，老张没见过他的脸长什么样。

黑衣男人跟着红衣女人进了对面的屋，头盔照旧没摘下。老木门"咔嗒"一声闭上时，老张的心脏跟着揪了一下。

整整一个下午，老张时不时地凑到窗前去看一眼，可是对面的屋门一直没打开，直到天黑，一天结束，后弄里再没有别的动静。

他在她屋里过夜了，老张很肯定地告诉自己。其实，来找红衣女人的男人不止这一个，但大多是进屋，关门，20分钟，或者半个小时，门就会打开，这人就会出来，独自离开。老张看见过的，进了屋再不出来的，就是这个开摩托车的人。

这会儿，天已大亮，老张站在窗前，看着对面紧闭的门，以及门边上土黄色帘子遮住的窗。昨晚天黑前还没有挂出红内裤，此刻倒有了。那么，黑衣男人到底是什么人？昨晚他走了没有？老张不能克制地要去想这件事，心里同时涌动着各种各样的感觉，一些羞耻感，一些好奇心，一些蠢蠢欲动、愤愤不平，以及，意犹未尽。

手机响了一记短信提示音。老张从枕头下摸出儿子淘汰的"苹果5"，是豆豆的短信：老爸，今天下雪，路不好走，我们就不去看奶奶了。

老张的日子过得有些混沌，他忘了今天是星期六。每个周六，儿子都要带着他的老妈，老张的老伴一起来一趟老屋，看看奶奶，也是来看看老张。

不来了，不来也好，省得他们指手画脚。

四

　　给母亲喂过早饭，老张看挂钟，9点半，再看窗外，对门依然紧闭。

　　接下来，做什么呢？老张环顾四周，堆满医疗用品的八仙桌，要不要整理一下？母亲床头的屋角上，一张蜘蛛网已经挂了半年；卫生间的水龙头关不严，滴滴答答漏水；冰箱里的存货不多了，要去一趟菜市场……其实，医疗用品每时每刻都要用，摊在桌上更方便；蜘蛛网一直没刮掉，是因为没有三角梯，够不着；水龙头垫圈老化了，要去专业店买，可也并没有漏得很厉害，还能顶一阵；下雪天，路上湿答答，去菜市场不方便……豆豆和老婆不来，不用打扫卫生，一间15平方米的旧房子，没有外人来，费什么劲呢？当然，儿子和老婆不是外人，但他们来了，看见屋里乱七八糟，会皱眉头、唠叨、指责，会一脸嫌弃地捂住鼻子……母亲刚瘫下来时，老婆跟着老张一起在这里住了几天，单人床上挤挤，一个礼拜，老婆的脸色变得不太好看，摔锅摔碗，或者不理不睬。两个礼拜后，两口子统一了意见，儿子媳妇要做试管婴儿，为了给老张家传宗接代，老婆有必要回去照顾小两口。老张则留在老屋里继续做他的孝子，毕竟，老太太名下的这所房子，往后的拆迁补偿，都是儿子儿媳的。

　　老张夫妇用分居的方式换来了基本的皆大欢喜，应该，老太太百年的日子不会太远吧？不想还很顽强，一躺就是三年。儿子媳妇的试管婴儿一次次失败，干脆放弃了。老张却发现，自己越发喜欢一个人待着，好像，回不去了。老婆和儿子每个周末来一次，隔夜的周五，他心里就会生出隐隐的烦躁。和一个永远不说话的人在一起，远比被迫听别人说话要自由。似乎，老张因了几乎失去人身自由，而尤其珍惜起了精神的自由。

　　老张扭过头去看床上的母亲，厚厚的被子严严实实地捂着她的躯体，只露出苍白的脸，那张小脸，只有拳头大，几乎没皱纹，不是返老还童了，而是，皮肤太薄太脆，皮下又没了脂肪，经不起折叠，连皱纹都生不出来。

　　老张决定给母亲擦一下身，屋子可以不打扫，人不能不打扫，要不然会生褥疮，接下去，溃疡、发炎、发烧、挂水……一连串的麻烦就会接踵而至。老张已经一个多星期没给母亲擦身了，他想等一个暖和的晴天，可是天气根本没有转暖的意思，倒是一天比一天冷，没办法了，再不给她擦身，要发臭了。

　　老张给母亲擦身，冬天一星期一次，夏天一天一次。平日里，母亲屙屎撒尿，老张给她换纸尿裤时，也会给她洗屁股。老张不愿意收拾屋子，却把母亲收拾得挺干净，可是再怎么干净，屋里总归还是弥漫着某种复杂的气味，与早年家里的气味不太一样，不是煤球炉、隔夜半馊粥、肥皂水和DDT药水的气味，而是，充斥着换下来没有扔掉的尿不湿、医用酒精棉、中成药，以及未及挥发的排泄物的气味。然而，虽与过去不尽相同，却还是有相似的质地，半发酵的蛋白质，混合了汗腺分泌物的奇特气味，主体依然是母亲。

　　老张把空调定到25度，又插上油汀电源，半小时后，墙上的温度计显示22度。老张烧了一大壶开水，倒进盆里，兑入一点点凉水，用手试了一下，有点烫手，正好。

　　老张掀开母亲的被子，只上半身，熟悉的气味随着体温暖乎乎地扑面溢出。

　　母亲身上的气味，老张从小闻着长大的，书面语叫狐臭，后来不知道从哪里传来一种说法，叫"美人臭"，据说杨贵妃身上就有这种气味。老张觉得并不可信，母亲不是美人，瘦小的一个，颧骨过于突出，鼻子过于尖锐，嘴唇扁薄，眉毛疏淡，一副苦命相。母亲没瘫下之前，一直有个习惯，每次睡前脱下外衣，都会举起胳膊，把脸凑到腋下，吸两下鼻子，然后半眯住眼，好一会儿才睁开，脸上的表情，类似于陶醉，又好像吃了榴梿或者臭豆腐之后的生理反应，亦爱亦嫌的样子。看起来，她喜欢闻自己身上这种天长日久的气味。

如今的母亲，早已没有能力把自己的脸凑到腋下去闻一闻了，可是，只有半条命的人，身上还会散发出这种气味，真正顽强。好像，狐臭这种东西，就是人的灵魂，只要人还活着，它就会附着在身上，甚至，还会传染给接近它的人。

中秋节那天，老张没法去豆豆的公寓吃团圆饭，老婆给他送糯米糖藕和烤鸭，一进屋，刚靠近老张，就捂住鼻子倒退了两步：你、你身上怎么有股老人味？

趁老婆转身的当口，老张偷偷举起手臂闻了闻自己的腋下，没什么味啊！老婆走后，老张又在屋里四处闻了一遍，也没闻出什么。老张知道自己没有遗传到母亲的狐臭，可是从那以后，他总怀疑，是不是长期生活在这种气味中，这气味就缠扰在身上，变成了自己的气味？

老张开始给母亲擦身，滚热的毛巾拭过脖子、肩膀、肩胛骨、腋下，还有，小布袋一样的乳房，几乎没有乳晕，乳头的颜色很淡，与别处的肌肤连成一片。毛巾擦拭过的所有地方，老张都轻车熟路，不仅仅是动作，还有，心理上的熟视无睹。

给母亲擦身换尿不湿的活，老婆干了最初一个礼拜。老婆回去后，他以为他会度过一段艰难的日子，他要目睹母亲赤身裸体的样子，一如他无以阻挡地闻着母亲的体味长大。然而，他尝试着给母亲擦了一次身，竟不觉得丝毫尴尬，好像，这副不会说话的躯体失去了感知羞耻的能力，他不需要替她羞耻，自己便也没有了羞耻感。现在，他甚至不放心别人来给母亲擦身，每次给她擦干净，等到第二天，掀开被子，那股气味又扑面而来的时候，他会有种成就感。一副持续散发出体味的躯体，代表着生命的机器依然在运行。偶尔闻着不明显，老张会不甘心，要凑到她身体近处，掀开被子闻个究竟。奇了怪了，小时候，只要母亲靠近他，他都忙不迭地躲；现在，他怎么就不讨厌那种气味了呢？

老张给母亲擦完身，用被子严严实实地捂住母亲。那一副少女样的小身躯，就这么干干净净地躺在那里，老张心里感觉踏实了。

老张端起盆要去卫生间倒水，却听见对门"吱呀"一声，随即"嘭"一下。老张一激灵，回头去看，只见后弄对窗的玻璃内，土黄色窗帘的背景前，红内裤随着塑料衣架晃悠了几下。关门太用力，震动了整个门框和窗框，连对门的老张都感觉到自家的墙抖了抖。可是，谁出去了？还是谁进去了？

老张觉得有些遗憾，错过了精彩镜头似的，盆还在手里端着，眼睛却斜向床上的母亲，嘀咕了一句：都怪你！

五

雪融化了，天却越发地冷。穿红色羽绒服的女人又在后弄里跺脚，鞋跟撞击地面，发出"咚、咚、咚"的顿挫声。

老张贴着玻璃窗，看窗外兜着圈子蹦跳的人，马尾辫甩啊甩，隔着墙老张都能感觉到，那一把茁壮的辫子几乎要飞起来，他只要再往前凑一厘米，辫梢就要撩到他脸上了。每每那捆黑色飞掠过窗前，老张的脑袋就要晕一下，鼻子随即一阵发痒，憋了好一会儿，终于没忍住，打出一个巨响的喷嚏。

　　红衣女人猛地缩住脖子，仿佛老张的喷嚏直接打进了她的衣领，她停下跺着的脚，扭过头，看向老张的窗户。

　　老张迅速收回紧靠窗户的脸，转过身，把后背对着玻璃，手里胡乱摸着桌上的东西，一会儿抓起听诊器往脖子里挂，一会儿又去抽棉签，拿纱布卷，也不知道自己要干什么，脑子里的场景，却是窗外的后弄，和后弄里看向他的红衣女人。

　　她肯定循着喷嚏的声音找到了声音的来源，她正在看这里吗？她能看见他吗？即便她通过斑驳肮脏的玻璃看见了他，那也只是看见了一个背影，老张想。可是接下去，他想象的目光立即看见一副佝偻的身躯，虽然是背影，可还是一眼看出来，那是一个老年人，有着委顿的脖子和松弛的肩膀，还有，垂向桌面的花白的后脑勺……老张没见过自己的背影，但他见过大毛的背影，60多岁的老男人，不都应该是那样的吗？

　　老张的鼻子酸了一下，他摘下脖子上的听诊器，走到母亲床边，俯首冲床上的人说：现在这样子，你是不是很高兴？嗯？

　　母亲闭着眼睛，平静地躺着，她没有回答她的儿子。老张俯瞰着床上的人，太安静了，安静得像死了一样，没有喘气的声音，没有打鼾的声音，没有咳嗽的声音，也没有器官运转发出的哪怕是卡壳的声音。倘若有人撞进门，一眼看见床上的老人，会不会认为她是死的？

　　这么想着，老张又细细地盯着母亲的腹部看，平薄而寂静，连些微的起伏都没有。老张冲着床上人喊了一声：姆妈？

　　他知道母亲不会回答他，可他还是喊了第二声：姆妈？

　　那副少女般的躯体安静得一如往日。老张感觉心脏跳得有些快，同时，窗外又传来一阵跺脚声，"咚咚咚"，还有，羽绒服的摩擦声，"沙沙沙"。老张没有抬头，也没有走到窗口去观望。老张强按越来越快的心跳，一把掀开母亲的被子。温热的体味扑面而来，蛋白质和汗腺分泌物混合而成的，甚至带点孜然抑或咖喱之类西域香料的气味。是的，没错，就是这种气味，它会使老张情绪突然亢奋却又莫名厌烦，这气味来自母亲的身体，此刻依然。

　　老张重新给母亲盖好被子，心跳平缓下来。灵魂般的气味缠绕在母亲身上，她活着，他放下心来，随之而来的，是隐隐的愤怒。他抬头看向窗外，红衣女人还在后弄里站着，大概天太冷，没人来拜访她，跺脚的节奏比刚才缓慢得多，"咚"一下，隔几秒，又是"咚"一下。原本强壮的无聊，变得有些虚弱。

　　也没人来拜访老张。倘若没有必需的理由，老婆和儿子是不会来的。半年前大毛倒是来过一次，不是来看老张和老张的母亲，而是老房子租出去三个月了，后两个月的租金没到账，他是买问租客讨钱的，顺便跨过弄堂到老张这边来看看。

　　和老张的老婆一样，大毛一跨进门就往后退了两步：什么味道？

　　老张搋了搋鼻子：什么味道？没有啊！说完搬一张凳子摆在门口，叫大毛坐。那时候天还暖和，开着门不会冻着母亲。大毛坐在门口，和老张有一搭没一搭地说话。大毛说：东市街上的茶馆里来了一对唱评弹的男女，那女的，年纪轻，嗓子好，啥时候你有空，一起去听听？老张指了指母亲的床：我哪里有空？

大毛又说：上个礼拜去老饭店吃饭，女婿请客，本帮菜，正宗，下次我请你去吃。老张说：谢了，不过，吃上这一口，不知道要哪年哪月了。说完又扭头去看床上的母亲。

大毛替老张叹了一口气，摇了摇头。又说，上个月他和老婆去泰国旅游，女婿出的钱。然后摸出手机，翻出一张照片：看看，这个女人，漂不漂亮？

老张找出老花镜戴上，凑过去看了一眼，吓得缩回脑袋。手机屏幕上，大毛被一个浓妆艳抹的女人搂着，那女人，穿着挤出乳沟的低胸装，大毛在照片里张着大嘴笑，露出满口邪淫的牙床。老张说：胆子这么大？照片留在手机里不怕你老婆看见？

大毛笑说：你没见过人妖吧？老张顿时明白过来，也跟着笑起来，先还要掩饰，藏不住，就"呵呵"地笑出声，还说：你，被一个不男不女的东西搂着，不难受？大毛说：不要太适宜哦！然后，两人你看看我，我看看你，一起张开嘴"哈哈"大笑了一通，不晓得有啥好笑的，话也说得并不幽默，事情也不见得有多搞笑。笑完，老张问大毛：那你讲讲，人妖到底长啥样子？

大毛说：你没看见照片？和女人一样，两只奶奶……母亲床上忽然传来一记闷响，显然发自被窝里，天气热，一条薄被子，没捂住。大毛问：老太太放屁了？

老张不敢肯定：偶尔会放屁，可也没这么响啊！

大毛说：她是在骂我"放屁"吗？厉害，话都不会讲了，还能骂人。

老张的母亲会骂人，早年弄堂里出了名的。孤儿寡母，不凶悍一些，怎么能把日子过下去？大毛从小不怕自己的母亲，倒一直怕老张的母亲。大毛站起来，拍拍屁股准备走：不坐了不坐了，我要回家了。临走关照老张，替他多注意一眼对门的女租客，看看她到底是干啥的，要是有违法犯罪行为，立即赶她走，他宁愿不挣这两千块租金。

就是从那一回开始，老张把观察对门的女租客，当成了伺候母亲之外的第二项日常工作。老张观察得很仔细，他发现女租客喜欢穿红衣服，连内裤都是红的；他还观察到女租客喜欢站在后弄里蹦跳跺脚，尤其是入冬后，每天都要蹦跶好久；老张还见过一些男人来拜访女租客，他们都是单独来的，在女租客的屋里待一会儿就会离开，这些人看起来就是最普通的男人，没有杀人越货的容貌，也没有发生过打架斗殴的事情，更没有听见争吵骂人声。老张觉得大毛的担心有些多余，一切都很正常，有什么不放心的呢？

年轻的女租客至今还住在对门，半年多了。老张的观察任务还在持续，他抬起头，看了一眼窗外。红衣女人还在，只是没再跺脚了，她挺着胸，站在后弄中间，看着远处。远处有什么？老张在屋里是看不见的，但是老张听见了摩托车的引擎声，正越来越近。

她要等的人来了，老张想，红内裤都挂着呢。

对面的玻璃窗里，今天挂的是一条崭新的红内裤，颜色很鲜艳，腰口很紧致，形态也还没撑走样，端正而小巧地挂在塑料衣架上。老张甚至有些担心，这么小，她穿得下吗？瞧她那敦壮的样子。这么想着，老张的注意力，从红内裤移到红衣女人身上。可惜，羽绒服是中长款的，遮住了她的臀部。可是胯部饱满鼓胀的样子，还是让老张轻易回想起一个浑圆宽阔的臀部。半年前，她穿着紧身牛仔裤和红色吊带衫，推着一个拉杆箱走进后弄，停在老张的窗外。然后，她从背包里摸出一把钥匙，打开了对面的门。老张隔着敞开的窗户看出去，满眼白花花的肉，中间一小片红布。

老张想到了不能生养的儿媳妇，做了三次试管婴儿都没成功。窗外的女人，倒是有生养潜力的样子，只不过，她不是一般的女人，不适合结婚，更不适合养孩子。

<h1 style="text-align:center">六</h1>

开摩托车的黑衣人又来了，这一天，来了三趟，每一趟都是空手进对门，5分钟，捧着大包小包出来，然后"轰"一声，载着大包小包绝尘而去，大头盔始终没摘下过。看样子，像是要搬家。老张忽然想起，自己是身负重任的人，他有责任监督他们，大毛屋里的东西，别叫他给搬走了。

老张长时间地站在窗前，数着男人载走的东西。他看见黑衣男人从屋里捧着个大纸箱出来，不知道纸箱里装了什么；他还看见黑衣男人把两个大塑料包载走了，透明的包里塞满五颜六色的衣物；第三趟背着一个大袋子出来，袋子鼓鼓囊囊，袋口露出个绒毛熊的脑袋，婴儿一般大。老张忽然咧开嘴笑起来，女人呀，真是长不大，喜欢这种没用的玩具。笑了一会儿，忽然感到有些伤心，幸好母亲已经失智失能，要不然，老太太会不会骂她的子孙"不孝"？

这么想着，他扭头去看床上的母亲。老太太与任何一天一样躺着，死一样安静，她已经不会发出唠叨的声音，世上已经没有人能指着老张的鼻子骂他不孝了。其实，就这么活着也挺好，除了她的儿子，她不会打扰到任何人。快过年了，母亲马上就要满虚岁 90 了，真是长寿啊……可是，为什么要搬家呢？老张继续把脑袋转向窗外。

现在，老张差不多确定，对面的租客就是要搬家。东西正一样样被转移，从摩托车来回的时间看，新住处不会太远。不过以后，老张就听不见后弄里的踩脚声了，也看不见窗外那副壮实而又生动地蹦跳着的红色身影。老张不是大毛，大毛随时可以走出家门，去茶馆听书，去老饭店吃正宗的本帮菜，去泰国看人妖……老张不可以，他不能丢下母亲超过半个小时，不可以走到比菜市场更远的 600 米以外，哪怕只是去听听一个喜欢穿红衣服的女人的踩脚声，也不能。可是为什么要搬家呢？这个问题，老张已经问了自己好几遍。难不成是房东大毛发现了什么，要赶她走？

老张开始感到愤愤不平，那些来拜访她的人都是自愿的，她这样活着，并没有打扰到别人。就像老张照顾母亲，也是自愿的，母亲这么活着，没有打扰到别人，没有人可以剥夺她活着的权利。大毛又凭什么要赶她走？老张越想越气愤，他想打开自家的门，走出去，跨过后弄，敲开对面的门，然后，他要对那个喜欢穿红衣服的女人说：大毛不租给你，我租给你。

老张当然没有跨过后弄去敲开对面的门，他想象中对红衣女人说的话，其实是没有资格说的，母亲还活着，他怎么能把房子租出去呢？老张只能持续看着窗外，通往后弄的门始终紧闭。

一整天就这么过去了，红衣女人一直没出来，后弄里没有响起她蹦跶踩脚的声音。她肯定在整理东西，半年前她来的时候，只有一口拉杆箱，现在要走了，三口拉杆箱都不够。做个人，真是越活拖累越多。

老张看了一下挂钟，下午 4 点半，要准备母亲的晚饭了。吃什么不重要，重要的是，得给她吃。老张站起来，看了看床上的母亲，眼睛一如既往地闭着，平薄的一副躯体，一点儿起伏都没有，鼻孔里钻出一根胃管，管口夹着止血钳，管内壁似乎沾着些许糊状物，用过几天了，要不要换一根？老张想，照理可以再用两天，可是脏了，换一根吧。

　　老张在八仙桌上找到一根没拆封的新胃管，按一贯的程序开始操作。拔掉旧胃管是最容易的，撕开胶布动作轻柔一些，拔出的速度慢一些，不要扯伤咽喉和鼻腔黏膜。新胃管准备插入，老张掀开母亲身上的被子，温暖的体味扑面而出。他吸了吸鼻子，一切正常，好了，现在他要跟着胃管再次进入母亲的身体了。从鼻孔开始，弯弯曲曲的通道呈现在眼前。

　　窗外第四次响起摩托车轰鸣声，老张一手托着母亲的头颅，另一只手捏着胃管，可他还是忍不住抬起头看向窗外。黑色庞大的身影不出意外地出现在窗口，只是老张整个人是俯向母亲的姿势，视线不够高，只能看见一个移动的大头盔。很快，大头盔不见了，随后，是"吱呀"一声，和"咔嗒"一声。黑衣男人进了对面的屋，老张想。

　　胃管继续探入，鼻腔过了，接下去就是会厌。老张扶起母亲的上半身，现在，她几乎是坐着的姿势了，拳头大的脑袋耷拉着，老张用自己一边的肩膀垫住她的后背，持着胃管的手稍稍用力，感觉有点受阻，他想象中的视线到达三岔口，看见了，粉红色的活瓣在蠕动。

　　窗外又有声音，是男人闷闷的说话声，像罩在瓮中，显然没有摘掉头盔。然后，是脆亮甚至尖锐的回答声，每一个音节都那么清晰。

老张竖起耳朵，还是一个字都没听懂。

老张有些生气，胃管往活瓣上戳得更用力一些。母亲的头颅像木偶的脑袋断了线，几乎垂挂到胸口，这是正确的姿势，气管紧闭，食道展露。与此同时，他听见外面脆亮的说话声：明天再搬吧。

他居然听懂了，这是他第一次听懂红衣女人说话，她果然要搬家了……老张手一抖，通了，胃管的前行路途顿时顺滑，再往前走几步，好了，留下体外一截胃管，长度合适，完成了。老张把母亲的脑袋放回枕头，动作有些急，或者，手臂托住母亲的时间有点久，没力气了，母亲的小脑袋落到枕头上，发出"扑通"一声轻响，把老张吓一跳。可是，那也没什么要紧，枕头，又不是砖头，老张想。然后，他像一只终于从猎人手里挣脱的兔子，从母亲的床上跳起来，一步跨到窗口。

老张看到的是红衣女人和黑衣男人的背影，壮大的两副。男人手里拎着头盔，他终于露出了脑袋，只不过是后脑勺，大脑袋上顶着乱糟糟的头发，耳鬓边有一撮倔强地扭曲着，是被头盔压得变了形的样子。老张依然没有看见男人长什么样，他只看见一红一黑两个黑影，几乎是挤着进了对面的门，然后，老木门"咔嗒"一声关上了。老张的视线移向对面的窗户，土黄色窗帘和玻璃之间，塑料衣架光秃秃吊在那里，没有红内裤。

天色昏暗下来，冬天，太阳总是很早下山。老张回到母亲床边，新胃管插好了，接下去要给母亲喂晚饭了。150毫升流质，由蛋白粉、橙汁、米糊和肉汤混合而成，用针筒注入，有点慢。老张几次想要去拍母亲的胸口，又想起拍胸口是没用的，就住了手。老张的耐心不如以前好了，给母亲鼻饲，他已经做了三年，没人催工，也不是计件计时的活，急什么呢？可是今天，不知道为什么，他就是有点急。

150毫升流质终于全部注入母亲体内，老张又注了10毫升温开水清洗胃管，最后，用止血钳把胃管开口夹住。母亲平静地躺着，自始至终，好像，她很享受60多岁的儿子对她这般无微不至、皮肉相触的孝顺。

老张没给自己做晚饭，他不饿，他不想吃饭，他就站在窗前，看安静的后弄。后弄里没有声音，也没有人迹走动，直到天完全黑下来。

这一夜，老张睡得不太踏实，迷迷糊糊刚睡着，一个抽搐又把自己惊醒。他想不起来有没有做噩梦，只是，感觉屋里的温度正在下降，他想，他是被冻醒的。可空调一直开着，"嗡嗡"声持续不断，大概坏了，明天要打电话叫人来修。

直到凌晨5点，温度计上的红柱已经跌到7℃，老张再也无法入睡，干脆开了灯，穿戴好，下床，他要看看母亲有没有被冻着。

老张走到母亲床边，白炽灯微黄的灯光下，床上的人平坦坦躺着，被子盖得好好的，一截微微隆起的躯体，拳头大的脑袋露出被子，鼻翼上贴着胶布，一根细管从鼻孔里拖出，细管顶端，止血钳拦截住无孔不入的空气，床上的人，没有起伏，没有鼾声，睡得很是安然。

老张习惯性地吸了吸鼻子，一股冷气钻进鼻腔，干干净净的，很是清爽。没有煤球炉、隔夜半馊粥、DDT药水的气味，也没有新陈代谢作用下半发酵的蛋白质和汗腺分泌物混合而成的、带点孜然抑或咖喱之类西域香料的气味，连惯常的医用酒精棉、中成药，和未及挥发的排泄物的气味，都好像被渐冻的空气凝固，任凭老张用力闻，也闻不到了。

老张的心跳开始加速，他要掀开母亲的被子仔细闻闻，只有闻到那股代表着生命机器依然运转的温热气味还在，他才能放心。他犹豫了5秒钟，伸出手，很轻很轻地拨开围着母亲脖子的被口，然后，把脑袋凑到母亲枕边，用力吸了吸鼻子。依然是一股凉薄的冷气，像早年他在农村插队，冬天的早晨，醒来后吸进的第一口空气，没有食物的油烟气，没有暖意，没有欲望，没有香或者臭的人间百味，什么都没有，真空般纯净。

熟悉的气味消失了，来自母亲身体的气味，几十年来总是让他情绪突然亢奋却又莫名厌恶的气味，一丝都闻不到了。老张只觉胸口一松，仿佛有一把剪刀在他捆绑已久的心脏上挑了一下，绳子断了，心脏松绑，血液刹那间流动起来。

老张深深地吸了一口气，想象中，他完全打开了自己胸腔里的肺叶，通透感顿时涌遍全身。

七

天已大亮，老张已经在窗前站了3个小时。听见警笛声在后弄里响起的时候，老张回头看了一眼床上的母亲。一切还是老样子，拳头大的脑袋，脆纸般的灰白皮肤，脸上没有皱纹，一根拖出鼻腔的胃管连接着她的身体，微微启开的嘴角边和贴着胃管的鼻孔边，糊着一些凝结的白沫，远看，却是洁净的样子。

屋里很冷，空气干净而纯洁，没有任何异味。老张等待着越来越近的警笛声，他没有想过要怎么向警察解释，那根细细的胃管是如何进入气管的？他已经记不清过程，他只记得，插完管子，他没有像往常那样拿一碗水来测试一下开口端是否冒气泡。他自己也不知道，那究竟是失误，还是谋杀。他只是准备好了，他们来了，他就跟他们走。

玻璃窗像一面电影屏幕，老张站在屏幕前静静地等待。一辆蓝白色警察专用摩托车飞驰而入，在屏幕里戛然停下，两名警察飞身下车。老张咬了咬牙，准备开启他那扇通往后弄的门。然后，他看见警察转过身，把后背对向他，一步跨到对门，在那扇老旧的木门上狠敲一阵，同时高声喊叫：开门开门！

对面的老木门启开了，刚开了一条缝，老张忽然转过身，似侥幸逃脱的罪人，隐藏起自己的脸，把后背朝向窗外。

老张听见警察的声音：接到举报……跟我们走一趟……

警察说得太快，老张没完全听清。老张还听见那个熟悉的脆亮尖锐的声音：是我男人……孩子在老家……过年了……

老张居然听懂了好几个词，太奇怪了，虽然断断续续，但他听懂了，声音的确是她的。可是，到底是不是她啊！她可不是一般的女人，怎么可以有男人、有孩子呢？

外面一阵嘈杂，男人辩解的声音，女人哭求的声音，警察呵斥的声音，隔着一堵单墙，就像发生在老张屋里。他很想回过头去看一眼，看看女人是不是穿着红衣服，看看男人到底长了一张怎样的脸。可他始终背对着窗户，直到20分钟后，后弄安静下来。

老张再次看向窗外时，后弄里已经没有人了。对面的玻璃窗里，土黄色窗帘背景下，一条红色的内裤壮阔而端正地挂着。

老张没有心思研究红内裤的新旧成色，老张的脑子里闪过昨天下午看见的那只毛绒狗熊，婴儿般大小，塞在塑料袋里，被黑衣男人载走了。快过年了，老张想，他没有孙子，一直没机会买那样的玩具，真是遗憾。

这么想着，老张拿出手机，犹豫了一会儿，给儿子豆豆发了一条短信：奶奶没了。

发完短信，老张像是脱了力，浑身软绵绵的，眼睛望出去，竟是两泓眩晕。也许是缺氧，或者低血糖，他拖着两条腿挪到窗前。他要吸一口窗外的新鲜空气，便伸出手去拔窗户的插销，然后，在窗框上轻轻推了一把。那扇整个冬天没打开过的玻璃窗忽地崩开，冷风砰然刺入。老张只觉脸庞一阵裂痛，仿佛小时候不当心摔了父亲留下的那只骨瓷汤盅，被母亲狠扇了一耳光。老张下意识地收手去捂脸，却捂了一手湿漉漉，他没发现，眼泪早已爬满了他的脸颊。

一株虹之玉锦

· 蔡伟璇 ·

电脑里低回着汪峰高亢而沧桑的嗓音："我如此爱你，这是我存在的意义；我如此爱你，因此我站在这里……"唐天青穿过歌声里的那一片炽热的苍凉，来到对面唐一株的床前。

以前那电脑里，流出来的，大多是邓丽君。黄锦喜欢邓丽君。缠绵在屋里的经常是："任时光匆匆流去，我只在乎你……"

以前那小房间，住的也不是唐一株。是费小颐。黄锦的儿子费小颐。

费小颐是个瘦高个子眉宇锁着忧郁的男孩，并且一见到唐天青，他的眼神，便会瞬间爬满警惕与憎恨。唐天青想，假如有一天自己忘了黄锦，也不会忘记费小颐的眼光。

唐一株又在她的房间里问唐天青："叔，我爸爸妈妈到底在哪里？"上了中班后，唐一株便开始向唐天青要爸爸妈妈。唐天青望着一株水盈盈的明眸，望着她露在空调被外的小脸庞，心头涌起一股忧伤。唐一株的那张小脸，越发像黄锦了。这使得唐天青常常有这样的幻觉：这一株，便是黄锦给他留下的、仅存的、唯一的纪念。

唐天青忧伤的目光穿过窗户，落在阳台的那株多肉上。那株多肉有个好听的名字，叫虹之玉锦。绿玉一般丰腴圆润的叶子，末端彩虹晕染，艳若桃李。那是几年前黄锦买来，种下，一直如一位翠衣红裙的粉红公主那般伫立于阳台。后来，唐天青以它为母体，扦插了许多小盆景，摆在家里所有空出来的地方。因此，他们两居室的小家，看上去就像一株硕大的虹之玉锦。唐天青的目光踟蹰在虹之玉锦的层层叶子之间，心头一动，脱口对唐一株开启了后来一系列长长故事的开头："一般的姑娘呀，都是爸爸妈妈生的；但是，世界上最聪明美丽的女孩，是虹之玉锦上结出来的。这株结出一个美丽姑娘的虹之玉锦，它长在西方灵河三生石畔……"此话一出，唐天青也被自己的信口胡诌微微吓住。这样一个接近玄幻的童话，要如何继续编下去，才既能自圆其说，让唐一株不再找她的爸爸妈妈，又让一株神往地接受下来呢？供职于新闻媒体，多年写时事评论的唐天青，早已养成缜密思维，擅长客观分析，但是为了一株，唐天青只能挖掘调动自己的儿童文学细胞，往下编去。

因此，后来每天晚上，唐一株都要追问唐天青那个虹之玉锦的故事。好在这个四处摆满虹之玉锦的家，每一枚小盆栽，都仿佛生长着一个悠远的故事，使得唐天青，每每思维梗阻，思路枯绝，只要望一眼这些小盆景，便又能信手拈来，编出一个新奇的故事。"叔叔，你后来再见过有女孩儿从虹之玉锦上结出来吗？""没有。那虹之玉锦，先是长肥硕亮绿的叶子，后来那叶的尾端，慢慢变红，红得像一颗珊瑚豆子的时候，才会有一个美丽的女孩，嘣，掉落下来！这是一千年才能有一次的事。并且必须是在西方灵河三生石畔长了一千年的虹之玉锦……"对唐一株的耐心，就像一份修行，一种赎罪，一次次忏悔——对黄锦和费小颐的忏悔。渐渐地，每晚给唐一株讲"虹之玉锦"的故事，就成了唐天青每天里一项顶重要的任务。因此，渐渐地，上幼儿园中班的唐一株，每晚美美地拥着 "虹之玉锦"的故事入睡，也就打消了找爸爸妈妈的念头。

唐天青就这样每天晚上给唐一株编"虹之玉锦"的故事，几乎透支了自己的儿童文学天赋。这，差不多是他这一辈子，最努力去做的一件事了。要是黄锦在这个家里的那几年，他也能以这样的用心耐心去经营呵护，没有那么无知，没有那么臭的脾气，黄锦一定不会离去。

本来，黄锦在这个家，每一天的晚餐，对她，都已是一场"灾难"了！

那时，他们的那套小二房的小客厅里，明亮地摆着一张他们结婚时，黄锦不愿盲目网购，几乎跑遍了全市所有的家具店，亲自去挑选来的新餐桌——他们结婚时唯一添置的新家具。他们结婚之前，唐天青虽然自己独住着一套小二房，小厨房里炊具盘盏样样齐备，但每日三餐，却都是到下一层父母住的另一套小二房，吃母亲做的饭。

结婚后，黄锦每天依然4点早起，赶5点去开店。黄锦的"面面俱到"，在唐天青所在的报业大厦那一带，很有名气。她卖手擀面、小笼包、馄饨，一直要卖到8点，等那些没有吃早餐的上班的老食客都吃上了，才回来。黄锦的儿子最早单独吃了上学去。黄锦次之，她是出门前随便吃点面包，八九点回到家里来，便吃早上4点出门时插上电饭锅煮的稀饭——儿子6点多吃饱后剩下来的，再热一下。唐天青最迟吃早饭，他不用坐班，夜里写评论写到凌晨，凌晨两三点倒头大睡。这一觉，要睡到上午十点十一点，才会醒来。那时，黄锦已煲好了午饭的汤。唐天青洗漱后，便可以先清爽地喝上一碗滋补的热汤。等不多久，黄锦蒸的馒头便热腾腾地上桌了。唐天青的早、午饭，基本二合一。中午这一餐，费小颐在学校吃。

他们的晚餐，是一天里一家三口唯一团聚的一餐。黄锦的右边坐着唐天青，左边是她儿子费小颐。黄锦的手和筷子，就像一支指挥棒，能挥出唐天青和费小颐脸上的阴晴雨雪来。要是黄锦把炒上来的唐天青爱吃的热菜摆到他面前，费小颐八成瞧一眼，就会蹾下饭碗；要是黄锦把剩下的一支肥鸡腿夹到费小颐的碗里，那七成会招来唐天青的大白眼。晚餐的餐桌，是两个名义上的父子，实则相差仅十三岁的大小男子汉，争夺黄锦的战场。

他们谁都相信，能一举挫败对方，能成为黄锦心中的唯一，因此，都把自己炼成折磨黄锦的高手。

唐天青讲了大半年"虹之玉锦"的故事后，在唐一株上幼儿园中班的下学期，他开始着手把讲过的故事进行文字整理，在微信上连载。他的一个在出版社当编辑的大学同学，建议他编辑成书。唐一株上大班的时候，《虹之玉锦》顺利出版，首发告捷，拿到五万元版税。后来，因为家里带一株的保姆实在不如人意，唐天青便把保姆辞退。辞去保姆后，照看接送一株，打理一个烟火之家，让唐天青忙得焦头烂额，给一株讲的"虹之玉锦"故事便也粗糙随意起来，惹得一株差评连连。

唐天青想到了卡上的五万元版税，这个底气，让他一气之下，把媒体的工作辞掉。

辞去媒体工作，不再写时评的唐天青，也改变了多年昼伏夜出的"劣习"，像个普通的父亲那样，黎明即起，给一株做早餐，送她上学。送一株上学后，回到家来，唐天青便换上家居衣服，然后给自己泡上一壶铁观音，仰靠在沙发上，燃上一根烟，在烟的云里雾里开始了天马行空的想象。等到掐熄烟头，喝掉最后一口残茶，唐天青这天的故事框架也有了。待下午送一株上学后，再打开电脑写下来，晚上便可以给一株讲睡前故事，同时接受一株的批评。待一株睡下，自己再修改提高，发上微信。

唐天青每天上午在构思出故事的轮廓后，便起身，穿着家居衣服，趿着拖鞋，像个家庭主妇那样挽个菜篮子，从电梯上下来，到小区的小超市买菜。这时的唐天青，不但从一个敏锐犀利的媒体时评人变身儿童文学作家，他那长及背的头发，也短成了男人的板寸头。整整吃了三年黄锦做的面食的精瘦的身体，也丰实了许多，过去尖尖的下巴，几乎要弧出双层来了。唐天青是在黄锦离去，一株到来之后，才慢慢长胖，就像面团需要一个发酵过程。随着双层下巴的隐隐浮现，他的躁急火暴和刻薄尖酸，也被和厚宽仁取代了。这时的唐天青，看上去，简直就是家里的又一株多肉！

这一天，唐天青下到小区的小超市里时，年轻的老板娘在放《后来》，"后来，我总算学会了，如何去爱，可惜你，早已远去，消失在人海。后来，终于在眼泪中明白，有些人一旦错过就不在，永远不会再重来。"刘若英的歌声缭绕在一排排货架间，像是物质与精神的缱绻，却直击唐天青胸口，勾出他的心殇。如果当时，也能像今天这样，做家务，对孩子耐心，知道有些话比尖利的刀子更能把人心刺得血肉模糊，黄锦她一定还在自己身边，为这个家，为"面面俱到"过着忙并快乐的日子。

"面面俱到"这名字，还是八九年前唐天青自己给她的面食店取的名。

唐天青第一次见到黄锦的情景，他至今历历在目。那个早晨，在单位上完大夜班的他，顺脚走进后来更名为"面面俱到"的小店，在他狂吃手工面时猛一抬头，瞥见了黄锦！站在他不远处的黄锦，穿一件洗得泛黄的白色衬衫，正撸着袖子，使劲擀面。微黄的白色衬衫，雪白浑圆的手臂，麦黄的白面。几种白，在她娴熟的力度和动作中穿插交错，活泼泼成了一朵广玉兰的花瓣。当她放下擀面杖，细致地包起馄饨，那纤秀灵巧的十指，又是"指如削葱根"的那一路的情致了。这样的女性芬芳，便是那烙在唐天青心里的一见钟情。而那堪称一绝的手工面，则潜伏在唐天青的胃里，一一击溃父母为他择偶定下的条条框框。

这个小超市一向并不卖盆栽花卉，今天在入口处，放了一张架子，摆满各种小盆景。唐天青一眼就看到一株小小虹之玉锦，美艳艳地鹤立其中。唐天青又想起那个早上，黄锦从她的店里回来，带回来一株虹之玉锦的情景。那天唐天青破天荒地起了个早，他给黄锦开门的时候，见到她手中的虹之玉锦时，只是漠然接过，随意撂到阳台，一点也没有料想到这株虹之玉锦，在他日后的生活中会发生怎样重要的事。"赌书消得泼茶香，当时只道是寻常！"

他们结婚三年，他为这个家买菜的次数，屈指可数，煮饭更是绝无仅有的两次。他以为结了婚，他给黄锦房子住，给黄锦一个体面的家，给黄锦那么多快乐，他便有权消费黄锦的艰辛和操劳，甚至后来潜意识里不断渗入父母所以为的"优越"的"毒汁"，有意无意地作践黄锦和费小颐。如果不是自己幼稚无知到近乎邪恶，铆足了劲跟本来就极抵触这桩婚事的费小颐争起黄锦，乃至升级到屡次挥舞着嶙峋铮硬的老拳，朝费小颐恶狠狠地说"这是老子的家！"，以致水火不容，剑拔弩张，黄锦绝不会那么绝望，绝望到有一段时间，彻夜不寐，彻夜流泪，每天早晨红肿着眼睛，强撑着去"面面俱到"做活。

　　唐天青从媒体辞职出来后，他和一株的生活就靠了手中的那笔版税。没有源源不断的收入，生活不免先自行拮据起来。好在不久后，出版社又找上门来，要出版《虹之玉锦2》，并预支了他八万元的稿费。接着，《虹之玉锦》和《虹之玉锦2》又连连再版。生计从此不愁，唐天青便让自己彻底沉沦在"虹之玉锦"系列童话的炮制中。

　　唐天青的童话滋养了一株，一株也成了唐天青童话最忠实和最挑剔的听众，日复一日，还历练成了一个毫不留情的批评家。一株常常在唐天青讲完故事，起身欲走的时候，突然从迷迷瞪瞪的睡梦中，睁开水盈盈的眼睛，一针见血地点破唐天青的某个漏洞。比如，唐一株会问："叔，你上次不是说，虹之玉锦一千年才结出来的这个女孩儿，会做一千一百种，发出一千一百种花果香味的面点，你今天怎么又说是发出一千一百种香水味？""叔，你觉得香水味的面点好吃，还是花果味的面点好吃？"唐天青自然是心悦诚服地一食指点在一株额上，"骂"道："小妖女！"

　　一株的鉴赏力高得可疑。这是来自唐氏家族的遗传因子，还是自己用心养育使然？也正是一株的鉴赏力和超人的记忆力，唐天青给她讲故事，再不能信口开河。因此冗长的长篇系列，每个故事都衔接得天衣无缝，篇篇奇妙瑰丽。

　　说起来，费小颐非常可怜。费小颐随黄锦来到唐家，作为他名义上的父亲，唐天青从未像对一株这样，给他文学的熏陶，用文学的暖光，拂拭去他眼中的阴霾，融化掉他心中的憎恨；不但在每晚的餐桌上和他打起争夺仗，连逼仄的小厨房，也是他们闹得不可开交的小战场。好不容易三人团聚的周末，他们总是彼此提防，紧张兮兮，看黄锦每周做一次的"头汤面"，给谁的碗里装的是清爽清鲜得毫无瑕疵的头汤面，给谁的碗里装的是已杂了异味的二汤面。三汤面当然是黄锦自己的了。

黄锦的头汤面，说起来，还是唐天青决心和黄锦结婚的理由之一。唐天青是在黄锦头汤面的味道上，彻底明白了为什么陆文夫的《美食家》里，朱自治要凌晨即起，赶去朱鸿兴吃头汤面。只是这样的理由，唐天青怎么对父母开得了口。黄锦除了做得一手好面食，唐天青父母要的"硬件"，她一件都没有。唐天青的父母是大学同班，在一个学校教书，生一儿，抚育唐天青父亲早逝的大哥留下的一女。婚姻旗鼓相当，几十年来琴瑟和谐。他们以自己为样板，来看唐天青的婚姻，当然失望至极。

唐天青每天下午写完一则"虹之玉锦"故事后，也快到一株放学的时候了。唐天青赶忙换上出门的衣服，匆匆赶去等在一株学校的门口。像所有的父亲那样，翘首以盼孩子从教室涌出来，飞向大门，奔向自己。其实，唐一株从学校走回家，也就五分钟，还不用过马路，她本来完全可以自己回来。但唐天青还是会像许多远道的家长那样，在她学校的门口等着接她回家。因为与一株走在夕阳里回家，会有一份隐秘的快感。那隐秘的愉快的色彩，就像歌里唱的"蓝天佩朵夕阳在胸膛，缤纷的云彩是晚霞的衣裳"。住在这一带认识唐天青和黄锦的人都以为，唐一株是他们的女儿——唐一株眼睛酷似费小颐，脸像黄锦！并且，算起来时间上也差不多，唐一株六岁，而黄锦和唐天青结婚，是七年多前的事。

唐一株是在上小学一年级后，重新怀疑起自己的来历的，即便她还是那么喜欢"虹之玉锦"的故事。

有一天，唐天青照例等在学校门口接一株。唐一株远远地从教室门口过来，一眼就瞥见了来接她的唐天青，于是她便飞掠过来。一株的小连衣裙是茵翠底色，下摆低低地活泼着一圈艳艳红花，加上她的飞奔，裙子飞扬，使得唐一株就像一株粲然长开的虹之玉锦。她奔到唐天青身边，拉住唐天青的手，突然生涩而热烈地叫了一声："爸！"唐天青呆住了，待他反应过来，忙朝唐一株低声说："叫叔。""不，就叫爸！"唐一株执拗而委屈的嗓音都哽咽了，"我同学，个个都有爸爸！"

唐天青当然是坚持不让唐一株叫他"爸"，如果有爸，那"妈"又在哪里？

唐天青站在落日里，想起那个寒冷的夜晚，大概是在他们结婚半年后吧，有一天，他参加单位的活动，十点多回家。那一天特别冷，黄锦在费小颐房间帮他找大衣，一边跟小颐在说话。黄锦说："你要叫他爸。"小颐一口就回绝了她："不，叫叔。""叫爸！""不，叫叔！""爸！""叔！"唐天青站在门口极为震惊。他没想过要当费小颐的爸，他才大他十三岁！不知道黄锦为什么竟要他当费小颐的"爸"。他羞愧尴尬，落荒而逃。

费小颐上高二下学期的时候，就搬到学校去住。周末由他亲奶奶直接接回家，再不来唐天青的家。所以直到黄锦离开，小颐连"叔"

都没有叫过他一声。

直到费小颐节假日被他亲奶奶从学校接回去，唐天青才知道，费小颐回的不是费家，竟是倪家！黄锦的前前夫家！这本不关唐天青的事，但是，此事件之后，父母当时斯文扫地地辱骂黄锦的诸如"破鞋"这样的话，便时常会像滚开的水泡那样，咕嘟在唐天青的心头，以致他开始疑惑，当时的越挫越勇，是不是像父母说的，愚蠢幼稚得扶不上墙；以致在与黄锦矛盾冲突的巅峰，也能胡乱拈来"破鞋"，信口咒骂，狠"摔"黄锦。

唐天青攥着一株的手变得枯硬苍凉，面色灰苦幽暗。一株沉默地走了一阵，仰头瞟了一眼唐天青，突然朝着金茫茫的落日，亮开嗓子，清亮地唱道："太阳出来月亮回家了吗？对呀。星星出来太阳去哪里啦？在天上。我怎么找也找不到它？它回家啦。叔叔／一株／虹之玉锦就是吉祥的一家……"这样的"吉祥三宝"，让心事沉重的唐天青，忍俊不禁地朝着又大又圆的落日，发出嘹亮的笑声。

一株现在对唐天青的童话故事，更加严苛了，挑剔得唐天青都怀疑起了自己。幸好一株放了暑假，唐天青打算带她回乡下老家，去看他父母，也让老家清新的空气，让山乡的青山绿水，为他的灵感和想象力加油。

这是暑假第一天的早晨，一株不必上学去，还在她的虹之玉锦摆出的童话小屋里安然酣睡，唐天青却比要送一株上学的早晨稍晚一些就起床了。电脑里低回着汪峰沙哑沧桑的歌声："我如此爱你，这是我存在的意义；我如此爱你；因此我站在这里……"唐天青站在阳台，望着这个浸润在雨水雾气之中的古老而崭新的城市，想起一早送来的本市日报上对今天天气的形容：雾湿楼台隐，雨润滨海娇。唐天青又想起自己户头上的五六百万元，他迷茫地想，在这个房价直逼"北上"的二线城市，即便拥有五六百万元，其实根本也干不了什么事。

电脑里女歌手接着在唱："你存在我深深的脑海里，我的梦里，我的心里，我的歌声里……"

雨停了，雾散了，太阳出来了。这个古老的城市清新而瑰丽，"颜值"越来越高了。可是，黄锦，你在哪里？

据说费小颐大学毕业后，北漂去了；黄锦则出国了。有人说她去了澳洲，有人又说她去了日本。唐天青相信这话，就凭她那一手做面食的绝活，足可以把外国人的胃，倒翻成中国人的胃！

三本"虹之玉锦"系列的出版和一再再版，使唐天青在三年左右，就拿到五六百万版税，这使唐天青跻身作家富豪行列，成为本市作家中，包括获过华语文学传媒奖等全国性大奖的作家在内，唯一能够从容地靠版税养家的作家。但是，在这个房价直逼"北上"的城市，别说城乡接合部那些原来的农民，动辄数千万上亿的房产；就是本市普通的原住民，房产基本也过千万。他这个"作家富豪"，在这些普通市民面前，只有"低到尘埃里去"——唐天青就连他现在住的这套本来在父母名下的小二房，也早已在他和黄锦结婚时，被父母转到远在美国的姐姐唐天虹的名下，只是注明：在唐天青的有生之年，具有其中一套的使用权。

唐天青远眺的目光，回落在面前的虹之玉锦上。唐天青瞅着虹之玉锦繁复的叶子想，一个精做面食，一个嗜好面食，本来就像作家和理解他作品的文学评论家。就凭这些，就足够让他们至少和谐地处个十年八年。更何况，他们还有那么多的默契和欢乐，深夜的餐桌上——还是那张晚餐时硝烟弥漫的餐桌，梗在他们之间的费小颐睡觉去了。黄锦在电脑里放邓丽君的歌，他们听邓丽君娇俏欢情地唱《美酒加咖啡》。黄锦月光杯红葡萄酒，唐天青米老鼠卡通杯喝黑咖啡。黄锦眼眸流彩地注视着唐天青，唐天青目光迷离地望着黄锦。两只杯子尚未喝空，两人的眼光身体，已经缠绕碰撞，电光石火。紧紧关上的门和匆匆拉拢的窗帘，挡住了对面房间的费小颐和窗外羡慕嫉妒的灯火，这时的黄锦不仅是一朵活泼泼的芳香四溢的广玉兰，更是一枚流淌着蜜汁的熟透的果实，由着唐天青不顾一切地吮吸吞噬。总以为，这样灵肉相融的快乐，足够抵御生活里的一切杂音；总以为像王小波说的那样，"我把我整个灵魂都给你，连同它的怪癖，耍小脾气，忽明忽暗，一千八百种坏毛病。它真讨厌，只有一点好，爱你"，便可以和黄锦天长地久。

　　只是，一个在众人眼里惊世骇俗的结合，更需要成熟的心智，可唐天青结婚的时候，只预备了勇往直前和与父母的死磕。直到黄锦提出离婚，唐天青也还幼稚以为只要他坚决不，只要他拖着、耗着；只要他以上法庭为要挟，并威胁要到费小颐学校扩散传播，黄锦就会改变主意——她是那么顾及费小颐的面子。他以为他这样就能拖活他们的关系，却不料黄锦的心早已死去，枯硬如铁，以致黄锦走的时候，一点余温不剩，微信、QQ、手机等联系方式彻底删除。

　　唐天青带着唐一株开了一个半小时的车，才到老家村口。

唐天青和黄锦婚后，另起炉灶。黄锦操持家务，唐天青也改变了多年的习惯，三餐不再在父母那里吃。住在唐天青父母上一层的黄锦，极力避开二老，"面面俱到"面食店的一切备料和前期工作，都在店里完成，从不带回家来。每天把自己拾掇得一朵广玉兰似的，白璧无瑕，活力又端庄，为的是在小区电梯里遇见唐家二老时，让他们觉得自己是个有衣品有人品的女子。但是不到一年，唐天青的父母还是连他们楼下的小两居也不愿住了。父亲怒斥，每一次碰到比唐天青年长十岁的黄锦，他的血压就要蹿高；母亲悲叹，回回见着只比唐天青小十三岁、已经上了高中的费小颐进进出出，她的哮喘病就要发作。

　　唐天青无法跟父母说清爱上黄锦的理由，那些理由低贱得无法说出口。可是，唐天青就是从黄锦蒸的馒头里，明白了"民以食为天"。黄锦蒸的馒头，一揭开蒸笼的盖子，那从馒头饱胀崩裂处散发出来的，扬着小麦花那样新鲜热腾的香气，足可以让他的精神头整整好上一天。因此，年长十岁的黄锦在嗜好咖啡的唐天青面前，简直就是一杯最地道醇厚的现磨咖啡。这，岂是那些叫外卖的青涩姑娘可比。父母一身书香，但从小到大，唐天青吃到的以米饭为主食的饭菜，都干净寡淡得像母亲的衣品。他们怎么看得到那面食里面的"天"？爱米饭的父母，只会做米饭的母亲，不知怎么就养出了这个嗜面食如命的儿子？但是，父母顾及的只是，一个书香门第，一个重点大学新闻系毕业在主流媒体工作的儿子，怎么能娶一个开小店、还带个儿子、年长十岁、离过婚的女人！如果不是考虑到父亲的高血压，母亲的哮喘，唐天青真想直通通地告诉他们，甚至响亮地嘲笑他们。

　　唐天青和黄锦结婚快一年时，二老便收拾停当，把他们名下两套小二房的产权全部过户到在美国的养女唐天虹的名下，只注明唐天青的有生之年具有对其中一套的使用权，便回乡下老家，住长辈留下的两进红砖旧瓦房去了。

对于兀然回乡下老家长住，唐天青的父母给宗亲们的说法是，这个山清水秀的小村庄，空气好，粮食菜蔬没有污染，适合他们高血压和哮喘病的康复。对于唐天青，他们只三言两语：已结婚，儿媳妇自己开店，有个儿子。便闭口不谈。但，即便是这样苍白的陈述，也把"唐天青有个儿子"这个信息，实实在在灌进了乡邻的耳朵里。内中有个五服内的堂亲——唐天富的母亲，摩挲着天青母亲的手，露着掉了牙的黑牙床，一迭声地说："儿子好，儿子好……"

这样过了快三年，天富的父母来求天青的父母，收养天富的女儿唐丹丹，给已有个儿子的天青添个女儿。天富因为田间灌溉纠纷，失手打死了邻村的人，被判了无期，儿媳妇又查出肠癌晚期。天富的父母除了无力抚养，私心里也希望，丹丹将来长大是个有父有母的城里孩子。

唐天青回老家看父母的时候得知了这事，他想，这又是农人们发挥了他们朴素的实用主义——这正是唐天青所深恶的农人的精明狡黠！就算同情，帮他们一些钱物就是，怎么能随便接个孩子来。正是因为这样，父母亲的逃遁回乡，一直被唐天青嗤之以鼻。

唐天青撇下他们，打算自个儿去溪边散心。唐天青匆匆穿过天井打开前院的门出去时，差点撞上天富的父亲。唐天青怜悯而厌烦地躲避开时，两枚格外亮澈的星子，落入他的怀中，那是天富父亲怀里唐丹丹的目光。唐天青定睛一看，大吃一惊，这个女孩的眼睛，竟然酷似费小颐，只是以无瑕的清亮代替了费小颐的阴郁。唐天青不由得再细看她那小小脸庞，这一看，唐天青的身子僵住了，那小小的脸庞，竟像极黄锦！

唐天青从溪边散步回来，直接就朝天富的父亲和自己父亲说："留下这孩子！"

唐天青此后每个月都要回去看由母亲带着的唐丹丹。

丹丹三岁的时候，唐天青便把她带回滨海市区上幼儿园，改名唐一株。父母已习惯了乡间的生活，依然住在老家山乡。

唐天青带着一株，又顺着小溪开了几分钟，就到了父母的老宅门口。

那条唐天青打小跟着唐天富他们泅水、摸鱼、打水仗的小溪，清澈见底地流过几十个春秋，不能不说是当今的一个奇迹，因此，也成了唐天青记挂着他的老家的一大原因。不过，唐天青也已经三年没回来了。因为不想让唐一株受到残缺的原生家庭的太多干扰，也不放心自己独自回乡让唐一株跟着保姆，并且还有黄锦的事横在自己与父母之间，因此，自从把一株接到滨海市区，唐天青就没有回过家乡。唐一株三岁离开，对于家乡少有记忆，只是好奇地东瞧西望。当她远远看到小溪以及小溪中间的大岩石，便摇下车窗，石破天惊地大叫："西方灵河！三生石！"唐天青照例一食指，戳在这个越发精灵古怪的女孩额上，心头却也跟着一动。

几年不回来，唐天青依然熟门熟路，推开老宅前院老朽的木门，穿过堆放杂物长满杂草的前院，再推开后落的旧大门时，竟然芳馨扑面，不绝如缕！原来，晴好的阳光下，前后落之间的天井里，满满当当的玫瑰，正纵情开放。繁花之中，有一株多肉，一株名叫虹之玉锦的多肉，像个粉红公主那般，被五彩缤纷的玫瑰众星捧月。唐天青想起唐一株惊呼的"西方灵河！三生石！"，又想到自己户头上的"巨款"。五六百万在滨海最多只能买个小二房，但是，在老家，可以建一座花园，一座长满虹之玉锦，还有无数玫瑰的花园。

这个园子，在一年后建成，它叫锦园。

父母住的老旧的两进大瓦房和大大的前院，是锦园的前生。锦园的两间门房作了锦园的管理房，门房的楼上，是父母的住处。锦园的入口处，是一幅虹之玉锦盆栽勾画出的粉红公主的画像，那是设计师比对着一株的脸庞，摆出来的。这位能做散发着一千一百种花果香面点的公主的衣裙，由盛开着白玫瑰花的盆栽填色。这种白玫瑰，叫雪山。后来唐天青又缴了一笔款，便把村口溪里清凉的水引了一脉过来，锦园从此像迪士尼的小人国那样晶莹剔透，又像堪培拉的小人国那样富于传说的色彩。

锦园落成一年后，唐天青把门房，改造成了一座高耸的塔，塔的下层，照例是管理房，二楼是父母的住处，三楼是一株的房间，四楼自己住，五楼是他的瞭望台。

这个长满虹之玉锦的园子，使这个偏僻的小山村，成了旅游胜地。不过，锦园仿佛不为赚钱，它只在节假日开放，其他时间休养维护。

唐天青把唐一株送去寄宿学校之后，便搬回锦园来长住。平日，他继续"虹之玉锦"系列童话写作。每个节假日，他在第一缕晨曦拂过塔尖时，即守到塔的窗边，俯瞰通往锦园的路和即将涌入锦园的游人，直站到夕阳姗姗收起它最后一线余晖。唐天青希望，有一天，他能看到黄锦和费小颐，回到锦园。当黄锦和长大了的费小颐，看到入门处虹之玉锦摆出来的画像，会原谅他的一切。

这天，唐天青站在小高塔上，看到白悠悠的云朵下，虹之玉锦一片玉翠嫣红，他在晴美的阳光下，虔诚地闭目祷告：陌上花开，缓缓归。

删 除

· 刘建东 ·

他们身着便装，态度和蔼。这让董仙生稍稍放松了戒心，却仍然对他们的突然到访，心存不安。他说："我从来没想到，会和你们打交道。"

　　两人都很年轻，三十岁左右，一男一女。男的姓梁，女的姓于。小梁说："这就是我们和您的区别。在我们眼里，每个人都有可能成为我们调查的对象。"

　　小于说："您别紧张，只是找您了解一些情况。"

　　董仙生故作镇静，说："我不紧张，我又没犯法。"

　　"是这样，前天在五洲大厦发生了一起命案。"小于说，"您别紧张，真的不用那么紧张。现在还无法确定是自杀还是凶杀。死的是一个中年男子，五十岁，名字叫徐德文。"

　　小于在介绍案情的时候，小梁一直在观察着董仙生的表情变化。当提到死者的名字时，董仙生没有任何反应。小梁便问："这个人您不熟悉吗？"

　　董仙生摇摇头："不知道是谁。从来没听说过。"

　　小于说："他可认识您。"

　　董仙生眉头紧锁："怎么可能？我可一点印象都没有，你们一定是搞错了。"

小于诚恳地说："没有搞错，是真的，我们查阅了他所有的通话记录和短信记录。他单身，几乎没有亲人。说实话，他生活的范围很窄，通话记录和短信记录很简单、很少。由此可以猜测出，他是个内向而不善交际的人。我们整理后发现，他每年元旦这天都会给您发一条短信，问候您新年快乐，持续了有十年。当然您也从来没有回复过。他每年都问候您，而没有如此殷勤地问候别人，那肯定是和您特别熟悉的人。所以我们想通过您了解一下徐德文这个人。"

董仙生大吃一惊："你们说的是真的吗？"他掏出手机，翻看着，令他感到震惊的是，手机联系人里居然真的有徐德文这个人，短信中也保留着今年元旦早晨八点的记录："新年快乐！"他没有回复。他摇摇头苦涩地笑着说："我真的忘记他是谁了。我想，我之所以没有回复他，就是因为我不知道这个人是谁。"

"可他每年都问候您。"小梁说。

董仙生无言以对，停顿片刻才说："我也搞不懂。你们想要从我这里了解这个人，恐怕让你们失望了。无论如何，我也想不起来这个人是谁。你们总不能让我随便编一个假的信息吧，对你们、对我，都没有什么意义。"

两位年轻的警察失望而归。呆坐在办公室的董仙生，眼看着屋内的光线暗淡下来，黑暗包围着他。他陷入深思，他的手机里怎么会有徐德文的号码，而这个陌生人又为什么如此执着地问候于他。直到电话声响起，他才陡然意识到，黄昏已过，夜晚如此真切，而黑暗并没有打消他的疑惑。电话是妻子肖燕打来的，问他怎么还不回家。他问肖燕："徐德文是谁？"

肖燕被他问愣了："是谁呀？"

他说："我也不知道。"

没有人知道徐德文。那几日这个名字始终萦绕在他的脑海中，他每天都要打开手机联系人，找到徐德文，盯着那个名字看，越看越让他后背发凉，越让他感到恐惧。在翻找徐德文中，他才震惊地发现，自己的手机电话本有 1200 多人，重新审视那些人的名字，竟然有一多半都想不起来他们的模样，想不起来他们的职业。他出了一身冷汗，这些从来没有联系过的人，会不会成为另一个徐德文？这些陌生人是他手机里潜藏的一分危险。这让他很不安，于是他开始给那些从来没有联系过的人一一打电话，以便确定他们到底是谁，确定他们还有没有必要继续留在自己的手机里，继续留存着一份随时可能爆发的危机。

有些人也早已经忘记了他。这些人对他来说是一个福音，他毫不犹豫地把对方从电话本里删除。而那些似熟非熟的人，却令他犯了难。方丹就是其中之一。

这是个陌生的名字，甚至他不清楚是男是女。电话里十分嘈杂，对方的声音很大，像是处在一个人声鼎沸的商场之中。是个女的，她激动万分，大声说："我从来没有想到会有这一天。"

这令董仙生感到十分疑惑。"你说什么？"他的声音随之也大了，像是他自己也处在那样的一个杂乱的环境之中。

对方更换了多处地点，但通话的背景始终无法改善，她有些语无伦次，但大体上董仙生还是理出了头绪，原来这个叫方丹的女人是他的小学同学。他依稀记得多年前，有一次回邯郸时，与一帮小学同学有个聚会，人很多很乱，他回忆不起来方丹的模样，也许就是那次乱哄哄的聚会，他们互留了电话。方丹仍在喋喋不休，她感谢他给她打电话，感谢他在她人生的低谷给她打来一个振奋人心的电话。其实董仙生什么也没有说，他打去电话的唯一目的就是想确认一下，她是谁，还值不值得留在自己的电话本里。

当他终于下决心挂断了电话后，那嘈杂的声音仿佛还在。他没有拿定主意要不要把她从电话本里去掉，犹豫了片刻开始打下一个电话。

他很快就忘记了方丹，就像忘记了打过电话的其他人一样。他们暂时浮现在他脑海中的形象，很快就沉入了记忆深处，只不过，他得到了片刻安全的安慰。意想不到的是半个月之后，方丹竟然不期而至。

没有任何征兆，周一的上午十点，方丹突然敲门走进了董仙生的办公室。董仙生一时想不起这个不速之客是谁，中年女人笑容可掬，主动伸出手来自我介绍："不认识我了，我是方丹。"

茫然显露在董仙生的脸上，他惊讶地看着伸过来的手，竟有些手足无措。

方丹说："怎么，不欢迎我啊。"

董仙生急忙给自己找台阶："哪里哪里，我只是感到幸福来得有点突然。"

"我到石家庄办点事，顺路来看看老同学你。"方丹没有电话里那般拘谨和语无伦次，显得落落大方。

方丹坐下来和他聊天，她并没有说她来的目的。她说得最多的就是他们共同的那些同学，而大多数人，董仙生都已经忘记了。他有些不好意思地说："我都忘了他了。"

方丹善解人意地说："你上大学就离开邯郸了，不在一个城市，见面少，联系少，你当然就想不起他了。"

　　在董仙生来看，早已不再熟悉的小学同学方丹是一个善解人意的人，她分寸掌握得很好，令他感觉自在而舒服。她也没有说她现在做什么工作。后来她提到了一个人，她像是言谈中突然想起来一样，提醒董仙生："在石家庄，还有一个咱们小学同学。"

　　董仙生说："我知道。"

　　"你们常联系吗？"方丹随意地问。

　　"不经常，有时候在酒场上会碰到，都不是刻意的。算是不期而遇。"董仙生回忆着说。

　　"他一定特别忙。"方丹是一个能从对方的立场考虑的人，在董仙生看来，这是难得的一个好品质。

　　董仙生说："我想是的。所以我很少去打搅他。"

　　"但是见见老同学总是有时间的吧。"方丹试探地看着他。

　　"那应该不成问题吧。你大老远来的。"董仙生不假思索地说。

　　方丹脸上露出一丝兴奋，满怀期待地说："那你联系一下他，我请客。一起吃个饭。"

　　董仙生笑着说："哪儿用得着你请客。你不用管，我来。"

　　在董仙生的办公室，方丹全神贯注地看着董仙生给老同学发了短信。等待的时间有些漫长，一直没有等到回信，他们有一搭没一搭地聊着天，都有些言不及物。眼看着到了中午，董仙生带着方丹在单位附近吃面，而方丹抢着付了钱。董仙生觉得在饭馆里两人拉拉扯扯的争着付钱有失体面，便随了她。两人一边吃饭一边闲聊，其实是等着短信。

"平时都这样吗？"方丹忧心而直爽地问。

董仙生愣了一下："怎么会呢？毕竟，我们还是同学，这一点是不能更改的。他是看重我们之间的同学情谊的。"

方丹长长地舒了口气。她的眼睛不停地看着他的手机，仿佛她能看到手机的响声。

吃完面，期待的短信仍然没有到来。方丹说："要不，你再给他发个短信？"

董仙生说："不用了吧。他一定会回的。"

"或者，"方丹又用商量的口吻说，"你给他直接打个电话？"

董仙生犹豫了一下，还是拿起手机，拨通了电话。方丹盯着他，他感觉方丹能听到手机里长时间的等待提示音，脸上有些发烧。过了会儿，他挂断了电话，摇了摇头："没有人接，我估计肯定是在开会，或者有其他重要的事情。你也知道，领导们日理万机。他手机里肯定存着我的电话号码，他知道我是谁。"言外之意，他的电话是不会被拒接的。

他们走出饭馆，不知道要去哪里。方丹建议去西清公园走走，董仙生默许了。他们边走边百无聊赖地闲扯。董仙生问方丹："你有多久没见他了？"

方丹心里默算了会儿说："三十八年。小学毕业后我就没见过他。"

这时候电话响了。董仙生看了看她，急忙接通："是的，是我。我们的小学同学方丹来了，我们晚上一起吃个饭吧。"

董仙生在耐心地听。方丹攥着拳头，略显紧张。

"是的，她吃完晚饭就回邯郸了。"董仙生说。

"是的。"董仙生说。

"好的，好的。"董仙生说。

他挂断电话。方丹忐忑地问："约上了吗？"

董仙生轻松地笑了，略显一丝得意："当然。"

方丹又长出一口气。她说："我不耽误你时间了，饭店我早就订好了，我发给你，你发给他。我们晚上六点，不见不散。"说完，也不等董仙生表态，就轻盈地转身离开了。

董仙生盯着她的背影，突然意识到，她好像不是专程来看望自己的。他摇摇头，解嘲地笑笑，不管什么原因，同学相逢总是令人感动的。

推掉了早就约好的一个饭局，董仙生早早地就来到了饭店。方丹比他到得更早。她换了一件外衣，雅致而不失艳丽。他说："我都忘了你小学时的样子。"

方丹笑着说："那不重要。我也不记得你的样子。可我们记得现在的样子。"

董仙生也跟着笑了："对，记着现在就好。"

两个人可谈的内容并不多，毕竟，将近四十年的时间，已经使他们成了路人，成为彼此都不熟悉的陌生人。所以两人聊着聊着就无话可说了，时间便凝固住了，两人都觉尴尬。他们都不约而同地看手机上的时间，都在拼命找个话题能维持住这个令人有些压抑的场面。董仙生突然想到了跳楼的那个人，于是他把那件事绘声绘色地说给方丹听。方丹有些心不在焉，所以听得并不认真，她不停地问他已经讲过的内容，而且会问些莫名其妙的问题，她问："为啥他要跳楼呢？"

董仙生愣了愣，他并没有给她讲那个叫徐德文的人为什么跳楼，他只是在向方丹陈述这个发生的事实。他说："我也不知道。也许是他自愿的，也许他是被人推下去的。这都说不好。"

"要是那样得有多惨。"方丹说。

"谁说不是呢。"董仙生回答。

"那个楼高不高啊？"方丹问。

董仙生一时没搞清楚她在问什么："哪个楼？"

方丹说："当然是他跳的那个楼。"

董仙生想了想："还是挺高的，大概有三十多层吧。"

她还会问："警察为啥找上你？"

董仙生只得又重新解释说："因为徐德文给我发过短信问候我。每年的元旦这天，他都会给我发一条短信。前后持续了十年。"

"时间可够长的。"

"谁说不是呢。"董仙生回答。

"那你到底认识不认识他？"她问。

董仙生觉得她的腔调与警察的几乎一样。"我也不知道，或许见过，或许只是见过一面，或许根本就不认识。"

方丹显得有点紧张："那你说，他还认识我吗？"

"谁呀？"董仙生没明白过来。

"他呀，老同学。"

董仙生说："这是两码事。当然会认识你，虽然这么多年没见过了，但是共同拥有的岁月是无法改变的。"

直到晚上七点四十，他们等待的人也没有现身。在方丹的催促下，董仙生第三次打电话询问。对方用很小的声音说，正在开会，无法脱身。董仙生说："他建议我们改天再聚，因为他无法预测，会议要开到几点。"他补充道："一定是个重要的会议，不然，我约他，他从来都是很准时的。"

失落的方丹并没有完全放弃机会，她说："要不我们边吃边等他？"

饭吃得肯定索然无味。董仙生觉得这是一场毫无意义的饭局，而方丹的心思完全在没有到场的那一位身上。董仙生后悔推掉了那场酒宴，今天晚上如果去那里，好歹能让过剩的酒精兴奋一下自己。

九点，等待已经没有结局。执着的方丹也放弃了。她甚至放弃了回邯郸的打算，她说，她既然来一趟，干脆就不要留任何的遗憾，她要等着和老同学见上一面。董仙生打车把她送到酒店。他百思不得其解：为什么她非要见他？

第二天，方丹早早地就订好了饭店，给董仙生打电话，让他约对方。董仙生打过去电话，项明辉接了电话，上来就为昨天的爽约而连声道歉。董仙生说："我没关系的。我们什么时候见面都可以。可是她大老远来的，她是真想见见你。"

项明辉爽快地答应了，而且强调说："老董，小学同学，多遥远而美好的回忆呀。就是有天大的事儿，我也要见的。你安排吧。"

方丹的担忧完全没有必要，项明辉如约而至，他笑容可掬，像是昨天才和她见过一样，上来就给了她一个大大的拥抱，然后说了句暖心窝子的话："没变，你还是小时候的模样，就是比小时候更漂亮了。"董仙生看着那一幕，想起自己见到方丹时的一脸茫然，真的由衷地佩服起项明辉随机应变的能力和水平，怪不得他能当这么大的官。

那天晚上的气氛很活跃，项明辉说出了许多小学同学的名字，说起他们当年的一些趣事，甚至是一些调皮捣蛋的事。这着实令董仙生和方丹惊讶万分。他超强的记忆力令人惊叹。甚至他还说出了方丹在操场上练习翻跟头的情节，说得栩栩如生，仿佛昨日。方丹眼睛湿润了，脸上挂着羞涩。董仙生是丝毫想不起有过这样的场景，而方丹的表现却让他也不得不确凿地相信，三十多年前，在那个叫胜利街小学的操场上，有个叫方丹的小姑娘，天天在那里练习翻漂亮的空翻，她上下翻飞，如同燕子一样矫健轻盈。

但是项明辉待的时间并不长，半个多小时的时间，已经足够把他们遥远的记忆寻找回来，把他们的距离拉近。项明辉和方丹互相留了电话、微信，然后匆匆地赶往下一个酒场。临走，他又和方丹热烈地拥抱，并叮嘱她，一定要常来，来了一定要给他打电话。方丹感动地说："好好好，就怕你烦我呀。"

项明辉说："怎么可能，我求之不得。"

看着饭店包间的门，方丹仿佛还沉浸在刚才项明辉带给她的喜悦和感动中，她说："他真好。"

留下来的两个人再叙旧已经失去了意义。董仙生提议他们也好聚好散，他问方丹什么时候回邯郸。方丹说，现在。他把她送到了车站，然后挥手告别。在送站口昏暗的光线中，他记住了她告别时满意而兴奋的表情。

这是一次温暖而令人难忘的聚会。在接下来的几天内，它可以把董仙生带回到天真无邪的童年，短暂地抛弃眼前的种种烦恼。所以，他一度感觉到，从手机潜伏的那些号码中，还是能够找回一些美好的东西的，它们不光是潜伏着危机，同时也孕育着希望，孕育着温暖与感动。这给了他些许的信心。他接着从手机电话本中寻找那些"僵尸"号码。此时，想要删除多余号码的想法似乎已经退居到第二位，意识深处竟然有点想要寻找抚慰的念头。然而事实再次重重地打击了他，他几乎没有找到温暖和安慰，更多的是一些失落、感伤。他知道了一个叫黄东君的人已经进了监狱，一个叫宋娜的人已经移居加拿大，一个叫马明扬的人正在为自己的职称而烦恼，一个叫王宇宙的人已经瘫痪在床，一个叫童庆祝的人对所有人充满着仇恨，一个叫黄辰的人得了不治之症……他发现，那些看似差不多的号码背后是一个个不同的人生，而那些千差万别的人生，让他抬头看到的窗外的风景，每时每刻，似乎都有着别样的感觉。

方丹开始往来于两地之间，邯郸与石家庄，一百六十多公里的路程，在高铁的帮助下，就像是一个城市的两个方位。她一来，就让董仙生约项明辉吃饭。有时候能够约到，大多数情况是无法成行的，毕竟项明辉比他们每个人都忙，是可以谅解的。即使约到了项明辉，每一次，项明辉都是点个卯，喝两杯酒就匆匆地赶往下一个酒局。这样的局面大约延续了有半年。直到有一天，董仙生接到了项明辉的电话。

项明辉的口气听上去并不愉快，有些生硬："如果方丹再约我们吃饭，你就替我推了，编任何理由都行。天天开会，哪有时间见她呀。"

他没给出任何理由，为什么不想和方丹见面。董仙生也不便多问，他只好说："好的。"

和项明辉通话后没多久，方丹便打来了电话，说她明天来石家庄，他们三人一起吃个饭。

董仙生其实还没想好怎么拒绝她，可是却张口说道："你别来了。

项明辉出差了，可能要挺长时间的。"

方丹的语气里透着失落，说道："好吧。"

她失落的情绪瞬间感染了董仙生，突然间感到了羞愧，他忐忑地问她："你是不是遇到了什么困难？想请他帮忙？"

方丹略微犹豫了一下，便立刻否认："不，没有。"

董仙生无法再追问下去，他知道，每个人内心的隐私是脆弱的，自尊也是强大的。他安慰方丹："他真的很忙。我见他一面都很难，他现在的社会地位，不是由他自己说了算的。"

"我知道，我理解。"方丹的声音变小了，"好的，谢谢你呀。那我明天就不过去了，但是你要是回邯郸，一定要给我说一声，一定啊。"

在随后的一个月之内，方丹来过石家庄两次，她都没有提前打招呼就兴冲冲地出现在董仙生面前。每次都以来看董仙生的名义，顺带请董仙生约项明辉。而每一次董仙生都经过激烈的思想斗争之后，替项明辉找出各种借口，开会或者学习之类，回绝了方丹。他看着方丹眼神中一闪而逝的失望，就有点自己做错了事的感觉，非常内疚。他也屡屡尝试着想要打开方丹的内心世界，让她敞开心扉，可方丹总是笑呵呵地顾左右而言他。

之后很长时间，方丹再没有消息，董仙生隐隐地有些不安。在一次全省大会结束后，他急忙跑到主席台前，等着项明辉从主席台上下来，和他友好地打个招呼。项明辉拍拍他的肩膀，笑意盎然地问他最近有什么大作出版，也不给他送一本。项明辉说："你别忘了，我也是个爱读书的人。"董仙生说："我的书不值一读。"两人说了几句无关紧要的玩笑话，董仙生便急着把话题引到方丹那里，他说：

"方丹又和你联系了吗？"

项明辉说："她再来，你们聚，就别叫我了呀。"

董仙生还想说什么，项明辉就拍拍他，去和其他人打招呼去了。董仙生等了一会儿，见他没有要回过头来继续和自己聊天的意图，便放弃了，随着人流走出了会堂。

之后，董仙生与项明辉又零星地见过几面，大都是在开会期间，他坐在主席台下，而项明辉坐在台上。他们再没有说起过方丹，仿佛，方丹从来没有在他们习以为常的生活中出现过。

董仙生似乎也渐渐地忘记了方丹，直到有一天清晨，六点半，他接到了方丹的电话。那是在邯郸，他昨天晚上刚刚结束了在此地的一个讲座。今天上午要乘车返回。方丹怪罪他说，来了也不和她打声招呼，她想表达一下老同学的情谊都不给机会。不容分说，方丹果断地说："今天中午不能走啊，你不能不给我这机会啊。"董仙生只好改签了下午的高铁，在宾馆里静候着方丹。

中午，方丹招呼了一帮同学，为董仙生送行。大部分人他都忘记了他们的姓名和模样。席间大家共同追忆儿时的时光，他发现，自己早就遗忘了的往事，却那么清晰地印在他们的脑子里。方丹活跃而兴奋，她频频地与董仙生喝酒，并鼓动其他人敬他酒。董仙生本来就酒量不大，那天喝得多了，身体有些飘，所以后来坐上去火车站的轿车时，他竟然一时叫不上送站的同学的名字。

同学微胖，憨厚地说："我叫王军，小学时我们一起去滏阳河游过泳。"

"嗯。"董仙生说。

王军没喝酒，快到火车站时，一路上都少言寡语的他突然说：

"是我们鼓动方丹去找项明辉的。"

董仙生脑子昏昏沉沉，反应了一会儿才问："为什么呀？"

王军停顿片刻，说："我想她一定没有跟你说。她是个特别要强的人，如果不是遇到解决不了的困难，她是不会听我们的劝告去找项明辉的。"

董仙生一头雾水，刚要问仔细时，车已经到站。王军最后叮嘱董仙生说："我们都见不到项明辉，你要是能帮上忙，一定得替方丹说说好话呀。"

这是唯一的一次能够接近方丹真实目的的机会，可是它在董仙生迟钝的意识中，瞬间就消失了。等回到石家庄，睡了一夜，他才意识到，自己错过了一些什么。他急忙拿过手机，在手机电话本里翻找王军的号码。手机里有两个王军，一个是石家庄的，一个是广西的，显然，从来没有存过他的小学同学王军的号码，这是个早被他遗忘的人。他只好给方丹打过去电话。令他惊讶的是，方丹的电话号码已经停机，明明他昨天才与她通过电话，她热情的声音如今还回荡在他的脑海中，怎么可能这么巧她的手机就停机了。他隐隐感觉哪里有些问题，可是又想不明白。他只好求教于手机的电话联系人。一千多个电话号码，他想不起来哪个有可能会与方丹有关系，能够知道方丹新的电话号码。最后他的目光停留在项明辉的名字上。他略为犹豫，还是打了过去。

"老董，有事吗？"项明辉问。

董仙生迟疑了片刻："我找不到方丹了。"

"方丹是谁啊？"项明辉漫不经心地问。

董仙生愣了，项明辉事务繁忙，一时想不起来倒情有可原。"我们的小学同学啊，前一段我们还经常在一起吃饭。"

项明辉似乎是突然想起来："噢，对，似乎有这么个人。怎么了，她怎么了？"

"她好像失踪了。"董仙生忧心忡忡地说。

项明辉轻描淡写地说："她和你有什么重要关系吗？"

董仙生略作沉思，然后说："那倒也没什么关系。"

项明辉宽慰他："兄弟，别自寻烦恼了，我们这个年纪的人，还是不要给自己增加不必要的负担了，有空闲时间了，去打打球、散散步，出门旅游。要不我给你安排一下吧，浙江有个好朋友，一直邀请我去，说他那里山清水秀，空气怡人。我给他说一下，你去那儿散散心吧。"

董仙生感觉这话不大自在，好像是他自己出了什么毛病，需要去风景秀丽的地方缓解一下。他态度生硬地说："我不去，我又没有病。"

如同项明辉所说的那样，方丹的消失与他们的生活并没有太大的关系，她彻底从他们的生活半径之中失去了踪影。这像是生活的常态，就是董仙生和项明辉，也并不是经常能够见到，他们就像是奔跑在两个不同场地中一样。直到一年之后，方丹的名字才重新被提起。

深秋的一天，接到电话的董仙生匆匆赶到医院时，已经是傍晚时分，躺在病床上的项明辉完全没有了主席台上的风光，他神情恍惚，气若游丝。这是他脑溢血手术后的第十天，他让妻子把董仙生叫来。一路上，董仙生都在不安地想，平时看着身体强壮的项明辉怎么会突遭厄运？项明辉看到他，眼珠转了转，泪水溢满了眼眶。项明辉摊开的手软绵绵的，董仙生几乎感觉不到一点力气。项明辉的意识已经恢复，他请董仙生去找个人。

董仙生问："谁啊？"

"同学，"项明辉说话有些困难，"忘了叫啥。"

董仙生提了几个名字，项明辉都闭下眼，否定了。他似乎也在努力想那个人是谁，脸憋得红红的，可就是想不起那人叫什么。

董仙生求助地看着项明辉妻子，她也摇摇头，悲伤地说："也不知道是怎么了，为什么那个人如此重要。"

"吃饭……"项明辉想到了与那人有关联的一件事，他用手指指自己和董仙生。

"方丹？"此时，这个久违的名字也才突然地冒出来，仿佛，那是很久以前的一个人，他都忘记了她的容颜。

项明辉强作出一丝欢颜，兴奋地眨眨眼。

看着项明辉请求的目光，那份渴望、那份期待，董仙生无法拒绝。他答应项明辉一定要找到方丹。

要找到方丹，可不是他答应的那么爽快。他专程跑了几趟邯郸，没有人能够告诉他，方丹究竟在哪里，或者去了哪里，她就像是许久之前的一件往事，在董仙生熟悉的那些人的记忆中，已经人间蒸发了。

有些人想找找不到，而有些人，并不想见却偏偏遇到了。董仙生在公园里散步，这是他唯一的锻炼身体的方式，听到有人叫他"董老师"，停下来，侧对面站着一个身穿警察制服的年轻女子，在对着他笑。董仙生问："是叫我吗？"女警察说："您不记得我了，我是派出所的小于。去年找您了解过情况。"

董仙生拍拍脑门："想起来了，对了，那个案子后来怎么样了？查出他是自杀还是他杀？"

警察小于说："查清楚了，自杀。他有严重的抑郁症。对了董老师，后来您想起来是怎么认识他的吗？"

董仙生皱着眉："没有，到现在我也想不起来。我早就把他从我手机里删除了。"

小于说："删除掉好。因为他也不可能给您发短信了。"

看着小于的背影，他想，要是方丹能这么巧遇到多好。

正当他一筹莫展之时，有一天接到了一个陌生的电话。电话里的声音也很陌生："我是王军。"

"哪个王军？"董仙生一脸茫然。

"小学同学，"对方说，"我听说你在找方丹？"

董仙生立即愁眉舒展，急迫地说："是呀，王军呀，她在哪里？"

"在她该在的地方。"王军平静地说。

方丹并没有离开过她生活过的城市，只是，她躲开了其他人的目光。在王军的引领下，他们来到了郊外一处非常偏僻的小区内，王军说："12栋2单元7号。"

"你不一起上去吗？"董仙生诧异地问。

"不，她不想看到太多的熟人。"王军说。

董仙生下了车，问车内的王军："你为什么帮我？"

王军叹口气说："我想让她不再悲伤。"

董仙生揣测不出王军的真实想法，站在方丹门口时，他能够清楚自己此时的内心感受，忐忑不安。他无法预知自己这次相邀的结局。他知道，等待他的也许是失望。

方丹的家简朴，很整洁。方丹对他的到来还是感到意外，她说："我没想到你们还记得我。"

"没有人忘记你。"董仙生说了句言不由衷的话，然后补充道："你还记得项明辉吗？他想见你。"

方丹紧咬着嘴唇，把嘴唇咬成了紫色。

董仙生说："他病了，很严重，是突发的。脑溢血。他的头脑还清醒。但他的政治生命可能就此结束了，这对一个那么热爱他的工作的人来说，是致命的打击。他现在最想见的人是你。"

方丹问："为什么？"

董仙生被问愣了，他没有问过项明辉为什么。他愣了会儿，为了避免尴尬，解嘲地说："也许他只想表达一下歉意。"

"我从来没有怨恨过谁。他也没做过对不起我的事呀。"方丹说。

董仙生想了想。"或者，他只是想见你一面。我也不知道，我只是来完成他的请托。"

她低下了头，泪水奔涌而出。

这让董仙生始料不及，他连忙说："如果你不想去，不勉强。"

等她抬起头时，用纸巾擦了擦挂在脸上的泪水，挤出一丝笑容。"对不起，我想起了另外一个人。"

董仙生没有问她想到的那个人是谁。他沉默着，等待着她的回答。他已经意识到，这会是一个不出意外的拒绝。

5分钟，他们都没有说话。当时间在猜疑中度过时，显得悠长而紧张。时间像是一个影子，越来越重地压在董仙生的心头。

她站了起来，长舒了口气："我跟你去见他。"

这是个意外的结果，董仙生喜出望外。坐在王军的车里，董仙生由衷地说："谢谢你。"

　　"不必了。我知道，当一个人面对困境时，有多么煎熬和绝望。"她忧伤地说。

　　汽车载着他们，一直向北，向着方丹并不熟悉的那个城市奔去。他们都不知道，项明辉要对她说什么。

新婚快乐

· 包倬 ·

张生打来电话说，婚礼取消了。我说，哦，知道了。

　　这个号称只有春天的城市下雪了，人们像疯了一样倾巢出动。真是可怜的少见多怪的人们。收音机里一直在播报路况，青年路、北京路、和谐路、中山路、环城路……城里所有的路都拥堵。你可以想象这样的场景，一动不动，心烦意乱，骂骂咧咧。不光如此，那些从郊外踏雪而归的人，也被堵在了城外。真不知道他们是否后悔去学古人踏雪寻梅。

　　我正在赶赴一场婚礼，中途接到另一场婚礼取消的电话。我随手删除了张生的号码。张生，张先生，我忙得连多输入一个字的时间也没有。我也不指望他有过多的解释，毫无必要。做了八年司仪，我遇见过三次前任大闹婚礼，一次新郎得急性阑尾炎送医院，一次新娘痛经到头晕呕吐，两次临时取消婚礼，不知所因。这没什么。结婚没什么，婚礼取消也没什么。

　　令人心烦的是眼下这交通。不用说，这城市已经变成了一个巨大的停车场。雪落在挡风玻璃上，被雨刮器荡开，落下，荡开，像一对恋人无休止的分合。这患了肠梗阻的街道，红灯绿灯统统失效，就连站在十字路口，头顶风雪的交通警察也成了摆设。小旗子、哨声，司机们视若无睹、置若罔闻。只要不追尾，能朝前挪一寸，就离目的地近了一寸。看雪何必去郊外？此时只要开车出门，堵在路上就能一次看个够，并且此后多年仍然记忆深刻。

雪确实能够带来回忆。我上一次看见雪是十年以前，那时我怎么也没想到自己某天会成为一名司仪。那时我在乡下，跟人学打铁。在乡村，人们已经不需要铁匠，但我喜欢铁匠的女儿。铁匠的女儿白得像雪，这真是怪事。铁匠的女儿正眼也不瞧我一下，考上大学去了外地，像雪一样融化在乡村。于是，我只能像风一样地追着她来到城里。两年前，我主持了她的婚礼，并且收下了他们的红包。

前面的面包车脏兮兮，像是昨天刚出土的一样。但司机是个急性子，见缝插针地朝前拱。一个能把面包车开得像坦克的人，我跟着它，算是走运。有好几次，面包车差点跟旁边的车擦碰，但它一副命如草芥的样子，别人只好主动刹车让行。我小心翼翼地把着方向盘，脚上不停地点着油门和刹车，眼前只有白色的雪和红色的尾灯。电话又响起，是洛丽打来的。我不能不接。

她劈头盖脸地问我："到哪儿啦？"连个称呼都没有。

"铁路二小门口，"我看了一眼窗外，报出准确的地址，"还有二十分钟，应该不会迟到。"

"不是应该，是必须。总不能让我闺密和她老公站在台上等司仪吧？"

洛丽有些不高兴了。此刻，她一定是嘟着嘴，丧着脸，气势汹汹。怒放的花朵。

"放心，我这就踩着风火轮来。"

挂了电话，我又跟着前面的面包车移动了一二百米。雪下得欢快，似乎是为了回报人们对它多年来的期盼。再这样下一夜，明天城里也能堆雪人打雪仗了。如果这样，我也许可以约洛丽出来吃个火锅。她喜欢吃鹅肠和鸡胗，还有漂洗得发白的牛胃。这个女人，我们认识已半年，她像个钓鱼高手，从不浪费饵，却又三番五次让人心甘情愿去咬钩。在面对女人这件事上，我天生迟钝，所以只能做条傻鱼。洛丽喜欢傻鱼，她养了两条金鱼在家里，一红一黑，每次见到洛丽都只会张嘴摆尾。

"你看，这鱼像不像你们男人？"一个星期前，我们去唱歌，都喝了酒，我送她回家。

"哪里像？"我问。

"动不动就想吃。"她说。

这话像一瓢冷水泼进我的裤裆，我只好蔫蔫地离开了。但是第二天，她又一大早在微信上给我发来消息，说我唱许巍的歌像原唱，特别是那首《九月》。我们又聊了一会儿，她便说起闺密要结婚，想请我去主持。我欣然答应，只是没想到婚礼会遇上这雪天。

车到酒店门口，我一眼就看见了洛丽。她穿了一条粉色的长裙，站在穿白色婚纱的新娘旁。她使劲招手："这里，这里。"酒店的保安小跑过来，指挥我停好了车。

"谢天谢地，你终于来了，"洛丽夸张地喊道，"你不来，我们就一直等下去。"

我呈上红包。司仪的红包。我看了看新郎和新娘，还算般配。男不帅，女不美，矮个子，胖嘟嘟，如果把他们再缩小，制成玩具，孩子们应该会喜欢。我和新郎握了握手，他的手凉透了，我对新娘笑了笑。

"这是我朋友庄闻，金牌司仪，"洛丽说，"这是邱忠和末末。"

六点整，天黑了。身后的马路上响起长长的喇叭声。除了伴郎伴娘和洛丽，已经没有人站在风雪中陪伴新人。我知道在二楼的宴会厅里，客人们正盼望着婚礼早一点开始，好喝下鸡汤和白酒，然后大快朵颐。一场人情的接送和关系的验证而已。其实像我这样的人，也无非就是在婚礼上主持一个仪式，让婚礼看上去更符合别人的想象。我们是礼仪之邦。所谓的礼，其实就是细节。

春有百花秋有月，夏有凉风冬有雪。每个季节，我都会准备一套开场白。但一念就是八年，真是有口无心了。所以，我不想再去赘述一场毫无新意的婚礼。我要说的，是婚礼上遇见的一个男人。

那时，他坐在我对面，紧张而迷茫地抽着香烟。另一只手，像只不知所措的螃蟹，一会儿爬向尚未开封的碗，一会儿又伸进装糖的盘子中，却又空手缩了回来。

"辛苦你了。"我刚坐上桌时，他便从对面走过来，突然握住我的手。他显然不经常和人握手，无法掌握好力度，加上手掌坚硬粗糙，抽回时让我感到刺痛。我礼貌性地回答，没关系，应该的。按理，他还应该再说句啥，但他沉默了。我们站了一会儿，然后各回各的座位。

隔壁一桌坐的是新郎新娘的父母和亲戚。他们热烈地说着新郎新娘小时候的事，小学数学考三分啦，放学走丢啦，喜欢吃麻辣条然后吃到吐啦……这些鸡毛蒜皮的小事，经他们的嘴说出来，就像所有人都是见证者一样。其实，他们想说的，无非是光阴似箭，一转眼就结婚了。

我们这一桌，则刚好相反。大家都不认识，凑一起，无非就是为了吃顿饭。就连坐在母亲身边的那两个孩子，他们年龄相仿（八九岁），也相互看着，陌生而警惕；一个染着黄头发的年轻人，像是发型师，兀自玩手机；坐他旁边的女孩，应该是化妆师，两片眉毛，像毫无生气的柳叶，死巴巴地贴在眼皮上方，让人想帮她一把扯下扔了；那个长发男子，应该是在婚礼中负责影像的，他坐了一会儿，拿出一个黑色单反，起身拍照去了。桌上的那盘瓜子和花生，很快被抓光。菜才上了两个。

最煎熬的是刚才跟我握手的那个男人。他刚剃的平头像截树桩，穿一件灰色西装，敞开着，里面套了件皱巴巴的白衬衫，仿佛是为了突出胸前那条狗舌头样的红领带，没穿毛衣。他一直微笑着，看看这个，看看那个，但并未引起别人的回应。我感觉他应该是个农民。我没有歧视农民的意思，我也是农民，我父母至今还在乡下种地。他努力让自己穿得不像个农民，但明显失败了。城市像块大磁铁，吸引着农民走向它，这一路上，是他们丢弃乡村的叮当作响声。方言、习俗、服饰……统统丢在了进城的路上。但是，想要抹去出身的标签，并非衣服和发型那么简单的事。

此刻，他又看向了我，我朝他点了点头。他从兜里掏出一包香烟，撕开，请大家抽。但除了我和他，其他人都不抽烟。他流露出感激的样子，用早已准备好的火机帮我点燃了香烟。

"坐吧，"我说，"我们两个抽烟的人坐一起。"

于是，我请旁边的人挪出了位子。他在我身边坐下，微笑着，却不知道该说什么。又上了一道菜，他终于找到了话题。

"开吃吧，"他说，"大家不要客气，动筷子。"

说着，像个热情的主人，站起身来，拧开了白酒，给每个人倒酒。同样的，只有我和他喝白酒。他似乎有点遗憾，又开了啤酒，给那个发型师倒了一杯。开了橙汁，让两个小孩喝。

我举杯，和他碰了一下，说，样样好啊。他说，样样好，样样好。他一口喝干了杯中酒，拿起酒瓶，等我放下杯子。我陪他干了，两人又各倒了一杯。

"吃菜，吃菜，"他说，"千万不要客气啊。"

别人并没有客气，都在自顾自地吃喝。他不光像个服务员似的关注着我们这一桌的吃喝，还留意着隔壁桌的动静。有几次，隔壁桌的笑声猛烈地传过来，他的脸上也跟着露出笑容。

"我心里高兴啊。"他突然说了一句，声音不大，像是专门说给我听。

"今天是个好日子，"我说，"我们都应该高兴。"

"我是真心高兴，"他说，"二十几年来，从未如此高兴。"

我很想问他这个悲伤的时段是如何划分出来的，但想起酒桌上的一些人，一旦开口，如黄河泛滥，招架不住，便作罢了。我朝发型师举杯，跟他喝了一口酒，顺便夸赞他发型很酷。坐我身边的这个男人站了起来，望向隔壁桌，那里正在斗酒。大概是新郎和新娘的两个叔叔，想比拼一下谁的酒量更好，而其他人正兴高采烈地隔岸观火。

"其实我可以喝那样的三杯。"他想了想，重新坐下，独自将杯中酒喝了。那委屈的样子，让人想起不被派上战场的老将黄忠。

大厅里嘤嘤嗡嗡，像一个巨大的蜂巢，杯盏声、说话声、歌声、小孩打闹声混在一起。热风停了，空气阴冷。新郎和新娘已经换上了敬酒服，在洛丽的陪同下，开始挨桌敬酒。

"你是哪边的亲戚？"我问他。

"新娘的……"他顿了顿，"亲戚。"

"我叫庄闻，叫我小庄或者小闻都可以，"我说，"末末是我们的好朋友。"

"那你叫我老莫吧。"他说，"我从阿尼卡来，那是一个穷地方。"

我不知道阿尼卡在哪里，但一个人从乡下来参加婚礼，想必是不容易的。更何况，末末是洛丽的闺密。我递了一支香烟给他，他点着后，打量着我手上的香烟盒。我将一包没有拆封的香烟送给了他。

"你有空儿来家坐坐，"他说，"最好是带着末末一起来。"

他说这话，就像我们是在阿尼卡的村口相遇一样。只有乡下人才会动辄邀请人去家里坐，城里人都是请去外面吃喝，家是他们的隐秘之地。虽然我知道，我这一辈子也不可能去那个叫阿尼卡的村庄，但我还是说，有空儿一定去。

"真的，一定来，"他握着我的手，空气中有酒味，"带着末末一起来，我给你们杀羊吃。"

我哭笑不得，即使带着末末去，也应该是邱忠。但我依然答应着，好的，好的，谢谢啊。那两个带孩子的女人已经吃好了，她们站起身时，让孩子跟大家说再见。那个发型师放下筷子，边喝啤酒边玩手机游戏，偶尔抬头看看其他人，但始终不说话。那个化妆师玩起了自拍。邱忠和末末被一桌客人缠住了，正在喝由醋、辣椒、白酒、红酒、红油调制而成的"鸡尾酒"。老莫在我身边沉默着，他像是喝晕了，又像是在思索。突然，他站起身，端起桌上的白酒和杯子，走向了隔壁桌。那一桌是主宾，按理都可以前去敬一杯。我也拿了酒杯跟在他身后。

末末的父亲第一个看见老莫过来，他一边招手，一边挪身边的凳子。末末的母亲正在和人说话，看见老莫过来，便停了话。其余的人继续喝酒、聊天，勾肩搭背，窃窃私语。老莫向着末末的父亲走去，将酒往桌上一放，站着。

"我来敬大家一杯酒，"他说，"今天末末结婚，我高兴。"

这话刚才已经说过了。我心想，别人的女儿结婚，你高兴个啥啊？

"高兴！"他又重复了一遍，明显提高的声音里，有了醉意，"来，干一杯。"

末末的父亲端起杯子和老莫碰了，却只舔了一口。他放下酒杯，解释说，自己前个月刚做完手术出院，医生不让喝酒。老莫愣了一下，想争辩，但还是放弃了。他又开始倒酒，在他举杯之前，末末的父亲向众人介绍了他。

"这位莫老弟，他从阿尼卡来，"他说，"凉山的阿尼卡，你们都知道吧？"

"哦，凉山。"一个胖女人看着老莫，若有所思地点了点头。

"欢迎大家去阿尼卡玩，带上末末一起。"老莫举起杯，却忘了要跟谁喝酒，我赶紧和他碰了一下，小声提醒他，少喝点。

"嗯，这位司仪说得对，酒少喝点，对身体不好，"末末的母亲说，"你好不容易来一次，多玩几天。"

于是，老莫朝末末的母亲举起了杯。她喝红酒，倒也爽快，一口干。

"谢谢你，"她说，"你是我们的……恩人。"

末末的父亲咳了两声，边咳边瞪妻子。我叫服务员过来，让她倒杯热开水。末末的父亲止住咳，又招呼其他人喝酒。这时，邱忠的父亲开始给自己面前的杯子里倒酒，倒满后，起身端杯敬老莫。

"我敬你一杯，兄弟，"邱父说，"话在酒中，啥也不说了。"

老莫看对方爽快，自是一口干了杯中酒。有人带头为这份豪爽鼓掌，掌声湮没了老莫的话。

"我懂。"他低声说。这话只有我听见。

隔壁桌的人已经走完了，我和老莫并到了主宾桌。老莫不时用目光寻找着新郎和新娘，他们此刻正被一杯杯怪味"鸡尾酒"拦着，哭笑不得。他看向新郎和新娘的时候，大家都跟着他一起看，他收回目光，大家又提议喝酒。老莫已经连喝了很多杯，醉了，却巍然不倒。这桌人在等新郎新娘来敬酒的时候，又有人说起他们小时候的事。

"末末小时候每天吃个嘴不闲，有次感冒了，戴着口罩，她一把扯下来，说宁愿病死也不想饿死。"

大家一起笑，又说起末末成年后被要求减肥，饿了两天，便给她妈妈跪了下来，说，求你给我一口吃的。老莫也跟着笑，说你们城里的条件就是好，我那三个女儿，从小能吃饱就不错了。

"你的三个女儿都结婚了吧？"邱忠的父亲给大家发烟，又端了酒过来敬老莫。

"结了，结了，"他说，"都在外面打工，老大在成都，老二在沈阳，老三在武汉。家里现在就我一个人了。"他点燃香烟，深吸几口，渐渐低下了头，像一株枯萎的玉米秆。

漫长的婚礼。这群疯狂的年轻人，不把新郎新娘折腾疯他们誓不罢休。恶俗的祝福。他们连辣椒水加白酒都用上了。总之，越是痛苦，他们越开心。我起身去看了看，伴郎已经喝晕了，趴在桌上，嘴角还残留着辣椒末和小葱。伴娘被围在中间，他们要她替新娘喝下一整杯"鸡尾酒"。她吓坏了，嘴里反复说，我不会喝酒。邱忠摇晃着，朝我点了点头，差点吐出来。

"想喝酒是吧？"洛丽说，"要不要来一杯？"

我想逃，却被她抓住，代邱忠喝了一杯"生活汤"。喝完，洛丽问我味道怎样。我说，跟生活一样，酸甜苦辣样样有。至于那杯"七情六欲汤"，我是打死也不喝了。

主宾桌上突然变得很吵，我回头一看，见老莫正在往椅子上站，而旁边的两个人正拽着他。

"末末结婚，我高兴，我要给大家唱首歌。"他高声说。旁人一脸尴尬、无奈，说，要唱也可以，但不用站到椅子上，太危险啦。

"等下去KTV唱吧，"我在他的手臂上掐了一下，"还有下半场，到时候随你唱。"

他回头看着我，红了脸，在椅子上坐下。

"我真的太高兴了。"他又嘀咕了一句，被坐在对面的一个亲戚抢白："我们都知道你高兴，但是，也要注意点对吧？"

"好啦，"我说，"新郎新娘来敬酒了，大家共同举杯，祝他们新婚快乐。"

老莫带头鼓掌，邱忠挽着末末摇晃着朝我们走来。这一巡酒，其实是认亲酒。七大姑八大姨介绍完了，到了老莫这里，末末的父母对望了一眼。

"这是莫叔叔，"新娘的父亲说，"是我们的好朋友。"

三人碰杯，老莫一口干了酒，望着末末，笑了起来。那是我见过的最真诚而复杂的笑。他的每一个细胞都在笑，整个人已经化作一张巨大的笑脸。可是，我分明从那笑容的背后看到了不一样的东西。他看向末末时，那目光柔软得如同万千蜘蛛丝，想要包裹住对方。

这目光令末末害怕，她下意识地朝后退了一步，邱忠赶紧揽住了她的腰。

"我有个请求，"老莫看了看新人的父母，掏出手机对末末说，"我可以跟你拍张照吗？"

"可以。"末末爽快地答应了。她站在老莫的身边，脸上挂着疲惫的微笑，老莫的眼中闪过一丝泪光。待主宾桌的亲友和新人合影完毕，我们就要转场到旁边的 KTV 里了。

下半场是年轻人的事。亲戚们陆续离开了。只有老莫，他一直跟在末末身边，像个影子。外面，风卷着雪花乱舞，所有人都缩紧了脖子，低头走路。几个小时前还堵得水泄不通的马路，突然空了，那些车辆已不知去向。路灯下，雪下了薄薄一层。我们穿过一条街，就到了 KTV。

喝醉了的、打着嗝的亲朋们鱼贯而入包房，三三两两坐在一起。只有老莫一个人坐在角落里。新郎新娘在众人的簇拥下走进来，坐在显眼的位置，疲惫不堪地看着他们的朋友。洛丽也喝多了，眼神迷离。酒精让她热心地忙碌着，开啤酒、给麦克风换电池、给喝醉的人倒茶水、给还空腹的新郎新娘叫吃的……我从来没见她这么好过，更好的是，她忙完这一切，居然乖乖坐到了我身边。

这个包房里，大概可以容纳四十个人。现在，包房的位子上已经坐满了人。有人围聚在点唱机旁，有人已经开始唱了起来。若不是因为洛丽在身边，我早就离开了。但此刻，洛丽将头靠在沙发上，闭上了眼睛，我真想把她揽入怀里。

有人为新郎新娘唱了一首《三百六十五个祝福》。在这深情的祝福声中，邱忠已经在末末的搀扶下去了两趟洗手间。没有谁比一个司仪更知道结婚是件累人的事，看着就累。此刻，最道德的事情，就是饶了这对新人，让他们回酒店的房间去休息，让他们用残余的精力，潦草地做爱。真的，别指望他们还能轰轰烈烈，他们就快支撑不住了。但是，婚礼的下半场才刚刚开始。

献歌吧，献歌，有人在点唱机旁喊了起来，今天是个好日子，祝新婚快乐。

真的有人唱了《今天是个好日子》。一男一女两个人，唱得很陶醉，余音绕梁，掌声经久不息。听众的耳朵已麻木。这样的场合，关键是唱，唱得怎样已经不重要。掌声、呐喊声，统统慷慨送上。他们要的是热闹，这和放鞭炮是一个道理。

啤酒全打开吧，大家喝起来，有人站在舞台上边扭屁股边指挥服务员，伏特加要兑可乐，冰毛豆快点上来。

不要问，不要说，一切尽在不言中。这一刻，偎着烛光，让我们静静地度过。

没有教堂，没有烛光，有包房和音乐就好。灯光已全开，像一锅大杂烩，包房即舞台。即使没有抢到话筒，也可以在别人的歌声中翩翩起舞。这欢乐的海洋里，每个人都应该是一朵翻滚的浪花。和我跳舞吧，洛丽塔，白色的海边的沙。爱情还是要继续吧，十七岁漫长夏。酒喝干，再斟满，今夜不醉不还。

醉了的人斜靠在沙发上，已经被酒精抽走了筋骨，半梦半醒地看着眼前欢乐的人群，一曲终了，居然也没忘记鼓掌。干杯！半醉的人喝得豪情万丈。酒是好东西啊，五湖四海皆兄弟，来来来，兄弟，走一个。

舞台不大，但够一两个人表演。有人跳起了太空步。之后是交谊舞，快三慢四。眼神迷离的新郎搂着昏昏欲睡的新娘，胖男人搂着瘦男人，长裙子搂住牛仔裤，大波浪搂住火烈鸟，管他呢，认不认识都不要紧，没有人会拒绝。我只能搂洛丽啦，她扑在我的肩头，乖得像只猫。

老莫独坐在角落里。我看到他在笑，像一个笑着的雕塑。绿色的灯光掠过他的嘴角，他展示给众人一个绿色的笑；红色的灯光划过，他咧开的嘴唇像是被人抹了口红；黄色的灯光下，他像一只欢快的老鸭。有人跟他喝过酒吗？我不确定。他在自斟自饮。他喝酒的时候也在笑。

"你说，今夜谁最开心？"我问洛丽。

"当然是新郎新娘啦。"她说。

"还有呢？"

"还有他们的父母。"她将脑袋从我肩上移开，睁开迷蒙的眼睛问，"怎么了？"

"没怎么，"我说，"你累吗？要不要休息一下？"

跳舞这件事比较特殊，一旦打断就无法进行。那舞曲如流水，说话间已去向远方。我和洛丽坐回了沙发上。

"角落里那个老人是谁？"洛丽问，"他为什么一直在傻笑？"

"末末的亲戚，从乡下来的。"我说完，拿起啤酒和杯子，朝老莫走去。他依然笑着，示意我在他身旁坐下，暂时将目光从跳舞的新郎新娘身上撤了回来。

"我敬你一杯，"我说，"身体健康。"

他喝起啤酒来，和喝水没有两样。头一仰，倒进去，让人担心他会连杯子也一起喝掉。然后，他悄声告诉我："谢谢你，但我身体已经不行啦。"

"我看你挺硬朗，特别是喝酒，甘拜下风。"我又倒了一杯，想再敬他。

　　"能喝酒算什么本事？"他说，"能踏实安心地、没有愧疚地过一辈子才是这个。"他朝我竖起了大拇指。

　　"那你是哪个？"我被他逗乐了。他伸出了小拇指。

　　我们又喝了一杯。洛丽独自坐在不远处，不时朝我们看。舞曲渐渐弱下去，宾客们重新回到了座位上。酒杯碰在一起，就快碎掉。勾肩搭背，窃窃私语。热浪翻过去，我们迎来了短暂的宁静。

　　"我能唱首歌吗？"老莫突然说，"不用伴奏，我清唱。"他猛地将一杯啤酒倒进喉咙，放下杯子时，手在微微颤抖。

　　"我想唱一首《妈妈的女儿》，"他说，"这是一首哭嫁歌，唱给新郎和新娘。"

　　我起身，抓了一只话筒在手，他们以为我终于要开讲开唱了。于是，那个正在唱歌的人唱到尾奏时便切歌了。我按下了暂停键。

　　"今天是个好日子，我们将天下所有的祝福都送给新郎新娘。下面，我要请出一位特殊嘉宾，他是新娘的亲戚，要为新人送上一首《妈妈的女儿》。"

　　在掌声中，老莫终于如愿以偿地站在了台上。我看到邱忠和末末站了起来，他们原本想跟着音乐打节拍，但这首歌并不像是唱，而是介于说和唱之间。总之，很陌生、很不习惯，但听了又令人心里难过。

　　妈妈的女儿哟，

　　人说高山乐趣多，高山未必真快乐，

　　在那绵绵山脉上，只有羊儿最快活；

人说草原乐趣多，草原未必真快乐，

在那茫茫草原上，只有云雀最快活；

人说世间痛苦多，世间未必少快乐，

嘤嘤嗡嗡人世间，只有妇女不快活。

……

一个喝醉了的老人，唱起了一首哀婉的歌。暂停在屏幕上的泳装女郎，刚刚迈出奔跑的步子，像是在寻找某件丢失的宝贝。老莫拖声曳气地唱着，像一头已经卸犁的老牛，对着夕阳哞叫，他的目光一直看着台下的末末。他其实并不能完整地记得歌词，有好几个地方靠蒙混，但他唱完后，全场掌声雷动。邱忠和末末端着酒走向他，双手奉上，老莫连干了三杯。

"我能够来参加你们的婚礼，真高兴啊。"他咂咂嘴，将酒杯放入托盘，轻抚了一下末末的头顶。他退回了角落里，就像礁石沉默于海底。他迅速被人遗忘，继续做热闹的看客。

十一点三十七分，宾客们终于唱累了，但这并不意味着他们即将离去。有人走到台上，用沙哑的嗓子对台下说："下一个节目，闹洞房，请大家做好准备。"

颤抖吧，新人。邱忠揽住末末的腰，安慰说，一生就这一次，随他们闹吧。但一看那几个坏笑着的家伙，我便知道这不是闹洞房。我敢说，没有一个人比婚礼司仪更会闹洞房了，但是此刻，我一点闹的想法都没有，只想早点结束。如果非得继续待下去，那我宁愿去跟老莫再喝几杯啤酒。

闹洞房这项古老陋习早已失去了意义。这像一出猫捉老鼠的游戏，追的乐趣在于跑，如果一方不跑，另一方就感觉无聊。一旦新郎新娘无比配合，闹者自是没了兴趣。但洞房还是得闹，所以就在节目上加码。

第一个节目。有人变戏法般地拿出了蜡烛和红布，点燃蜡烛，蒙住双眼。他们喊一二三，要新郎新娘吹蜡烛。但数到二的时候，蜡烛被换成了一盆面粉，新人使劲一吹，顿时变成了两个"白人"。众人拍手大笑，他们管这叫"白头偕老"。

小菜一碟。这个节目，连饭前小点心都算不上。果然，有人解开了新娘眼前的红布，将她推上台。一个女性朋友，往新娘的胸前塞了什么，我没有看清，是花生或者糖果？他们让蒙着眼睛的新郎在新娘身上一点点摸，从上到下。新郎自然故意绕开敏感区域，所以，那东西就迟迟找不到。有人开始倒计时，说十秒之内找不到就要罚酒，有人干脆直接拉了新郎的手按住新娘的胸。这对于邱忠和末末来说，其实也没啥，无非是为了让大家高兴，故意做出忸怩之态。但接下来，换新娘来新郎身上摸，却是难为情了。他们将两个鸡蛋塞到了新郎的内裤里，让新娘摸。新娘故意在裤腰带以上磨蹭，众人齐声高喊："下面，下面！"

他们笑得满地打滚，突然背后响起一声暴喝："下你妈个头！这些小杂种。"

像是突然跳了闸、断了电，好几秒后大家才反应过来，骂人的人是老莫。他不光骂，而且已经握紧拳头，冲了过来。他目露凶光，朝那些刚才还放声大笑的人脸上扫过去，众人全都收敛了笑容。我一把将他抱住。

"我们闹个洞房，关你啥事？"那个节目组织者恼羞成怒。

"老子闹洞房的时候，你还没生呢，但没见过你们这么下流的。"老莫说，"哪有你们这样的朋友？谁再闹，老子打断他的腿！"

他的样子，像是一头愤怒的公牛。我相信，谁敢再多说什么，他的拳头绝对毫不客气。

"算啦，"我劝老莫，"朋友们没有恶意，无非是想热闹一下。"

"真是太侮辱人了，"他说，"末末都被他们当成什么了！"

这时，末末走过来拉住了老莫的手说，叔，我没事，他们都是我的好朋友。哪知老莫突然甩开了手，又喝道，你没事我有事，我看不下去。末末吓了一跳，满脸委屈地退到了邱忠身后。谁也没想到闹洞房会如此收场，都有点扫兴。他们讪讪地退回各自的座位上，喝着啤酒，不时看向余怒未消的老莫。又过了一会儿，有人戴上帽子，披上大衣，准备离开，还有人心有不甘，静观事态。

"外面还在下雪。"有人出去看了看，缩着脖子回到包房里。老莫独坐角落里，猛灌自己酒。我走过去拍了拍他的肩。他见是我，努力挤出一丝笑来。

"没事了，"他说，"我只是觉得末末可怜，这个苦命的姑娘。"

"今天是她大喜的日子呢，"我说，"我们都要开心一点。"

"对啊，"他似乎反应过来了，看着那几个留下来的人说，"那我们接着庆祝。"

可他越是这样，别人越是不给面子，他们纷纷站起来走了。老莫的脸色有些不安，他像个犯了错的孩子看着末末和邱忠。这对新人正在和他们的朋友握手告别。

"算了，时间差不多了，"我说，"早该让他们休息了。"

很快，包房里的人走得差不多了，只剩新郎、新娘、洛丽、老莫和我。那些打开而未喝完的啤酒和饮料，注定要被浪费掉，服务员正在将它们收走。老莫留下三瓶啤酒，他似乎一点也不想离开。他不走，邱忠和末末就只能陪着。

"你来我身边坐一会儿吧，"老莫对末末说，"我知道你累了，但就坐一会儿。我明天要走了。"他往旁边挪了挪，让末末和邱忠在他左右两边坐下。邱忠给他递香烟，末末为他点上，我看到他深吸一口，轻轻吐出，满脸陶醉。

"从今往后，我就把她交给你了，"老莫对邱忠说，"我是她亲戚，我有权利说这话。"

喝晕了的邱忠拼命点头。然后，老莫从外衣的内层兜里，掏出一块红布，打开，是只玉镯子。

"这只镯子，是我老伴留下的，今天我要把它送给你。"老莫说着，拉起末末的手就要戴上，吓得末末一下子跳了起来。

"不行，"她说，"叔叔，我不能要你的东西。"

老莫没想到末末会如此强烈地拒绝，她已经跑到一旁站着了。老莫的手里拿着那只镯子，目光暗淡下去，嘴里念叨着"叔叔，叔叔"，然后，莫名其妙地笑了起来。我赶紧拿起桌上的啤酒陪他喝了一口。喝了酒，他似乎回过神来了，又说，好吧，你不要，我也不能强迫你。

他们都把老莫当成了一个喝醉的糟老头，一个难缠的宾客。洛丽甚至悄声建议我强行将他架走，因为时间太晚了。但只有我知道，他其实没他们想的那么醉。我试着问他，要不要回去休息了？他恍然大悟，看了看空荡荡的包房和正在打哈欠的末末，一口干了瓶中酒，站起身来，朝包房外走。

雪还在下，看样子真能堆起来。街道一片白茫茫，没有一辆车驶过。举办婚礼的酒店为邱忠和末末提供了一间新房。我们送新人到楼下时，洛丽让我送老莫回他住的酒店。

"我喝酒了，开不了车。"我说。

"那就走路送，反正也不远，"她诡秘地笑着，"明天再见啦。"

送就送吧，我心想，反正只相隔两条街。虽然我不确定明天是否真的可以见到洛丽。这个泥鳅样的女人，她的很多话都只能听听。在我们说话的时候，老莫一直目送末末和邱忠消失在电梯里。

"走吧。"我伸手搂住老莫，发现他的背其实有点驼了。西装又大又薄，松垮垮地笼在他身上，让人想到半袋腊肉。他咳嗽着，将一口痰射进了雪地，轻叹了一声。

"这个地方，这辈子不会再来了。"他说，"这一天我等了二十四年。"

"你说啥？"我听不明白。

"末末今年二十四岁了。"他说。

我们横穿街道，前方亮起红灯，但没有车辆经过。他紧贴着我，像一个胆怯的孩子，走得小心翼翼。前面便是他所住的酒店。我们站在路边告别，他张了张嘴，却又沉默了。

"你想说啥？"我问他。

"想说的太多了，三天三夜说不完。"他说，"但有些话，死也不能说。"

"那你早点回去休息。"我转身走了几步，又听他"哎"了一声。

我站住，转身，看着他。

"我真的想请你带着末末来阿尼卡看看，"他说，"我会为你们杀一头牛，大醉三天。"

"好的，一定。"我说。

转过身，这话已成耳旁风。带末末回阿尼卡这事，真的轮不到我。

桃花水

· 蒋子龙 ·

午后，在黄土高原特有的蓝天骄阳下，面包车沿着五百里无定河岸缓缓爬行。深陷于巨壑、断涧之中的无定河，在广漠的峁塬上兜兜转转，时而河面被冰雪覆盖，时而满河冰凌……不知从哪儿开始，无定河悄然跃升到地面，没有陡峭危深的河岸，也没有细润漫平的河滩，一片大水就在道边，浮浮漾漾，缓缓而下。深冬季节竟没有一丝冰凌，也算是奇观。

　　有人一声惊呼，面包车上的人都掉头窗外，讶异、赞叹、大呼小叫，要求停车，亲近一下无定河。这时车内响起一声尽量压低音量的断喝："安静！先别下车！"发声者竟然是平时极少说话，经常用相机挡住眼睛和嘴巴的祝教授。大家顺着他的镜头望去，在面包车的右前方，确有一幅奇异的画面：

　　在大道与高塬之间有块不大的三角地，三角地中央兀突突立着一盘石碾子，上无遮盖，下无水泥碾道，两个半大小子和一个比他们略小一些的姑娘，在说说笑笑地推着碾子碾米，一个老太太就着旁边的土坡将碾好的面子过罗。土坡实际上是三角地最长的那条边，是一条从河边大道通向塬上的土道。在老太太的上方坐着一位少妇，头发绾在脑后，深绛色的斜襟短袄，右手托着一管细杆烟袋，烟袋嘴儿没有含在嘴里，而是顶着腮边，定定地望着无定河，像是在看，又像什么都没看见，是出神，却带着几分落寞。她一动不动像尊雕像，背后的夕阳反射出满天红光，越衬得她沉静秀异，神韵天然。

车内不免有人轻声议论起来：

"啊，好美哟！"

"你是说人，还是风景？"

"景美人更美，这黄土窝里难得见到这么漂亮的小媳妇！"

"外行，米脂的婆姨绥德的汉，就离这儿不远，历来出美女。"

"她手里那杆烟袋太美了，抽烟的女人都是有个性、敢爱敢恨的角色……"

"祝教授自己不吸烟倒喜欢抽烟的女人？"

"这你就不懂了，抽烟的女人媚而不俗。有高人说，男人抽烟是馋，女人抽烟是醉。"

……

祝教授一声不吭，摇下车窗，按了许多次快门之后才让大家下车。十来位艺术家下车后大多都奔向左侧看河，尤其是画家和摄影家，对风景的兴趣最炽烈。而编辑、记者、作家们则在河边拍完照就转到右侧，他们对在没有村庄的大道边、凭空出现的碾米一家人充满好奇。

少妇早已起身，用簸箕从地上的口袋里舀出黍米，倒在碾盘的中间，又把碾子边上已经碾好的黏面用簸箕收起来，倒进老人的细罗里。她深腰高臀，身姿轻盈，由于天不冷，薄薄的冬装裹不住健硕又不失柔美的曲线。一看便知这是那种能承担生活压力的俏女子。

与陌生女子、特别是漂亮女子交流，是年轻艺术家的强项，一直默默地从各种角度为这碾米一家人拍照的祝教授，从别人和少妇的对话中，大致知道了这一家人的情况：

快过年了，碾点黏米做油糕。从坡道上去走十来分钟，是这位少妇的家，其实是娘家，村名叫清水湾。罗面的老人是她的母亲，推碾子的两个少年中略高一点的是她哥的儿子，另一个是她的孩子，已经 14 岁，那个女孩 12 岁，是她的女儿，孩子们都放寒假了……现场晚婚晚育乃至不育的艺术家们一阵咋呼："你这么年轻孩子都这么大了！"

其中有些人的艳羡还真是发自内心的。

这群人是北京组织的文化下乡活动中的一个采风小分队，眼看天色将晚，领队便招呼大家赶快上车，于是大家纷纷道别。一直没有作声的老太太忽然大声说："你们留下吧，明天早上吃油糕。"

领队感谢了老人的美意，并解释说晚上市里还安排了活动。大家都陆续上车了，只剩下祝教授最后一个走到少妇跟前，问道："从你们这儿到市里还有多远？"

少妇似乎才注意到他，随随便便地穿着一件很好的驼色外套，面容清癯，却赫然一头乱发，眼神离离即即，看她的时候却很专注。好像搞艺术的这般神头鬼脸的很多，少妇缓缓答道："你们坐车也就一个多小时。"

"好，我晚上来给你送照片。"

少妇似乎并没有被吓一跳，或许觉得艺术家精神上有毛病的也不少。她眼眸幽深，内心稳定，只是看着他没有出声，不知该不该相信他的话。祝教授冲她点点头，没有被拒绝似乎已经觉得很欣慰了，转身快步登车。

教授一上来，面包车里就像炸了锅，大家相处快一周了，正好熟悉到可以相互开玩笑，特别是带点荤腥的玩笑：

"教授，你是糊弄人家，还是晚上真的回到这无定河边上演《西厢记》？"

"祝教授这是学雷锋，这家人太孤单了，老太太盛情挽留，也是为了她的女儿。她们碾的那个黏面子就是做油糕的，是过年才吃的好东西，可见老人是真心想留我们。"

"祝教授要小心点，别让她丈夫撞见被暴打一顿……"

祝教授终于忍不住接茬儿了："诸位，请口下留德，别再拿这件事八卦了，我一个半大老头子无所谓，不要毁了人家清誉。我只是想给她塑像，因为泥在宾馆里，必须再回来一趟。"

"塑个像，太棒了，可作永久纪念！"

话题老是岔不开，祝教授计上心头："这样吧，我跟你们打个赌，我出个字谜，在到达宾馆之前，你们只要有一个人猜对了，我晚上就不回来了，雇个司机来送照片，我答应人家的事不能食言。如果你们猜不对，今后在任何场合都不能再谈论今天的奇遇。敢不敢应这个赌？"

领队赞叹："祝教授果然才思不凡，这个赌打得好，想来不是一般的字谜，大家不敢应赌也算输。"

一年轻气盛的高级记者不服，高声应战："这个赌打了，我不信这么多才子才女还猜不出一个谜语。但是有一条，你不能瞎编，最后谜底揭开，得合情合理、有根有据。"

"那是当然，这个字谜是当代一位很有才华的作家给我出的，他是为八大山人立传的，一本难得的好书。你们准备好了，我可以出题了吗？"

"请出题。"

"刘邦大笑，刘备大哭，打一字。"

霎时，面包车里安静下来，都在脑筋急转弯，谁都想率先破谜。憋了好一阵子，却无人憋出门道，甚至越想越摸不着头绪，觉得此谜好难猜。有人开始跟邻座交流破解之道，渐渐全车人都加入了讨论，希望靠集体智慧猜破此谜，你一嘴他一嘴，反而越说越复杂，好像离谜底也越来越远……祝教授乐不得换来难得的心静，低头专心检查自己相机和手机里的照片。

车进榆林市，很快就要到宾馆了，大家急于想知道谜底，只得宣布认输，请祝教授讲出答案。祝教授不慌不忙地收好自己的相机和手机，一板一眼地说道："刘邦一生中最开心的一次大笑，是项羽死，他要真正当皇帝了。刘备最痛心疾首的一次号啕大哭，是关羽死。项羽简称或自称'羽'，关羽简称或自称也是'羽'，'死'在字面上也叫'卒'，象棋里小卒子的'卒'。'羽死'惹得二刘一笑一哭，'羽死'就是'羽卒'，上面一个'羽'，下面一个'卒'，是什么字？"

"翠！"

"对了，诸位请记住你们的承诺。"

有人恍然大悟，有人抱怨这太难了，但又不能说是胡编的……这个话题一直到了宾馆下了车还在议论，还在回味。

祝教授下车后请当地的面包车司机帮忙包了一辆出租车，他先去照相馆洗照片，然后跟大家一起吃晚饭，饭后向领队请了假，回房间提上那一坨雕塑用泥，坐出租车去照相馆取了照片，然后直奔清水湾。车行没多远，他忽然大叫一声，才想起来下午忘记询问少妇一家人的姓名了，怎么去找？好在司机认识清水湾，并告诉他村里没有几户人家，你只要认识本人，就很容易找到。

于是他放下心来，拿出照片一张张地挑选，效果太差的放到一边，自己需要的留下，放进外套口袋，剩下的都送给少妇一家人，有老人的，有孩子的，他们会高兴的……

晚上九点多钟，老娘喜欢的省台电视剧播完了，捅醒了在一旁打盹的老爹，并催促着三个孩子上炕睡觉……

少妇自己这一晚上却有些心神不宁，主要是那个乱头发教授临走前扔下的那句要送照片来的话。如果他真来，就得到大道边去接一下，不然这塬上一片黑灯瞎火，他往哪儿去找？如果他就是随便一说，这十冬腊月的晚上，她一个人站在土坡上，岂不是冒傻气？犹豫再三，她还是穿上大衣，裹好围巾，拿着手电筒出了屋门。

快到年底了，峁塬上的夜格外黑、格外静，却没有风，也不是很冷。无定河都没有结冰，还能冷到哪儿去？世道变，天道也变，她记得小时候天一凉就天天刮黄风，进九后再砸开无定河的冰，有二尺厚，那时候的冬天才像冬天，就像诗里说的，北方的冬天不是一个季节，而是一种占领、一种霸道……仗着路熟，她打开手电筒顺着坡道缓缓往下走，竟觉得一个人在这漆黑的旷野里走一走也很舒服，特别是现在用不着担心会受到野兽、强盗之类的伤害。塬上甚至连人都越来越少了。

她的眼睛渐渐适应了黑暗，看见远处青黑的夜色中有一条淡淡的白色长带，那就是满天星光投射下的无定河。黄土高原上的夜晚，不管初一、十五，繁星总是这么贼亮贼亮的。为了让来人远远地就能看到她，少妇没有去河边，而是站在高坡上，手电的光柱指向从榆林来的方向。四野一片寂静，大道上没有一辆车，眼看就到年根底下了，跑车的人谁不往家里跑啊？

她蓦地想到了自己的丈夫，还有几天就是他当她的丈夫的最后期限，他会不会回来？这已经是他第四个春节没有回来过年了，她甚至连恨都恨不起来了……她希望自己能这样，有时也相信自己已经达到了这个境界，跟别人也总是这么说。其实她的心里恨丈夫，已经恨出了一个洞，这个洞至今并未长好。好在过了这个年就一了百了啦！

时间真是一盘细磨，慢慢把人的心磨出了茧子，天大的事也会不怎么在乎了。细想起来也不能全怪他，自己当初如果跟他一块儿出去打工，他可能就不会找别的女人，就像自己的嫂子，大哥去哪里就跟到哪里，把孩子和地都扔给老人。她也试过，实在忍受不了那种外出打工的生活，吃不像吃，住不像住，最主要的是没有自由和尊严，被呼来唤去，谁都可以指使你、呵斥你，累个七死八活，说不要就炒你，说不给钱就可以真不给，甚至连工厂也是说黄就黄……

那时她的两个孩子还小，舍不得丢下，结果却把丈夫丢了。也怪现在的男女关系太乱了，男女一乱，家就乱了，家一乱就把女人毁了……她的脑子里胡思乱想，却没有影响她看到从市里来的方向，真的出现了一对车灯，向着这边越驶越近，她赶紧移步下坡迎上去。

车速减慢，在她脚边停下来，乱发教授慌忙从车里钻出来，声音里带着异乎寻常的感动："不好意思，还害得你在这儿等候，冻坏了吧？"他伸出双手似乎要给少妇暖暖手，或者只是想握握手，却半截又缩回来反身打开车门，"快上车，里面暖和。"

少妇迟疑着，她以为对方把照片交给她不就可以返回了吗？

祝教授可能明白了少妇的意思，解释说："我想到你家给你塑个像，只是打草稿，不会占用你太长的时间。方便不方便？"

少妇虽然还不完全明白"打草稿塑像"的意思，却不好拒绝他想到她家里去的要求，何况自己的母亲下午邀请在先。于是她上了车，引导着爬坡上塬，来到自家院门前，她下车打开院门，让车开进院子，然后将乱发贵客或者说是不速之客让进屋里。她也想让司机进屋，司机却坚持在车里等候。

刚才女儿一个人出去了，老太太自然不放心；妈妈出去了，孩子们更不会睡觉，听到汽车进院的引擎声，都从里屋跑出来。少妇将客人引进自己和女儿睡的房间，祝教授从兜子里掏出照片放到炕上。拍照片是祝教授专业的一部分，相机又好，照片自然拍得很好，而且人人有份，个个神态自然生动。大人孩子抢着看，一阵惊讶，一阵欢笑。

祝教授拿出一张自己的名片递给少妇："我叫祝冰，是中国二艺美大的教师，搞雕塑的，还没有请教你的芳名？"

少妇一边低头看着祝冰的名片，一边答道："我叫孙秀禾。"

祝冰反客为主，把墙边的杌凳搬到屋子中间光线最好的地方，让孙秀禾脱掉大衣，只穿一件藕荷色的斜襟薄棉袄，身子微微向左侧着坐下，他嘴里叨咕着："你的这个侧面美极了！"

随后他自己也脱掉外套，里面只穿着衬衣，外套一件毛背心。他将大炕对面的桌子移到孙秀禾对面，把塑泥放到桌上，眼睛像刻刀一样在孙秀禾的脸上死死地盯了一会儿，两只手倏然变得像魔术师一样灵巧有力，那坨泥在他的手里既柔软又坚硬，软到随着他的手指任意变化着形状，凡经他捏出来的形状就硬到绝不扭塌。他的眼睛甚至常常不看手中的泥，只盯着孙秀禾的脸，十分专注，且锋利无比，仿佛能看到她的骨头缝里去。也有柔情脉脉的时候，饱含着迷恋，甚至是崇拜。却又不是那种色眯眯的、猥亵的，孙秀禾也就没有顾虑地随他看个够。

屋子里安静下来，老人和孩子们不再看照片，而是围在祝冰身边看那塑像，首先是孙秀禾的儿子嚷起来："像，像妈妈！"

其他孩子连同老太太也都随声附和："是像，还真像！"

老人说完强行把孩子们都赶到自己的屋里去睡觉，然后又给祝冰和女儿各端来一碗枣茶，并随手替他们关好了屋门。祝冰的工作却停了下来，反复地看看塑像，再看看孙秀禾，他显然是遇到了困难。

他脱掉毛背心，只穿一件衬衣，回手端起那碗枣茶一饮而尽，放下碗看着孙秀禾眼睛说："小孙，我能摸摸你的头吗？"

说完他使劲在衬衣上把两只手擦干净，不等孙秀禾反应过来就走到她的近前，双手捧住了她头颅的两侧，由上到下，又由下到上，随后是耳朵、脖子、脸、眼睛，甚至嘴唇……他的手时而轻柔，时而有力。她极紧张，却又不是没有一点舒服的感觉，她害怕和厌恶自己这种紧张又受用的感觉，从小到大，还从来没有人这样摸过她。她越来越感到祝冰的手指上带着火、带着电，火烫烫要把她烧化了、击倒了。她呼吸慌乱，双颊发热，胸部膨胀……偷偷地抬起眼睑瞄一下祝冰，原来他是闭着双眼在摸，可她却感觉不到他是在瞎摸，他的手上就像也长着眼睛。他没有像自己说的只摸她的头，顺势又摸了她的双肩、双臂，甚至捏弄了她的每一根手指……

他睁开眼回到塑像跟前，不说话，也不再看她，注意力全部集中在塑像上，拧着眉头，眼瞳强力收缩，闪出一股兴奋和冲动，仿佛把她也忘了一样。过了好一阵子，他停下手，抬起头，端详着塑像，自言自语又像说给孙秀禾听："行了，今天就到这儿，回去再细加工。"

孙秀禾早就忍不住走过来看那塑像，心里一阵惊喜，眼睛火辣辣地燃烧起来……这个乱发教授真不是白当的，这么一会儿的工夫就重新塑造了一个孙秀禾。她太喜欢这个塑像了，这是自己，似乎又比自己更好，好在哪里她一时还想不明白，是比自己更漂亮、更有精神？

祝冰移开凳子，让孙秀禾站到刚才坐的地方，身体仍然微微向左侧一点，不再提出申请就动手摸了她的腰、屁股、两条秀腿，然后从兜子里拿出个硬壳大本子，飞速地用笔画出她的站姿，随后又拍了照片，才长出一口气。一眼看见孙秀禾没有动的那碗早已冰凉的枣茶，端起来一仰脖子灌下去，擦擦嘴角冲着孙秀禾笑了："以后我还会麻烦你，能不能告诉我你的电话？"

两个人交换了电话，加了微信，祝冰开始收拾东西，把自己的零碎儿全放进随身带的大兜子，穿上毛背心和外套，从口袋里掏出一个信封递到孙秀禾手里："这个信封里有一张卡，信封上的数字就是密码，里面还有10万元多一点，这不是你让我塑像的报酬，是给孩子过年的红包。"

孙秀禾吃一惊，没想到这个乱毛还有这一手，坚决不要，但她更没想到的是祝冰手劲极大，摁住了她的手："别跟我争，不要吵醒老人和孩子。"他强把卡塞进炕上的被垛下面，然后用自己的围巾裹好塑像，小心翼翼地抱在怀里，轻轻出了房门，并反身将孙秀禾推回屋里，轻声却很强横地说："外边冷，你不许出来！"

这个祝冰简直就是疯子，他不听你说话，也不管你心里是怎么想的，来一阵风，走一阵风，等孙秀禾反应过来，从被垛底下翻出那张卡，披上大衣追出门，只看到汽车尾灯顺着坡道渐渐消失在塬下。

她站在院门前，呆呆地望着黑乎乎的远处……

老娘不知什么时候也出来了，或许她老人家根本就没睡，一直在听着这边屋的动静，天底下只有娘最清楚女儿这些年心里的苦。老人轻轻地在女儿身后说："外边冷，回屋吧。"

孙秀禾顺从地回身进院，并随手锁好院门。

这一夜，孙秀禾还能睡得着吗？

孤寂沉郁了许多年的少妇之心，被这个疯子教授的出现搅乱了，脑子里涌出一堆问号：他到底想干什么？他为什么非要给她留下那张卡？是认为农村人穷，瞧不起她？这让她的心里很不自在。其实她真不想要他的钱，而想要那个塑像。可她张不开口，实际上也没容她开口，那个疯子抱着塑像就跑了。他在她的身上又摸又捏，分明是占自己的便宜，可她当时却无法抗拒，甚至还产生了一种说不出口的异乎寻常的刺激和感动，事后想起来还觉得脸红耳热，心里怦怦乱跳……

她几次拿起手机，有一股强烈的冲动想给他打电话，问个明白，可她又怕自己说不出口，有些话在电话里也说不明白。他如果还在出租车上，当着司机能说什么呢？如果已经回到宾馆，说不定已经休息了，人家刚走电话就追过去，也不太合适……麻烦，孙秀禾陷入一种从来没有过的心慌意乱、顾虑重重、犹犹豫豫、拿不起又放不下的境地。

早晨，天一放亮，她穿戴齐整，跟老娘打了声招呼，戴上头盔，骑着电动车直奔榆林市，她怕去晚了采风小分队的人走了。就这样等她赶到宾馆，艺术家们已经上了面包车，正要出发。她在面包车跟前下了车，从前到后扫视着车里，却发现祝冰并不在车上。

面包车上的人本来就喜欢跟她搭讪，看到她一大早从乡下赶来，惊异而充满好奇，有人抢先告诉她，祝教授有紧急任务赶回北京，刚走不一会儿，去机场了。

她愣在原地。

有人喜欢多嘴，问她：“你找他有事吗？”

废话！这么着急地跑来怎会没事，可有事能告诉大伙吗？

她沉默了一会儿才答道：“昨天祝教授有东西落在我家了。”

面包车里有人笑着说，“八成是他的魂儿丢在清水湾了。”

车上的人开始小声嘀咕：“老祝可能闯祸了，这叫惹火烧身，他到底是北京真有急事，还是吓得赶快逃了……”

领队提醒道：“大家别忘了昨天对祝教授的承诺。”

孙秀禾知道是自己给祝冰惹麻烦了，这些人脑瓜本来就比别人转得快、想得多，自己一个乡下女子昨天刚认识，今天一大早就追到城里来，也难怪人家会多想。

面包车载着艺术家们的玩笑声和怀疑的眼光开走了，一遇到这种事人们一般都不往好处想，他们肯定在不怀好意地揣度祝冰和她昨天晚上到底发生了什么事情……她心里猛地也上来一股狠劲，索性一不做二不休，把电动车存在宾馆，到门口拦了辆出租车，向机场追去。

她追到机场，看见祝冰正排队办理登机手续，怀里抱着个裹得严严实实的东西，旁人一看就会认为是珍贵的瓷器或其他怕磕怕碰的宝贝。他用脚踢着跟前四个轱辘的行李箱，缓缓向前移动。孙秀禾看他这么爱惜自己的塑像，心里泛起一波暖意，站在远处定定地看了他一会儿，才走到他身边，伸出双手要从祝冰怀里接过塑像。祝冰嗖地往旁边一躲，刚要厉声喝问，看清是她，十分惊讶："你怎么来了？"

孙秀禾笑笑："给你送行啊，要走了也不打个招呼。"

祝冰没想到还要向她辞行，解释说："今天早上临时决定的，太急了。"

孙秀禾要替他抱着塑像，他却让她帮着推箱子，不肯将塑像撒手，外行人不懂得这个塑像对他的意义，他怕万一摔了。

她说："我替你抱一会儿都不行？"

他竟实话实说："我自己抱着心里踏实，不敢也舍不得让别人抱。"

"我是别人吗？自打昨天晚上塑好了我还没有碰过，你总得让我抱抱自己吧？"

祝冰这才把塑像交给她，让她到旁边的空椅子上坐着等候。他托运了箱子，领了登机牌，才来到她身边坐下。她腾出一只手，伸到外套里面的口袋里掏出那张卡，还没容她开口，祝冰眼快手疾夺过来又掖回到她里面的口袋里，完全不在意触碰了人家的胸。

孙秀禾不敢挣脱、推让，脸却红了，毕竟候机厅里人很多。

她轻声说："我不要你的钱，我不是你的模特。"

"模特？模特一节课只有几十块钱，我带着学生上写生课，四节课整整半天，才给模特两三百块钱。你怎么会是模特？你是女神，黄土高原的女神，我的艺术女神！"

"满嘴胡说，当教授就是这么哄人的？"

祝冰并无半点油嘴滑舌之相："我接了一个项目，憋了好几个月就是找不到感觉，昨天一见到你脑子轰然开窍，灵感终于降临，昨晚回到宾馆创作欲望像火一样烧个不止，各种想法和细节源源不断地从脑子里冒出来，我一夜没合眼，边写边画，直到天亮。你说你不是上帝派来拯救我的灵感女神吗？"

这个疯子说着兴奋起来，眼睛里迸射出奇异的火花，一只胳膊伸过来搂住她的肩，不顾众目睽睽在她的脸上亲了一口。

孙秀禾僵着不敢动，努力保持神色自然。

祝冰继续说："你怎么老提那张卡，那不叫钱，再说我要钱也没有用，当时我就想给你点东西，表达我的心意，可我身上没有什么好东西，就那一张卡。要过年了嘛，给自己和孩子买点喜欢的东西，从今天起，恐怕三个月内我都得在创作室里工作，没有工夫给你买年礼。"

"可我不想要钱，想要这个你给我做的塑像。"

"这个塑像我回去还要处理，不然会裂。再说我抱回去还有大用，今后的三个月内我一刻也离不开她，现在你明白我为什么说你是我的艺术女神了吧？这个工程完成后我本来想自己留着，放在书房的桌子上，天天看着，时时给我以灵感。如果你想要就给你，我还想给你雕一个大理石的全身像……没关系，我是搞雕塑的，你想要什么样的像我都给你塑。"

她不自觉跟他说话变得随便起来、自然起来，盯着他的眼睛不让他躲闪："你说话算话？"

"当然，我是跟石头、金属打交道的，虚一点都不行。"

"你到底接了个什么项目？"

"还没开始，不敢说。中途如果卡壳需要女神垂顾，我再请你去。"

祝冰的航班早就开始登机了，广播里喊着他的名字催促他快点登机，他站起来从孙秀禾怀里接过塑像，非常小心地放到椅子上，然后在大庭广众之下很绅士地拥抱了孙秀禾，并在她脑门上亲了一下。然后在耳边嘱咐道："回去的路上要小心，有的路段上有冰。"

孙秀禾："你到家后发个信息来。"

"那是一定。"祝冰边说边快步走向登机口。

她看着他，眼神茫然，心也茫乱。

她打车回到市里，趁便用祝冰的卡买了一大包老人、孩子以及家里过年所需的东西，绑在电动车的后架上，正准备出发，收到了祝冰的微信："我已落地，勿念。你到家了吗？"

她回复："有人接吗，是您太太去接的吧？我还在路上，到家再复。"发完微信她又觉得不妥，平白无故怎么会想到人家的太太呢？

祝冰的回复又来了："秀禾放心，学生接我，我的太太十几年前就带着女儿去美国了。"

她很高兴他称她"秀禾"，显得亲切。但他又何必表明自己的太太不在身边呢？她没有再复，保留这个回复的机会到家后再写，却一路上都在猜想祝冰的生活状态，十几年来难道是他一个人在生活吗？对于一个大学教授来说这有点不可想象……

她回到家，老娘已经做好了午饭，她从车上把年货解下来搬到屋里，大人孩子一阵忙活，欢欢喜喜，立刻有了要过年的样子。自打早晨她就没有吃东西，却并不觉得饿，进屋先给祝冰发微信："我到家了，母亲做了油糕，可惜没有让您和您的朋友们尝到。"

一下午她都把手机带在身上，却没有接到祝冰的微信。到晚上，忍不住找了个理由又给他发了一条微信："还忘了跟您说声谢谢，谢谢您给的过年大红包，今天路过市里，给老人和孩子买了点年货。"

他如果再不回复，两个人的关系或许就到此为止了。

祝冰果然没有回复。

晚上 10 点多钟，她在女儿身边躺下准备睡了，心里却空落落的似有所失。她问自己失去了什么？祝冰没有给你任何许诺，他当众抱你、亲你，以他的年龄和身份并无什么不得体，不过是城里知识分子的一种礼节，也可以说是逢场作戏，是你自己想多了。别忘了自己只是一个被农民工抛弃的农家女，千万别被城里人、特别是大教授的随口恭维迷惑了，他不过是看你长得好看，拿你当回模特。这是他有眼光，你自小就是塬上最漂亮的丫头。其实这也算不了什么，他在城里、特别是在大学里，年轻漂亮的女孩子不知见过多少，在农村突然见到一个顺眼的，半真半假、好听的话一大堆，千万别太当真，想歪了……也是由于昨晚没有睡好，她这样一数落自己，竟真的很快就睡着了。

尽管已经睡着了，手机一有动静，秀禾还是赶紧坐起来，屏幕上显示快 12 点了，是祝冰的微信："女神，我刚从创作室回到家，今天开头很顺利，这应该感激你这位女神，你占据了我整个人，满脑子都是你，极为端丽的五官位置，一切都在我心里活起来，何况旁边还摆着你的塑像做样板，创作起来得心应手，一气贯下来。只是有点累，我要先洗个澡。"

这个疯子竟是从机场直接去创作室，一直工作到现在。孙秀禾想象不出他进入创作状态时的样子，心无旁骛，精神高度集中是肯定的，去洗个澡也要告诉人家……她写道："您太辛苦了。请您以后别再叫我女神，叫得我很不好意思，我就是一个农妇。"

过了很长时间祝冰才回信："秀禾，你就是我心里的女神，女神是不能随便乱封乱叫的，我是由衷的。我也喜欢自己的这种心态，这对我的创作有好处。你最大的特点是美得真实，我不需要那种没有人间烟火气的漂亮。你如果愿意，有空时也可以跟我讲讲你的经历，你的家庭、丈夫、孩子，我看你的气质、谈吐，至少是上过中学了。"

"高考时大意，将准考证忘在课桌里，下午耽误了近一个小时才进考场，题没有做完。落榜后就回家务农了。"

"生命的意义很丰富，不必死认一条路。我在你们那一带跑了不少地方，有些很好的古堡都空了，甚至有的镇都没有多少人了，年轻人似乎大都出去了，你没有出去是不是有什么想法？连我都觉得那些古堡、古镇都空了，太可惜，我还想在古堡上做点文章。"

"我也出去过，但没待几个月就跑回来了，我不喜欢打工的环境和精神上的压抑，再说打工的活，也不比在塬上种地轻松多少。比较起来我还是更喜欢在家里种地，天高气爽，自由自在，由于地多人少，维持生活很容易。"

"好，终于碰到一个喜欢农村的知音。我就是农村人，至今做梦还都是梦到童年时老家的样子，我想退休后找个农村或有荒地的山区，盖两间房子，种几亩地，优哉游哉。"

"真的吗？您能塌得下腰、吃得了农村的苦？"

"我是在农村长大的，对农村对土地有种天然的感情，现在的工作说到底不过就是个石匠，有时候还当铜匠、铁匠，都不是省力气的活儿。至于苦不苦，全在个人的感受，以后若有机会我会证实给你看。"

　　"我也喜欢我们这个地方，有人说，在我们这儿当个牛、当个羊都是快活的，犁地有犁地的歌，拉车有拉车的歌，所以羊肉不膻，有奇香，您再来的时候一定让您尝一尝。"

　　"你的歌一定唱得很好了？"

　　"好不好不敢说，自小在民歌中长大，陕北人哪有不会唱民歌的。"

　　"好好好，我一定会找机会听你唱歌的，那将是一种幸运、一种大享受！现在的年轻人喜欢农村的不多，你能喜欢自己的家乡这太好了，难怪叫秀禾！汉光武帝刘秀出生那年，他的父亲刘钦看到自家麦地里有一棵麦子长出九个麦穗，于是他给儿子取名'秀'——'嘉禾之瑞'。你就是陕北黄土高原上的嘉禾！我没动脑子脱口叫你女神，看来是叫对了。"

　　祝冰的话让孙秀禾心里很受用："您真不愧是大教授，这个名字我叫了三十多年，没人给我解释过，我自己也没有这样想过。"

　　"你看这样好不好，为了奖励你难得的对家乡的热爱，今年放假你们一家人可以到北京来玩，开我的车随意去你们想去的地方，全部费用都不用你们操心。"

　　"谢谢您的好意，我出不去，这个年我将非常忙，三十要回婆婆家一趟，如果我丈夫回来就利用放假这几天把婚离了。如果他还不回来，一过年我就得到县法院起诉他，强制离婚……"她突然打住，不知自己是怎么回事，竟跟人家说起这些家丑。

"你的婚姻出了什么问题？"

"前年我知道丈夫在外打工又有了别的女人，我提出离婚，一直对我不错的婆婆给我跪下了，不让我离婚。我提出一个条件，他必须离开外边的女人，回家跟我一起种地，若真是一门心思地想跟我过好日子，我可以考虑不离婚。他父母几次三番地去信催，甚至还派人去叫，他都没有回来，还跟外边的女人有了孩子。即便是为了外边那个女人和孩子，这个婚是离也得离，不离也得离。我给定的最后期限就是今年年底，他回来就协议离婚，不回来我就通过法院打官司离婚！"

隔了好一会儿祝冰的微信才发过来："对不起秀禾，惹你谈起这种令人不快的事。但我要感谢你告诉我这些，现在我知道你身上那种沉毅清肃的风致是怎样形成的了。那天初见，你很特别，可以叫卓然而立，也可以说是孤独，一下子打动了我。孤独是心灵的深刻和敏感造成的，只有优秀的人才能在孤独中发现自己。"

不等孙秀禾回复，祝冰的微信又发过来了："西方一个知名的哲学家说过，婚姻是一种必要的苦恼。生活中充满悖论，你失去一个，说不定还得到一个；得到一个也许还会失去一个。当今世道，西方人找不到上帝，东方人找不到神仙，各行其道，大主意自己拿，自己主宰自己的生活。"

"前两年我很绝望，觉得活着一点意思没有，完全是老人和孩子使我撑下来。"

"大可不必，所谓绝望就是心死，心绝路才绝。有什么念头，就有什么命运，变换心境，就是变换生命。你肯定知道林青霞，一个优秀的演员，却情路坎坷，婚姻失败，陷于困境时圣严法师厓八个字开导她：面对，接受，处理，放下。她放下后焕然一新，风华依旧，写了许多很漂亮的文章，展现了她的另一种才华，更重要的是，证明了优秀的女人具有强大的自我修复的能力。"

"我放下了，但两边的家庭、老人和孩子放不下。他是我高中同学，各方面都很一般，我喜欢的男孩子考上大学走了，我们不可能有结果，便接受了他。看中的是他很老实，可以踏踏实实地跟我种地过日子。不想他一出去见了点世面，人就变得那么快。"

"你因高考失误，竟在婚姻上退而求其次，这就叫凑合，为什么要委屈自己？而对方自卑的老实，是靠不住的，那是没有条件不老实，一旦有了机会自卑者反而更容易膨胀，要在另一个女人面前当大丈夫，这是一般规律。爱情的本质是分享，相互分享喜怒哀乐，当不但不能分享，甚至一方感到痛苦委屈时，就不能再继续委屈下去。情知不是伴，何必要相随？从我看到的你的状态，以及刚才你讲述此事的语气，可见你器识大度，自尊不允许你死缠乱打，这就是黄土高原上女神的境界！"

孙秀禾感到一种被理解的欣慰和感动，从来没有人跟她说过这样的话，都是劝她忍，等待那个或许她从来就没有爱过、高看过的男人回头。他们总是说，男人在外边野够了自然会回家的，农村人都抱着"宁拆一座庙不毁一桩婚"的观念，其实堡子上的庙一解放就都被拆了，光剩下违约毁婚了……

她忽然想到自己耽误祝冰的时间太长了，要说这个人的精力也真是好，在农村五十多岁就是老头了，看看他，一夜没睡，又长途奔波，回到北京不休息直接工作到深夜。她赶紧写道：

"谢谢您对我的开导，时间太晚了，今天您也太累了，赶紧休息吧，等您有空时再聊。"

　　"现在已是凌晨，时间不是太晚，而是太早。但我们确实都该休息了，既然是睡觉就道一声晚安！"

　　"晚安！"——临睡前有个人跟她互道晚安，这让她的心里温暖，还有一种别致的感觉。

　　自此以后，每天晚上无论多晚，两人都要互通微信，或者通个电话。话题越来越广泛，几乎无所不谈，也越来越深入，她自然也问到自己最关心的祝冰和他太太的关系，这复杂微妙的问题若通过微信说清楚得写多长？他只有在电话里告诉她：只是因为两人都忙，没有时间离婚，而且特别讨厌在中国离婚的麻烦，被逼着要回答许多问题，两个人又都还没有再婚的打算，婚离不离的无所谓。或许等他再去美国时，两人到拉斯维加斯去办离婚手续，花 30 美元，几分钟就可拿到离婚证。

　　祝冰在讲述他的婚姻状况时跟讲笑话一样，常常逗得孙秀禾忍不住想笑。他妻子是画家，爱干净，最忍受不了他工作后一身脏兮兮的，回家往床上一躺像死狗一样。她最初爱他的才华，其实他的才华就在一双手上。他也非常爱妻子，喜欢给她按摩，为她摸骨，一开始她很享受。后来有了孩子，不管她处于什么状态，他的疯劲一上来就要又摸又捏，特别是创作遇到困惑时，拿自己的妻子当骷髅那样摸，让她受不了。他最早也是学绘画的，小时候在乱葬岗子捡了个骷髅头，用河沟里的水洗干净，就藏在自己的被子里，没事就摸那个骷髅，晚上搂着骷髅睡，一遍遍地在纸上、河滩的沙子上画那个骷髅……

后来他的妻子送女儿到美国读书，就没有再回来。失去妻子的前几年他非常痛苦，家庭是天性和文化的妥协，他很后悔当初不懂得妥协。刚结婚时他们无论是自己认为、还是在别人看来都是完美的结合，其实哪有完美的结合？只有在结合中双方趋向和谐，慢慢找到各自属于自己的完美。可惜他们错过了机会，走到了反面。

孙秀禾听到这儿禁不住想，竟然连祝冰这样的教授家庭也是走着走着就散了！农民的家在散，城里人的家也在散，有彻底散的，有名存实散的，有正在散和准备要散的，家庭散伙似乎成了一种时尚……她险些脱口而出，我喜欢被你摸的感觉。话到嘴边改口道："您为什么要摸骷髅，摸人的骨头？"

他说："人都是骨头撑着肉，只有摸了骨骼和筋肉的形状和结构，对一个人的形体样貌才有把握。"

她还关心他一个人怎么生活："您每天吃饭怎么办？"

"现在最不成问题的就是吃饭，吃饭有两个目的，一是为了生存，填饱肚子才能活着、工作；二是为了快乐。家里有厨房，学校有食堂，大街上有饭店，这两个目的很容易就能得到满足。"

……

每天晚上两人的通信或通话，成了她最期盼、最快乐的事情。每晚一过 10 点她就处于一种焦灼、饥渴的状态，等待着他的信息。有时过了 12 点还没有他的信息，她禁不住一遍遍发微信甚至打电话，而他的工作不告一段落是不开手机的，他错过了通信的时间不是因创作大顺，就是创作不顺。他强烈地活在自己的创作情绪中，也感染着她跟着一起兴奋、快乐或担忧。两个人通信或通话，不知不觉也变得越来越无话不谈，且情意绵绵……

渐渐地她认同了他的工作规律和作息习惯，也开始试着接受他的精神世界。她敏感的心灵随着命运的安排开始活跃起来，自己都觉得与现在的状态相比，前几年简直就好像是假装在活着。就这样，自然而然地她发现自己真的喜欢上了祝冰。

她虽然生了两个孩子，却根本没有真正恋爱过，上高三时，虽然有时与班长偷偷摸摸地传达情意，却无法与眼前对祝冰的依恋相比，不要说一天接不到他的信息会发疯，他的信息就是来得晚一点她都觉得受不了。后来她要求他每到晚上 11 点，就是工作没结束也要打开手机。一旦听到他那些恭维的昏话，就羞怯欢恋，情致旖旎。

他有时甜言蜜语，有时胡言乱语，光是对她的称呼就变幻莫测，一会儿秀秀、一会儿禾禾、一会儿小禾，甚至小丫头、小姑娘……她有时竟被这些亲昵的称呼弄得魄荡神迷。或许女人就需要这样被自己喜欢的人溺爱，宠赞。她相信祝冰这样跟她亲昵，也是他自己感情的需要。当每晚跟他通完话再躺下来，她神思如醉，内心畅满。

有一天她终于忍不住说出了口："我想你！你知道吗？"

"将心比心，我怎么会不知道？我也想你，所幸我可以天天看着你，把对你的思念融进作品。"

"这都怪你，天天说好听的哄着我。"

"说得不错，但不是我哄你，而是我让你认识了自己。一旦你明白如何去聆听自己，欣赏和爱自己，你也就能爱上别人。归根到底，你生命中所发生的一切，都是你自己吸引过来的。那天你不坐在道边举着烟袋出神，后边的一切都不会发生。"

"女人抽烟是不是很丑？那是我娘的烟袋，我有时累了、烦了，也会抽上几口。"

"有一种女人抽烟，益增其美，你就属于这样的女人，显得更成熟、更智慧。你不见好莱坞电影里的许多美人都拿着烟，不是为了抽，是为了美。"

"什么话从您嘴里说出来总是味道不一样，但我们不会有结果的。"

"那不一定，我是可以给你结果的，就看你的决定。再说生命的意义并不在于结果，而在于活着的每一个过程。每个人最终的结果都是死亡，所以人活着总要有点意思。说穿了，人生就是经历，当一个有意思的人，有意思地活着，做点有意思的事，这本身就很有意义。"

他的话像绕口令，却让她大脑开窍。

就这样两个人天天有说不完的话，情意越来越浓，孙秀禾觉得上一辈子就认识他了，他像她的情人又像她的父亲，哄着她、宠着她……

很快到了农历三月，塬上桃花开了，横山的冰雪融化，无定河的桃花水下来了。塬上的春耕春种也开始了，祝冰要来看她。

桃花汛期中的无定河，比冬季宽阔了许多，河水浑浊而湍急，河岸边的花木郁郁葱葱，一派北方的暖春气象。祝冰开着自己的大众吉普，在灿烂的阳光下，远远就看到秀禾站在他们当初见面的道边等候。他将车驶近后在路边停住，推门下车，定定地望着秀禾桃花般姣好的面容，幽深而含笑的双眸，然后就扑过去，两个人熟悉得像久别的夫妻一样紧紧抱住，急切地相互寻找着对方的唇。

孙秀禾没想到自己一点准备没有，竟会这么自然顺畅地就走到了这一步。待他们的想念和焦渴得到暂时的满足后才松开对方，祝冰为她拉开车门，两人上车后拐上进村的坡道，直接开进了秀禾家的院子。爹娘下地了，孩子们还没放学，家里很清静。

　　祝冰打开后车门，车座上、座位下放满了箱子、盒子、兜子……他先把箱子拿下来，就在院子里打开，里面有两个硬纸盒子，打开盒子，里面塞满泡沫塑料保护着的两尊孙秀禾的塑像，一尊就是那个泥塑，另一尊是大理石的全身雕像。丰姿慧美，又卓然入妙，跟她完全是一个模子刻出来的，隽洁秀异，风致端凝，又多了一种雍容、幽淑的气度。她一时目瞪口呆，欣喜异常，转头在他脸上亲了一口。

　　然后分别把两尊雕像抱到屋里，一尊放到自己屋里，一尊摆到爹娘屋里的迎面桌上。祝冰拉着她的手双双坐到炕沿上，直视她的眼睛，怎么想就怎么说，他希望她相信、其实也知道她会信任他：

　　"秀秀，跟你说一件严肃的事。口北建了个北方博物馆，很堂皇，藏品也多，应该是北方最大的博物馆了。去年他们找到我，在博物馆大院的中央、主楼的前面立一尊塑像。我憋了几个月不知要塑个什么，几个月前看到你的那一瞬间我骤然开悟，既年轻漂亮，又有历史感、有深挚沉静的母亲风韵。后来爱上你就更好了，这也是我的一个梦想，让自己爱人的形象借助大理石而不朽，永远矗立于人世间，供人们敬仰、膜拜！"

　　"这是好事，为什么总不跟我明说？"

　　"以前不敢跟你说明，怕你不同意，这毕竟使用了你的肖像权，如果你不同意我还要在面部做些改动，改得在像与不像之间。可我不想改，我就想以你的面貌立一个'大地之母'。基座80厘米，塑像3.8米高，形神卓荦，仪态端静，既风神绰约，又满身散发着母亲的光辉。我给雕像定名为《大地之母》，你们这里有句老话不就是'千年老根黄土里埋'嘛！当初因大陆板块移动，非洲的猴子从树上落到地面上，才渐渐成为人类，大地就是人类的母亲，我雕塑的就是黄土高原上的母亲，从内心到外表都很美，又年轻有活力，充满力量。无论是博物馆的人还是学校雕塑系的师生，看了完成的雕像后无不惊艳，一致通过。我自己也觉得这是我投入感情和心力最多的作品，是自己的得意之作。"

孙秀禾就是先被他的智慧和精神的强大所征服，才渐渐爱上他的，她没有明确表示同意和感激，却搂住他的脖子一阵亲吻。自从这次见到祝冰后她像换了一个人，老想贴在他身上，跟他亲近不够。祝冰今天穿了一件样式极少见的夹克，头面也收拾得干干净净，显得很年轻，她越看越喜欢，原以为自己已经枯竭的心灵又滋润起来，甚至像无定河的桃花汛一样开始奔涌、激荡。

祝冰继续说："后天塑像揭幕，我想请你跟我一起去参加揭幕式，揭幕式一结束，我们两个一块儿回来种地，行不行？"

孙秀禾有点顾虑："我不会给你丢面子吧？"

这回是他搂住了她，在她耳边轻声说："你只会给我增光，那天整个博物馆里所有人的眼光都将盯着你。所以我给你买了墨镜，参加揭幕式的时候，只让人们看到你女神的风采，不让他们看清你的全部面目。如果你摘了墨镜，一定会引起轰动，走到哪里都被围观。这个塑像以及创作过程，将成为一段佳话流传开来，也是我们感情的见证。"

他想了想又说："我的学生会称呼你师娘、师母，他们不是开玩笑，是尊敬，你大大方方地接受就是了。"

祝冰说完起身走出去，把车上的兜子、盒子都拿进来："我给你买了两身衣服，试试看合不合身？"

一身是休闲装，乳白色的紧身上衣，黑色高腰宽松裤，孙秀禾穿上以后整个屋子都亮堂起来，突出了她健美有致的腰身，真率天然，了无矫饰，越发显得轻盈灵秀，窈窕娟娟。秀禾对着镜子，目光荧荧，幸福感从心里往外溢："真想不到你还会买女人的衣服？"

"我哪里会买衣服，但我知道你的身高、三围，让服务员多拿几件，我来选。"说着他从兜子里拿出第二套衣服，是正装，准备参加揭幕式穿的。宝蓝色的直领衬衣和长裤，外面是浅棕色质地精良的薄大衣，肩上一系淡紫色的长纱，飘在襟前。他让她坐在炕沿上，耷拉着两只脚，他从纸盒子里拿出一双精美的深蓝近黑的半高跟皮鞋，却不给她试鞋，先捏她的秀足，从脚跟、脚掌到一个个脚趾，秀禾的身子都被他捏酥了，心里欢喜不尽地随他摆弄。他一边捏着一边说："以前我没有摸过你的脚，但看上去你的脚不大，我还有点奇怪，在农村少见这么秀气的一双脚。"

她秋波盈盈："小时候娘总是给我做小鞋，说女孩子别让脚随便长，长个大蹄子，人没到脚先到，难看死了。让我穿小鞋，挤着点。"

"老太太有这般见识，难怪生出你这么漂亮的女儿。我买的大了半号，不知合适不合适？站起来，到外面走走看。"

孙秀禾自己都觉得整个人被抬起来了，她到衣柜的大镜子前，前后左右看个没完，祝冰又拿出迪奥的太阳镜给她戴上，往她身上喷了同一牌子的香水，后退两步反复地打量着，惊奇自己努力的效果，面前的美人神姿艳发，如云出岫。他情不自禁地赞叹："太好了，活脱脱一位高贵女神的范儿出来了！"

他将自己的左臂弯伸到秀禾面前："是挎着我的胳膊，还是让我拉着你的手，咱们到外面走一圈试试感觉。"

秀禾选择了挎着他的胳膊。这样的衣服和鞋一穿，胸自然前挺，腰凹下去，头就扬起来了。二人双双走出院子，正碰上刚从地里回来的两位老人和放了学的孩子们，大家吓一跳赶紧让开路。

祝冰向他们点头打招呼，秀禾故意不吭声，挎紧祝冰的胳膊向河边走去。她越走感到越舒服，胳膊也挎得越紧，紧紧依偎着祝冰，悄声说："这要让你花不少钱，怎么好意思，你给我的卡里的钱还没怎么花呢。"

"为你花钱我心里高兴，没有比这个钱花得更值了。等春种完了，闲下来，你跟我一块儿回北京，要好好买几件适合你的衣服。女人，特别是像你这样有身材有容貌的女人，如果不穿着适合自己的衣服，不把自己的特长穿出来，就是一种悲哀。"

当他们走到河边再返回来的时候，院子前面站着一群看新鲜的村里人，孙秀禾松开祝冰的胳膊，摘掉墨镜，一双儿女大声喊着妈妈扑过来，她哈哈大笑弯腰将他们搂在怀里。

她的娘抹着眼角进屋做饭去了，女儿不知有多少年没有这么开心地笑过了。她的老伴则在里屋看着女儿的塑像闷头不语，他不知道，女儿的心被这个人搅和活泛了到底是福还是祸？刚离婚就这么张扬，好像多臭美似的，可这个城里人靠谱吗？年纪是不是也有点大？

老太太知道他的心思，走进来低声嘱咐道："你给我打起精神来，在贵人面前不许带相。"

农村历来是把姑爷看作贵客的。

"这个人只要让我女儿高兴，我就认他！再说他不是比前边的那个窝囊废强百倍吗？"

老头嘴里哼哼两声，算是答应。

中午吃面条，简单省事，图个吉利。老太太昨天都准备好了，只剩下打卤、切菜码、烧水煮面，这就简单多了。很快热气腾腾的喜面捞出来上了桌子，这也确是一顿喜气洋洋的午餐，卤里全是羊肉丁，真材实料，香气盈盈。

家里增加了一个祝冰，气氛跟往常就完全不一样，首先孩子们打心眼里感到新奇，闹闹嚷嚷。秀禾换上了那一身休闲装，看着格外地清爽喜悦。

祝冰大口吃完面条，对着两位老人宣布："老人家，吃过饭我跟秀禾就得出发，后天上午参加口北的一个庆典活动。最晚大后天我们回来。回来后我就不走了，跟着一块儿种地，等春耕春种完了再说。农闲时二老也可以跟着秀禾到北京休息一段时间，我北京的房子够住的。"

老头抬起头，第一次正眼看着他，似乎没明白他的意思。

祝冰笑了："大叔，我是石匠，还是有点力气的，您看到禾禾的塑像了吧，我是用一整块大理石雕成这样，没点力气行吗？我是河北阜平人，太行山脚下，小时候种过地。"

老头似乎笑了一下，点点头。孩子一听说祝冰再回来就不走了，兴奋起来，希望他用泥也给自己捏个像……

饭后，祝冰从汽车的后备厢里拿出个大箱子，提到孙秀禾的屋里，对老太太说："大娘，这里边是我的衣服和杂物，回来用的，就不带着了。"

两个人一块儿上了汽车，老太太特意走到祝冰那一侧，对他说："路上千万要小心，高兴就在外边多玩儿几天，别惦记种地的事，地是种不完的。"

祝冰答应着，起动了汽车，顺坡缓缓而下。

食物链

· 阿 袁 ·

应该是周二，盛丽接到老尚的电话。

"周五下午有空吗？想小范围聚聚。"

老尚做事周密，约牌局饭局一般会提前好几天。

也一般会先打盛丽的电话。盛丽如果有空，这"聚一聚"基本就成了，盛丽如果没空呢，就要另约个时间，或者干脆就泡汤了。

盛丽经常是没空的，有时是真没空，有时是婉拒。她不喜欢太密集的聚会。这一点和马智芬正好相反。马智芬是他们这个小范围里的另一个女性，有着和盛丽完全不同的个性。盛丽话少，马智芬话多。盛丽清淡，马智芬热烈——应该说冷热不均，她热烈起来的时候，如火如荼，天真烂漫，煞是可爱，可如果她的热烈没有得到别人相当的回应，就会变得比盛丽还冷淡，并且立刻表现出一种讽刺的本能，刺猬一样。对于聚会，特别热衷，平时不聚则已，一聚她就上瘾，就要聚了再聚，聚个没完。"周末去'汤记'吃羊肉怎么样？""明天去'吉祥素'吃南瓜花炒鸡蛋怎么样？现在正是南瓜花开的时候。"总是在酒席快散的时候，她意犹未尽地建议。"好呀好呀"，总会有人出来响应。如果只停留在"好呀好呀"阶段，盛丽就不作声，由着他们一唱一和。如果有进一步落实的可能，盛丽就会说上一句"是不是太密了？"声音不大，但还是会让那个说"好呀好呀"的男人听见，于是落实一事就不了了之。

"聚会又不是主教前面的梅花，还讲究个疏落有致。"马智芬恼火盛丽的扫兴，也恼火那个说了"好呀好呀"又不了了之的男人。

可恼火归恼火，她也拿盛丽没办法。这帮男人，不论是小范围里的，还是大范围里的，总是习惯看盛丽的眼色行事。

对此老尚私底下倒是解释过——算是解释吧——"不是我们厚此薄彼，而是盛丽吧，你是她的朋友，也知道她的，是会说'我就知道，别人不挑剩下也不给我'那种话的女人。不过一朵宫花的先后，林黛玉也会挑理。如果那个年代有电话，宝玉要弄个啥宴倘若一不小心先打了宝钗电话，那不也是个事儿？她肯定会颦了那双似蹙非蹙眉说，'我就知道，不问了别人也不会问我。'然后赌气不参加宝玉的宴。盛丽就是林黛玉一样细致的女人，不像你大体。"

老尚的话让马智芬有点吃不准，好像是在褒她，毕竟"大体"是好话。然而"细致"也是好话，至少不是批评。明明可以用"小心眼"或"小性子"之类那种意义清晰的词，老尚却不用，这自然是故意。一个搞语言学研究的教授，不可能不知道准确地使用词语。不过滥用褒义词也是老尚一贯的风格。老尚说过，词语这东西，也是生物，有体温的。有些词体温高，一说出口就让人如沐春风。有些词体温低，一说出口就让人如坠冰窟。关于这个，老尚还专门写过一篇学术随笔，发表在他们学报上，叫《词语的体温》——也可能叫《词语的体温研究》，马智芬没读过。但那篇文章在他们这两个范围里转引率都极高，尤其老季。老季是不信老尚这一套的，他说词语又不是我家阿福，还有体温。阿福是老季家养的狗。身体不好，经常感冒发烧，所以季师母专门为它准备了一个体温计，只要一看到阿福两眼水汪汪的——阿福的眼睛本来就水汪汪的，但一发烧，更水汪汪了，简直有梨花带雨之态——马上就拿出体温计给它量体温。说："阿福比我待遇高呀，我感冒发烧时她最多说一句，体温计在哪个哪个抽屉。从不亲自帮我量体温。还不允许我提意见，一提，人家就说，'侬好意思吃阿福的醋啦，阿福没长手侬也没长？'"——季师母是上海人，在家里说话时不时会带出一两句上海腔。老季每每一惟妙惟肖学季师母说话，都能把在座的几个女性逗得哈哈大笑。

尤其吴端吟——吴端吟是小范围的另一个女性，老尚叫她小吴，老季叫她小吟，其实年纪和老尚老季他们差不太多，也近五十了——每回都笑得花枝乱颤。

这是老季的本事，老季会逗乐，一边逗乐一边抬杠，特别是和老尚抬，经常抬得不亦说（悦）乎。

"老尚，今天带了体温计没有？量量我这个词体温多少？"

这个梗老季不知说了多少回，也说不厌；而女人们每回都很捧场地大笑。她们对老季还是很偏爱的。

老尚不笑。不是因为生气。老尚从不生气。或者说大家看不出来老尚生没生气。这一点也和老季不同，老季什么都会形于色，高兴了就在酒席上击瓮叩缶弹筝搏髀歌呜呜尔，不高兴了就拉了脸坐那儿一言不发。他本来是长脸，一拉，就成马脸了。所以姜老师有时不叫他老季，而叫他老马，出处就在这里。而老尚什么都不形于色。就算喝到半酩酊了——这也是老尚的习惯，老尚从不会喝到酩酊大醉。总是白酒一杯，红酒二杯，冬酒三杯——他们大范围聚时经常喝冬酒的，一种加了冰糖和枸杞的米酒，是陈衍生从老家带来的。

陈衍生比老尚老季年轻一辈，他能加入这个圈子，按老季的说法，主要是冬酒的功劳。要知道，他们这个圈，在中文系，名气是很大的，很多人都想加入而加入不了呢——冬酒度数不高，十度左右，又有点甜，女人们爱喝。即使盛丽也会喝两杯。盛丽平时是不怎么肯喝酒的，总要老季再三劝，才肯挪开她捂在酒杯上的"柔荑"——"柔荑"也是老季之语。老季搞古典文学，喜欢用古典的语言来形容盛丽。"盛老师，把你的'柔荑'挪挪开好不好？"等盛丽的"柔荑"一挪开，老季就满满地倒上一杯。也是白倒，盛丽每回也就抿上那么几抿。人家敬她时她抿一下，她回敬人家时抿一下，敬来敬去，敬到酒席结束，她的杯子里还剩大半杯呢。照例老季会帮她喝了。"不能暴殄天物呀，这可是五粮液。""不能暴殄天物呀，这可是百年汾杏。"一边的老尚就故意酸溜溜地说，"反正盛老师杯子里的都是天物。"老季也不否认，反而坐实般地说，"对对对，匪女之为美，美人之贻。"其实盛丽并没有贻他，他是自己贻自己的。这种时候马智芬就说盛丽"太作了"。盛丽的酒量，马智芬是知道的，一两杯白酒，绝不是什么问题。但盛丽非要端着不喝，每回都要让老季再三说"盛老师，把你的'柔荑'挪挪开好不好？"最后又要老季喝她的"天物"，马智芬实在看不下去。不过，如果是陈衍生带的冬酒，盛丽的"柔荑"就不会捂在杯子上了，由了老季满满倒上一杯，又倒上一杯，也就两杯，再多，又不肯了。喝了酒的盛丽，会比平时放得开一些。席间如果男老师的话题有点偏艳，她不会起身上卫生间了，或者假装出去接电话——有一次盛丽借故离席，老尚呵呵呵地说，我们盛老师的耳朵可是一双"贞洁的耳朵"。马智芬发现，老尚这个人，有点晦涩的，他其实对盛丽很好，当然，他对其他女性也好，但如果细腻一点的话，还是能看出他对盛丽更好。比如点菜时他会点蒜香秋葵，点盐煎白鱼，都是盛丽偏爱的。即使当时吴端吟在一边建议豆豉蒸鱼，他笑笑，一副"我知道了"的样子，结果上来的还是盐煎白鱼。但盛丽不在时，他有时又会说些取悦吴端吟的话，比如"贞洁的耳朵"之类。

不过，喝了酒的盛丽耳朵就不那么贞洁了，可以听一些略微不贞洁的话——比如老季的"嬿婉及良时"，陈衍生的"午嬉"——陈衍生研究明清小说，喜欢用《红楼梦》里的"午嬉"来打趣——又午嬉了？他一本正经地问老季，或马智芬。他也就喜欢打趣这两个人，对其他人他是不怎么敢造次的——嬉什么嬉？我也就宰予昼寝一下而已——也就不贞洁到这程度，再往前，他们自己也说不出口。就算能说出口，也没有机会，吴端吟会及时转折。"季教授，不诗酒风流一下？"这也是他们的常规节目，每到这个时候，就要开始吟诗了。一群满腹诗书的教授在一起，不吟一吟诗怎么行？会憋死的。"你先风流你先风流。"老季推让。吴端吟也不客气，站起来清清嗓子就"先风流"了。她是半个北方人，普通话比在座的其他教授都纯正，一首舒婷的《致橡树》，吟得那个字正腔圆声情并茂。老季压轴。老季喜欢吟苏东坡的《江城子·密州出猎》，但喝了酒的老季不能一字不差地吟，经常把"酒酣胸胆尚开张，鬓微霜，又何妨"，吟成"酒酣耳热尚开张，鬓如霜，又何妨"，大家支了耳朵，就等他"耳热"和"鬓如霜"，吴端吟马智芬笑得东倒西歪，盛丽笑得用她三根"柔荑"去拍打额头。她一高兴，就会拍打自己的额头。"你以为你额头是栏杆哪。"老季白盛丽一眼说。大家笑得更凶了。老尚怀疑老季是故意的。这家伙总有办法逗乐一桌女人的。

盛丽其实很少婉拒老尚，因为老尚主动张罗聚会的时候不多。他一般都有冠冕堂皇的理由，哪位上职称了，哪位要出国访学了，哪位访学回来了，反正有理有据有节。不像老季，老季张罗聚会，完全是王子猷雪夜访戴逵的随性，都上午十一点了，他突然打来电话，问"要不要去燕鸣湖吃雌螃蟹？"盛丽家的莲藕排骨汤都炖上了——是先生炖的，先生是一家大出版社的副社长，平时在外面时间居多，也只有周末有时间给盛丽炖个汤，盛丽很珍惜的。所以哪里还会去赴老季的螃蟹约。可天气那么好，阳光在窗外的楝树上流光溢彩，九月又是燕鸣湖雌螃蟹养得最肥美的时候，不去又心痒。"你就不能早点说？"盛丽抱怨。她也就在老季面前会这么说话，其实不单盛丽，女人们对老季说话都带有几分撒娇意味的。这也是老尚佩服老季的又一个地方，女人——不论老少妍媸和身份——都容易和老季建立起亲密无间的关系。连老尚的夫人，搞古希腊哲学的苏教授，平时清高得很，最讨厌家里来客人，却乐意老季来。只要听到老季进门的声音，就赶紧从书房出来打招呼——一般人来，她都是躲在书房假装不在家的。"怎么早？我刚刚在如厕时翻《齐民要术》，正好翻到齐人如何腌蟹那部分，才想起现在是吃雌蟹的好时候。"什么人哪？！竟然在如厕时看食谱。光看也就罢了，还由此及彼想到吃。盛丽忍俊不禁，脸上的笑意一时间就有"风乍起，吹皱一池春水"的荡漾。先生不明就里，还以为盛丽的笑是他莲藕排骨汤的功劳，心下不免自得起来，一边自得一边又生出些许喟叹，想以前盛丽是多难取悦的一个人，而如今一钵子藕汤就能让她笑成这样。

　　老季这个人，虽然也会说什么"你不去的话，那多没意思？"但他决不会因为盛丽不去就取消他的计划。"没办法，兴致来了"，好像他的兴致是"天要下雨娘要嫁人"那样不可阻挡的事情。

甚至连"那多没意思"也是说说而已。后来马智芬对盛丽详细描述了他们几个坐在湖边吃蟹的事情，老季的表现从头到尾明明都"有意思"得很。

马智芬特别喜欢把盛丽不在场的聚会描绘得欢乐无比。

那次老季和吴端吟又闹得不亦乐乎，关于《晋书》里毕卓是"右手持酒杯，左手持蟹螯"，还是"左手持酒杯，右手持蟹螯"，两人意见不一。老季说毕卓是"右手持酒杯，左手持蟹螯"，吴端吟说是"左手持酒杯，右手持蟹螯。"老季说："你一个搞现当代文学的，和我争论这个？"吴端吟说："我虽然不是搞古代文学的，但古代诗歌也不能违背生活常识嘛，就像李白能写'举头望明月，低头思故乡'，不能写'举头思故乡，低头望明月'，因为低头没法望明月的。""低头怎么不能望明月？坐湖边望就是了，没有湖，在面前放一脸盆水望也行。"这是抬杠了，抬杠是老季的拿手好戏。大家乐得不行。吴端吟又面若桃花了。她血压高，一激动就面若桃花的。"不管怎么说，左手吃螃蟹不方便，要不你试吃一个给我们看看？"吴端吟说。大家起哄，让老季当场试一下右手持酒杯左手吃蟹螯。老季说："你们这帮搞现当代的，还教授呢，没文化。吃蟹要方便做什么？要方便就不要吃蟹，去吃地瓜好伐。"——老季也激动了，一激动，把季师母的腔调都带出来了——"而且，《尚书》里面明明有写，古代男人最初端酒杯这个动作，是发生在祭祀上的。祭祀上！敬天敬地敬鬼神，怎么可能用左手端酒杯？"

"如果是左手端酒杯呢？"

"老夫认罚。"

"如果是右手端酒杯呢？"

"老妇也认罚。"

吴端吟平时听不得别人说老字，但此刻为了和老季对扛，竟豁出去了，自己说自己"老妇"了。

马智芬不喜欢声情并茂吟《再别康桥》的吴端吟，却喜欢这时候的吴端吟，果然有中文系一枝花的风采——是当年的一枝花，现在中文系的一枝花是盛丽了。

不过，自从去年比较文学点新调来个叫姜小延的女老师，盛丽一枝花的地位似乎有争议了。

论关系，马智芬和盛丽更近，至少时空关系更近，两人年龄相当，同一年进的中文系，又楼上楼下住着，所以中文系的人，都把她们看作闺蜜。她们自己呢，差不多也把对方当成闺蜜。但有时候，马智芬觉得自己和吴端吟似乎更同质一些，至少当吴端吟脱口而出"老妇认罚"时，那种努力捧场子的热烈劲儿，和马智芬挺异曲同工的。

为了表示对吴端吟的支持，马智芬立马用手机查询正确答案。虽然老季是搞古代文学的，但他这个人有粗枝大叶的毛病，或者按他自己的说法——有守大节不拘小节的美德，所以对于这种左手右手的学问，也未必搞清楚了。

当然，主要是马智芬知道，吴端吟是喜欢"认罚"的。

结果真是"右手持酒杯，左手持蟹螯"。

老季那个高兴，又击瓮叩缶弹筝搏髀了。

"怎么喝？"

按惯例，吴端吟或者喝一瓶啤酒，或者喝两杯白酒。

"随你。"

"那就来白的？"

"白的就白的。"

和以往一样，喝了两杯白酒的吴端吟在回来的路上就有些趔趄，时不时地会往老尚身上靠一靠。

吴端吟当年爱慕过老尚，但老尚"发乎情止于礼"了——这是中文系的掌故了。

老尚那天没说明请客的由头，当他在电话里说"想小范围的聚一聚"时，盛丽问了"为什么"的。"不为什么。"老尚轻描淡写地说。怎么可能？"不为什么"是老季的风格，不是老尚的。盛丽猜他应该是回请。之前吴端吟为他在"云境"张罗过一次，祝贺他新上了博导。那次吴端吟可是所费不赀，在"云境"那样汰奢地方，又点了鲍鱼粥，又点了法国柠檬生蚝，有点儿用力过猛了。当时盛丽和马智芬还相顾而笑。她们私底下也议论过老尚和吴端吟的事情。他们的关系表面看起来是吴端吟在那儿一厢情愿，其实呢，老尚也是暗暗推波助澜了的。这是马智芬的看法。盛丽不怎么同意。不同意是因为老尚低声对她说的一句话，"比起树，我还是更喜欢女人如花似玉呀。"那句话是在吴端吟声情并茂地吟诵《致橡树》"我必须是你近旁的一株木棉，作为树的形象和你站在一起"时说的，盛丽是冰雪聪明的女人，自然领会老尚在说什么。当时她就替吴端吟不值，心下又冷笑老尚的老骥伏枥志存千里。因为这个，有一次聚会她故意把先生叫了过来给老尚老季敬酒，当时先生的宴正好在隔壁包厢。这本来不是盛丽的作风。盛丽可不是钱钟书笔下那种十个指头都要掭上钻戒的女人——在别人眼里，她先生差不多算是钻戒了吧？不过四十出头，就已经是副厅级了，说不定还有机会往上走。形象也好，平时又注意身体保养——他用的护肤品，比盛丽的还昂贵呢。一瓶希思黎乳液，就要小两千。有时看他对镜自照，盛丽觉得那画面简直有一种"照花前后镜，花面相辉映"的好笑。但这种时候他倒是拿得出手，容光焕发，象服是宜，举手投足间，把几个平日也算风流倜傥的中文系男教授衬得一点儿也不倜傥了。男人在一起，总是要暗暗角力经纬的吧？这是男人的伦理和秩序。人类的文明不论前进到哪里，终归是在丛林里兜转。他敬酒的时候真是谦虚——"有点儿太谦虚了！"老季回过神之后说，他明显不喜欢盛丽的先生。可老尚笑笑："人家那是雍容的谦虚。"

这是老尚最擅长的，用好词来表达不怎么好的意思。

盛丽没有替先生出头。盛丽一向是用"少少许胜多多许"的女人。况且，有什么好出头的呢？不过是男人之间的拈酸吃醋而已。

那之后的一段时间，聚会真如主教前面的梅花，疏落有致起来。老尚老季一次也没有张罗。有一次盛丽她们在楼梯口碰到老季，马智芬说："季老师，西山的竹笋都老了。"这是发轮子了。西山产竹笋，每年三月时间，老季会张罗大家去爬山和吃竹笋烧肉。"要想不瘦和不俗，天天吃笋烧肉。"这是老季的口号，每次点菜时都会摇头晃脑说上一回的。可这回三月都快过去了，他们一次也没去吃笋烧肉呢。"忙。"老季马了脸说。这是真的，每年三月，硕导们都要准备研究生开题和答辩的事情。他们学校实行的是师生互选制，喜欢老季的学生多，所以他带的研究生也比别人多。别人每届二三个，他每届四五个，自然比别人忙上许多。不过忙应该只是一方面，主要还是老季心情不好。为什么心情不好呢？盛丽觉得可能和自己让先生过来敬酒有点儿关系——这想法如果马智芬知道，一定认为盛丽想多了。美人总这样，有毛病，以为自己是亚马孙热带雨林的那只蝴蝶，随意扇动几下翅膀，都能改变身边的空气动力系统。在马智芬看来，老季心情不好，完全是因为老尚上了博导但老季却没有上，和盛丽先生有个鸟毛关系。

虽然老季老尚私交挺好，可即使这样，老季也不服气老尚上博导。

"《词语的体温》那样的学问，老夫做不了。"

这话听着别扭，但老季是马了脸当老尚面说的，所以就有"君子坦荡荡"之风，而老尚亦雅量，打着哈哈就过去了。

两人几十年的友谊，颠扑不破，一点儿这种小风浪，不算什么。

其他人却有点不好做，喜事丧事搁一起了。喜气洋洋不对，如丧考妣也不对。好在有微信，可以把他们屏风般一分为二。于是老尚在微信里收到了好几束红玫瑰和绽放的烟花，老季在微信里收到了好几壶老酒和好几个紧紧的拥抱。这是现代科学技术的美妙，简直有"隔座送钩春酒暖"之古典暖昧，既恭喜贺喜了老尚，又安慰同情了老季，含情脉脉，两不相妨。只有吴端吟，不管那么多，旗帜鲜明地在云境为老尚搞了一次祝贺宴。老季那次没来，他"抱恙"了。

因此老尚才"不为什么"张罗一次聚会的吧？这是老尚的周致和体恤——既要回请吴端吟，又要答谢一下其他几个女士的红玫瑰和烟花——即便只是微信里的红玫瑰和烟花，那也是人情。老尚从不欠别人东西。还要顾虑到老季的心情，怕老季又"抱恙"不来。没有老季的宴，不好玩。

这些盛丽都懂的。

所以她也就习惯性地沉吟了几秒，就对电话那头的老尚说，

"行——呀"。

她没问还有谁，既然老尚说了是"小范围聚一聚"，肯定就他们几个呗。

那天是家宴。老尚说，正好外甥女从法国出差回来，送了他两盒黑松露巧克力，还有一听鲟鱼鱼子酱。外甥女说这些东西如何如何好，他是不怎么信的。在法国公司做事的外甥女崇尚法国文化，只要是法国的东西，全都是如何如何好的。他看过她推荐的法国电影《天使爱美丽》，说"好看得让人恍惚"，也吃过她送的马卡龙，说"好吃得让人恍惚"，可他实在没觉出有什么好看好吃的，更没有什么好"恍惚"的。所以，对于松露巧克力和鲟鱼鱼子酱，他也没有多期待，不过请大家尝尝而已。

主食也是现成的，他早上去山姆买了两大盒刺身寿司。三文鱼腩寿司和金枪鱼寿司。酒是"法国之光"干红——也是外甥女说如何如何好的——还有日本青梅酒。因为吃寿司嘛。

虽然老尚举重若轻，但马智芬还是用好几个高调的"哇"表达了惊喜。又是松露鱼子酱，又是刺身寿司，规格还是很高的，特别对于老尚而言。老尚请客，一般走中庸路线，不太奢华，也不太寒酸。和老季不同。老季没个准，高级起来，可以去央央春天吃和牛吃雪蛤；低级起来，可以去路边大排档吃烤茄子吃烤韭菜，总是过犹不及。

看来上博导这事，对老尚确实意义重大。所以连一向稳重自持的老尚，也有些不自持了。盛丽和马智芬相顾一笑。

夫人不在家，难怪老尚搞家宴。

"苏教授去哪儿了？"

"去婺源看油菜花了。"

"油菜花有什么好看的？还不如小区的紫叶李花和鸡麻花好看呢，拿上个小马扎，坐在楼下看就是了，认真看。"

这个老季。盛丽差点儿笑出声来，苏教授坐在小马扎上认真看紫叶李和鸡麻花的画面，实在太逗了。

苏教授近视，如果要看清鸡麻花那么细碎的花，非要认真看吧？

看来老季来是来了，心情还是不太好。

"我也是这么说的。小区这么多花，李花桃花樱花，哪种花不比油菜花好看？还要舍近求远去婺源。但人家说，看李花是看李花，看油菜花是看油菜花。

"可去年她去日本看樱花，我说小区就有樱花，为什么还要坐飞机去日本看？她说看小区的樱花是看小区的樱花，看日本的樱花是看日本的樱花。

"搞哲学的女人，就是能狡辩。辩不过她。"

老尚摇摇头。

很无奈似的。

可老尚心里还是乐意夫人出门去看油菜花或者其他花的吧？不然，家宴女同事多少有些不方便。

尤其家宴吴端吟——吴端吟爱慕老尚的事，也不是什么秘密，苏教授应该有所耳闻的。虽然苏教授搞哲学，比别的女人洒脱，但到底不太好。

"吴端吟今天怎么姗姗来迟？"

马智芬在卫生间问盛丽。

她们已经喝了好几杯白开水了，也上了好几次卫生间了。但老尚迟迟不说开席的事。自五点马智芬就开始频频看手机上的时间。

她上午上了三节课，中午在食堂只随便吃了份鸭血粉丝。那种低蛋白的东西果腹快，饿得也快。所以马智芬早就想用松露巧克力佐水了。包装精致的松露巧克力就放在沙发前的茶几上，老尚没打开。

老尚一直叫她们"吃吃吃"的，是芝麻海苔饼干。

"再吃下去，我这就没有地儿放松露和鱼子酱了。"马智芬抚了肚皮说。

"一肚皮芝麻海苔饼干。"

两人大笑，想到王朝云说苏东坡的"一肚皮不合时宜。"

盛丽也纳闷，本来老尚请客，吴端吟应该最积极的。又是家宴，他夫人又不在家，她难道不想早点过来，帮老尚做点准备什么的，然后以半个女主人的姿态，站在门口笑容可掬地迎接马智芬和盛丽？

老尚的家，以前她们也来过，总是有些凌乱。苏教授喜欢看花，也喜欢看书——连马桶后面的盖子上都放了本伊壁鸠鲁的《论生活》呢！却不喜欢搞卫生。"反正搞了也和没搞差不多"——老季说，他这是在调侃苏教授近视了。

但这一次老尚家一尘不染，也不凌乱，甚至有些香喷喷的。

"尚老师，你家洒香水了？怎么这么香？"马智芬使劲嗅了下鼻子，问。

"哪有。是窗外的花香。"

不可能。窗外是楝树，和盛丽家一样。楝树花香是清淡的苦味，没有这样馥郁。

但盛丽没有说话，老尚的脸红红的，不知是被马智芬的话窘的，还是因为窗外的明媚春光映照的。

他穿一件蓝绿细条纹衬衣，青山绿水一般鲜艳，头发也乌压压的——新染了？还是上博导有返青的功能？老尚的鬓角不是灰白相间的吗？

趁老尚起身到厨房烧水的工夫，马智芬问。

"不，是黑灰白相间。"老季一边理着牌，一边一本正经地纠正。

他们在玩"掼蛋"。其实四个人当中，也就老季对这种扑克游戏有盎然的兴趣。他们之前玩的是八十分的升级，自从老季某次去南京大学开会回来后，就改成玩"掼蛋"了。"掼蛋是进化了的纸牌游戏，更好玩。"老季说。扑克又不是长颈鹿，还会进化，盛丽觉得男人真是有意思。她无所谓，八十分也罢，掼蛋也罢，都不过是"不为无聊之事何以遣有涯之生"的无聊之事而已。大家在一起，总要找点事做，不能老吟诗。老尚压根是反对打扑克的，认为它低级趣味，但反对归反对，偶尔还是会为老季组织牌局。这是老尚的好，会迎合别人，虽然他的迎合有点儿因人而异。

"到哪儿了？"

老尚的声音从厨房传来，这是他第三次打电话催了。

估计马智芬不停地看手机还是让老尚有压力了。

"在'柒小姐'前面？那再往里走几步，左拐，就是十四栋了。对，对，一单元，二〇二。"

"柒小姐"是他们小区理发店，在十四栋斜对面。可吴端吟不是到过老尚家的吗？怎么问起路来了？

盛丽看看马智芬，马智芬也看看盛丽，难道来的不是吴端吟，而是别的什么人？

谁呢？

还没等马智芬问呢，单元门铃就响了起来。

老季要去应铃的，他离门口最近，可刚站起来，老尚已经风一样从厨房出来了，那个快！

老尚走路一向从容，怎么突然风格大变？

进来的是姜小延！

不单马智芬和盛丽，就连老季也大大诧异了。

虽说都是一个系的同事，可中文系好几十号人呢，有些只是见面点点头的关系。

老尚什么时候和她熟络了呢？熟络到可以请到家里来。

他们三个面面相觑着。

老尚却没顾上他们几个的诧异，已经忙着弯腰帮姜小延拿拖鞋了。

是从另外的抽屉里拿出来的，一双粉红软缎拖鞋，不是苏教授的风格。

粉红软缎拖鞋衬了姜小延的淡紫色碎花连衣裙，整个人看上去，粉妆玉砌般。

到底年轻——比盛丽要年轻十岁呢，她过来试讲时盛丽是瞄过一眼她的简历的，应该是三十二三吧。

"难找吧？"

"还好。"

"蓬荜生辉呀！"

这是客套话，但姜小延进来后，老尚家确实亮堂了许多。

盛丽有些不自在起来，她身上穿的，是优衣库的黑衬衣和一件半旧的灰色筒裙——是有意这么穿的，到老尚家，没有必要太隆重，鼓励什么似的。尤其在老尚对她说过"比起树，我还是喜欢女人如花似玉呀"之后，她每次参加聚会，就开始走"反如花似玉"的路线。这是盛丽托物言志的方式。

即使这样，老季也说她"粗姿陋服，不掩国色"呢。

盛丽自然知道这是溢美，但和马智芬吴端吟她们在一起，真不必太用力的。

哪想到，姜小延会来。

早知道，就穿那件新买的孔雀蓝裙子了。

那样的话，不至于像现在这么灰扑扑的。

盛丽有一种被暗算了的懊恼。

"开席开席。"老尚说。

马智芬一直盯着的松露巧克力终于打开了，"法国之光"也打开了，三文鱼金枪鱼寿司也打开了，蟹腿藜麦沙拉也打开了，还有什么牛油果鸡肉卷青瓜沙拉，琳琅满目地摆了一大桌。

老季不肯放下手里的牌，"打完这局打完这局，我这把摸到了同花顺呢。"

"不打了。"马智芬把手里的牌一扔，去厨房洗手了。

老季恋恋不舍，"你们这不是耍赖吗？"

他们是带点儿彩的，输家要请下一回，在丁公路上的莲花血鸭店。是马智芬建议的。马智芬说，那家的血鸭和熏肠做得特别地道。

"我请就是了，"老尚说，"原班人马，一个也不能多，一个也不能少。"

什么意思？姜小延要加入这个圈了？

他们这个圈，可是被系主任陈季子称为"才子佳人圈"呢，不轻易加人的。

"人一多，就芜杂了。"老尚每次都谆谆说。

"那是那是。"老季说。

一边说"那是那是",一边又会突然带某个人来。

陈衍生就是他带进来的——"没办法,他老家的冬酒太好喝了。"

"陈季子要帮我们改名字了,以后不叫'才子佳人圈',叫'才子佳人冬酒圈'。"老尚打着哈哈说。

"或者叫'午嬉圈'。"吴端吟说,夫唱妇随般。

他们这是讽刺和批评老季呢。批评老季把陈衍生带进来,降低了这个圈子的格调。

可现在,老尚自己把姜小延带来了。

而且要吐故纳新——估计姜小延从此要取代吴端吟了吧?

"吃吃吃。"老尚热情地招呼。

这一回,老尚让的,不再是芝麻海苔饼干了,而是松露和刺身。

马智芬真"吃吃吃"了,也不管老尚真正在招呼谁。

盛丽发现自己真是小看老尚了。

人家岂止是志存千里,简直是志存万里呢。

而那个"万里",也知道自己是"万里"呢,所以一点儿也没有年轻老师对年长老师的必要谦恭和殷勤——像系里其他年轻老师那样,主动帮坐在对面的年长老师递个食物,或帮身边的年长老师倒倒酒搛个菜什么的——她左边是老尚,右边是老季,她都没有,只如莲般坐着——还不是风中左右摇曳的莲,而是周敦颐"亭亭净植"的莲,倒是老尚在侍候她——可以说侍候吧?她杯子里的水刚浅了一分——她说她不喝酒,只喝水,不论老尚说他的酒如何如何高级,也没用,她还是坚持只喝水——人家是莲嘛,自然只需清水——他立刻就伸手拿玻璃水壶了,她似乎是个挑食的人,一桌花花绿绿的食物,她基本不动,也就吃了几口藜麦沙拉,吃了一个三文鱼寿司,老尚马上又攘了一个放到她盘子里——是怕马智芬吃完了吗？马智芬似乎也很爱吃三文鱼寿司，正埋头再接再厉地吃着。

"姜老师，你吃呀。"

老尚的声音春风荡漾。

"哦。"

"不合口味吗？"

"合的。"

姜小延笑笑。

"怎么笑得这么矜持呢？姜老师，要露出你的'瓠犀'。"

几杯"法国之光"下去，老季也加入了老尚的行列。

盛丽的"瓠犀"就这么江山易主了。

我为什么要坐在这里呢？盛丽莫名心烦意乱起来。

在家修改论文不好吗？那个叫李姚的学生论文初稿已经交上来好几天了，她一直懒得去改，太烦了！那么多毛病，从结构，到语言，到格式，问题密密麻麻，每回一打开李姚的PDF文档，她头就大了。

或者看看闲书。奥康纳的《羽毛》昨晚一读到养孔雀的古怪女人出场，就搁下了。也是奇怪，现在读书，总是这样。读到无聊处，喜欢搁下；读到有意思处，也喜欢搁下。不像从前，有意思没意思的，都要一气看完。

或者什么也不做，就站在阳台看对面哲学系孟教授家的黑猫，那黑猫丑了吧唧的，但神情散漫，有一种遗世独立的孤傲，和孟教授一样。

怎么也比坐在这儿听"你吃你吃""瓠犀瓠犀"强吧。

盛丽盯着老尚耳垂上的粉红皱褶，想。

听 众

· 马金莲 ·

苏序走出镇子的时候两手空空，可以说没带一针一线，赤条条地离开了。下一个去向是到县第一中学报到，她只背着一个双肩包，里头是她全部家当，身份证、毕业证、离婚证等一堆用以证明她前半辈子所走人生道路的纸和塑料。纸张做瓤儿，塑料封皮儿，皮儿保护着瓤儿，一副相依为命不离不弃的模样。曾经她背着它们走进了小镇，和一个男人，以情投意合做借口，合谋办理了一张叫结婚证的本本。红色皮儿包着白纸瓤儿。然后她和那男人以这个本本做遮羞布，名正言顺地睡了五年。把彼此都睡腻了。然后她开始了半年时间的抗争，最后以净身出户做代价，把一个红色封皮的本本换成了另外一个红色封皮的本本。红色和红色有什么区别吗？苏序远远打量着新的工作环境，看到了花花绿绿的颜色。旗帜、墙绘、树木、花草和穿长裙的女教师们。一切看上去都很美好。但是苏序的心情说不出的低落灰暗。五年前也是这样一个人走来，被分进镇中学教书，只不过那时候她心里充满了对美好的期待。现在她不想和任何人交谈，办完手续，拿到教学任务，她脚步疲惫地走进了办公室。她想她应该得了厌语症。这是她为自己发明的一个病种——讨厌说话。像厌食症患者不爱吃饭一样，她现在不爱说哪怕一句多余的话，连嘴皮都懒得动一动。

才子热烈欢迎了苏序。苏序压制着内心的吃惊，好奇地打量这个自称冯老师而被所有同事喊作才子的中年男人。她真值得像他说的那样欢迎？他和自己是亲戚、同学？还是曾经认识？苏序看了半眼，就百分百确定这人她不认识，属于前半辈子从来不曾对过眼神的物种。苏序又多看了半眼。确定这个才子是个神经病。后来苏序看到才子以同样热烈的程度欢迎每一个新来的同事，苏序就明白才子还真是不折不扣的神经病。苏序也就放下了心里留存的一丝难解。就说嘛，她知道自己没那么大魅力，还没漂亮到一见面就让一个男人拍手欢迎。苏序和才子握了手。办公室是时下流行的大开间，里头塞满了小隔断。苏序的隔断和才子的紧挨。和才子握手，不是苏序想要的，是他主动伸过手来了，苏序想冷淡处理，装作没看到，或者干脆告诉他自己不擅长握手。但她实在懒得劳动唇舌，就把手懒洋洋伸了过去。办公室除了才子一个雄性，剩下的都和苏序一样，清一色女教师。女同事们目光灼灼，打量着苏序。苏序懒得跟她们开口，就装羞怯，眉眼上挂出一个淡笑，点了一圈头，算是跟全体都打了招呼。

苏序冷的名声第一天就被定格下来。后来的日子苏序懒得去改，也就一直把冷锅背了下来。冷苏序以勤勤恳恳与人无争的状态适应了新的工作、融入了新的环境。除了上课去教室，就是回来改作业，工作单调清苦，节奏一成不变。直到有一天她跟才子聊起了婚姻和家庭，算是发生了一点点变化。他们的交谈其实算不上真正的交谈，基本上是才子在诉说，苏序是听众。除了正常讲课必须开口说话之外，苏序几乎不说多余的话。才子说，苏序就点头。刚开始她点头，是出于礼貌。中间继续点头，是告诉他，自己在听，你继续絮叨吧。她懒得打断。后来她还能听，是因为不知不觉当中吧，才子这啰啰唆唆拖泥带水的倾诉，被她听进去了。大家已经适应了苏序的寡言。也早适应了才子的啰唆。才子诉说的时候，女同事们对他和他的故事没兴趣，早几年他闹离婚的时候，他们就听过八百遍了，早没味道了。她们好奇的是，一个老掉牙的故事，苏序居然能云淡风轻地听下去。要知道才子的诉说可是有他自己的独有风格的。那是能把人折磨到想吐的风格。一般人受不了。核心就是他和一个女子的一段婚恋，如何相遇，如何相爱，如何步入婚姻，如何孕育出爱的结晶，现如今又如何互相深度厌弃，恨不得对方从地球上蒸发。为什么不离呀，不是有那么一句话叫好离好散吗——这句话早在几年前就有女教师替今日的听众苏序问过了。不止一个女教师问过大意一样的问题。才子的回答千篇一律，从来都没有新意。为了儿子呀，男孩不能没有亲爸啊。答完他就一脸愁苦，五官像被人揉皱的抹布，苦兮兮挤成一团。谁还好意思再追问。再问下去，于心何忍。你会担心把他逼哭。现在儿子长大了，上高中了。个子比他爸还高大。早就到了离开亲爸完全可以活下去的年纪。现在才子还好意思拿这样的理由作借口？女同事们等着听苏序替她们问。可苏序不问。苏序始终都不问。她是这么多年来，唯一能够静静地倾听才子的婚姻故事，而始终不吭声的听众。

生活正常下来以后，苏序开始出去相亲。没人知道第一个相亲对象就是才子介绍的。苏序单身，并且离过一次的背景，只有才子知道。不是苏序告诉他的，是他自己自说自话，一边倾诉自己不幸的婚姻生活，一边对比推测出来的。才子其实不笨，也不是那种只顾着自己发泄，丝毫不顾及别人感受的人。他有时候挺善解人意的。他说爱情是有的，世界上真有爱情，真正的爱情。尽管那么多人都在嚷嚷说爱情死了，我们的时代没有真正的爱情。"你说有吗？苏序你相信有真爱吗？"问完他定定地望着苏序看。好像他刚刚长大，还没从清纯如水的男孩变成藏污纳垢十恶不赦的男人。男孩对世界充满期待，他坚信人间有美好存在。苏序点了点头。她懒得张嘴。她也不忍心。她不知道自己什么时候就有了不忍心。才子一开始跟苏序诉苦，是他主动提起来的。他说："苏序啊，结婚了吗？婚姻，可真叫人说不清楚啊。有时候太难了。我一个大男人都觉得难，你们姑娘家，比我们男人难多了。"他这些话其实也没什么内涵，也没水平。像个妇女委员会主任在极力讨好他管理的妇女们。女同事们听得撇嘴。又是那一套。又来了。没人有兴趣再听。

苏序愿意听。或者说，苏序不反对才子自说自话，不打断，不中途走开。她坚持在椅子上坐着，埋头备课，改作业，上网查资料。一会儿回头看看才子。眼神冷静、平常。女同事们观察过，那眼神里看不出更多的内容。这足以给才子带去鼓励。他就那点出息，只要没人强行打断，他就有勇气继续叨叨下去。他历数婚姻的不易。还列举几个他自己的亲身事例。苏序就在他的讲述中认识了他的老婆。一个颇有几分姿色却华而不实，天天盘算着怎么出去勾搭别的男人的女人。苏序从头到尾没问过一个问题。她只负责听，静静地倾听。才子忽然就问："苏序你恋爱过吗？"苏序抬头看。苏序的眼神不再云淡风轻，有一丝波澜掠过。才子心细如发，他捕捉到了。他说："哦，有过。是应该有的。"不等苏序有反应，他又抛出一个问题。"是刻骨铭心海誓山盟那种吗？"苏序有点生气。谁允许一个大男人这么婆婆妈妈汤汤水水了！你操心点大事不好吗，比如国家领导又出于战略考虑出访哪国了。比如全球变暖对地球物种生存的威胁。苏序懒得表达自己的愤怒。她不爱多说一个字的话。才子好像绝地探险有新发现一样兴奋，拊掌含笑，说："这就对了，你这样的姑娘，就应该有过刻骨铭心，有过海誓山盟。"苏序有点哭笑不得。她没有点头，也没有摇头。她默认了。她发现自己其实挺虚荣的，才子的话满足了她的虚荣心。才子就是以这种退两步进一步的方式，一点一点推敲出了苏序的全部。那是苏序的秘密。秘密里有她走过的路，爱过的人，演绎过的命运。才子掌握的只是大概，像一座骨架。细枝末节，肌肉和血脉，脂肪和纤维，还有毛细血管与末梢神经，他并不知道。别看才子喜欢咋咋呼呼，其实那都是外表，苏序发现他也有守口如瓶的一面，他并没有把苏序的秘密跟同事们宣扬。他推敲出来就装在了心里。他这时候居然不是大嘴巴的人。苏序感到欣慰，也就纵容了他。才子既然知晓了一个姑娘的秘密，他就认定自己有义务为姑娘介绍一个小伙儿做对象。

小伙子长得挺好，五官端正，身体微胖，穿深蓝西服，还配了条红领带，显得狗模人样的。据说是公务员，据说在县某机关做秘书，据说跟着大领导，据说很快就会被提拔重用。父母也是有公职的人。这样的人，前途无量，跟了他，房子车子都有，不用为买房买车还贷款发愁。才子看办公室没人的时候，跟苏序交代了小伙子的详细信息，是他表弟，也是他姑父姑母的唯一爱子。老两口人也不错。苏序有点感动。能把亲姑舅介绍给她，可见对她的看重。苏序就回租住的房子精心把自己捯饬了一下，至少是对才子的尊重嘛。见面定在一家中档餐厅。苏序到达的时候，秘书早到了，菜也点了，他坐在椅子上等。苏序有过相亲经验。早在五年前就跟小镇上的一个派出所民警，一个小学老师，一个税务官，一个大学生村官，先后见过面。时隔五年，她可能业务生疏了。她居然有点紧张。公务员秘书，未来的领导干部，他显得很沉稳，也严肃，也亲民，亲自站起来，主动和苏序握了手。手握得很庄重，一个肥厚的肉手，望着苏序的瘦手抖了抖。毫无逻辑地，苏序想到了从前的夫妻生活。每次事情完毕，那个在结婚证上被称为苏序配偶的男子，总要提着身子抖一抖，好像在检验是否还有库存没有淘净。苏序差点笑出声来。公务员很正规地笑了笑，说教师好啊，为人师表，教书育人。苏序不爱说话的症状顿时发作，她龇牙笑笑，算是回答。公务员好像某位发表讲话的领导，高瞻远瞩高屋建瓴的话说完，还不尽兴，还有必要再作补充，他就补充说，教师挺好嘛，生活单纯，时间规律，除了上班，回家后还能做做饭，干干家务，最重要的是，能帮娃娃辅导作业，最好把娃娃带到自己学校去念书，这就能省去不少麻烦。

　　事后苏序得知公务员有一个女儿，正上小学一年级，公务员和老婆离异时留下了女儿。公务员之所以和一个教师见面，就是出于女儿的抚养和教育需要。苏序的心情顿时糟透了。情报也是才子提供的。才子像事后诸葛亮一样，带着神秘跟苏序讲这些。苏序心里感到了悲哀。她的悲哀是大龄离异女子的悲哀。别人考虑找她的原因，居然已经不是情感、长相、性格，或者别的参数，哪怕是色相。偏偏世人已经不拿这些来考量她。居然不光找免费的保姆、性伙伴，还想让她做家庭教师，看来到时候公务员连家教费都不用掏了。苏序愤怒，才子也愤愤地。说其实他姑妈一家人挺不好相处的，那个七岁的小公主也不好带，脾气比大人还大。她的后妈估计一般女人承担不起来。苏序深深看了眼才子，目光带霜，含意复杂。才子赶紧解释，他不是有意坑同事，他也是刚从他妈那里听到的实情。他后悔得不行，多亏苏序有主见，这事情万一真成了，他就对不起苏序。他的表情显得痛苦极了，就像苏序已经掉进坑了，水深火热地熬呢。苏序就原谅了才子。看得出来，这个男人是真心在为她的终身考虑。这样的人，对于现在的苏序来说，除了亲生父母，还真不多。

　　苏序的第二个相亲对象也是才子牵的线。这回不是亲戚，是同学的朋友，是做生意的。苏序对着镜子精心打扮自己。三十五岁的脸，已经经不起近距离细看。细纹，黑头，毛孔粗大，暗哑，泛黄……连头发也没有了早年的柔顺浓黑，右鬓还冒出几根白头发。苏序一根一根拔白发。才子给苏序透露了一些主要信息：四十岁，离婚两次，目前没带孩子，很有钱，县城最大的超市就是他开的。苏序开始满脑子胡思乱想，那个超市叫家家，她去过。如果真成了，她就是家家的老板娘了？她觉得像做梦。那么大的超市，老板娘得多气派哪。她忽然发现自己其实挺庸俗的，也很渴望真做成超市老板娘。做老板娘的感觉肯定无比痛快。这班也就不用上了吧，每天起早摸黑的，睡不醒，常被学生气得想哭，有时候还要挨学生家长的骂。

　　苏序此刻才发现自己有点渴望离开，再也不做人类灵魂的工程师了。以前从没考虑过，是因为压根就没有离开的能力。现在有了机会，她灵魂深处沉睡的欲望被激活了，她蠢蠢欲动了，她甚至有点看不上做教师了。以后的生活节奏会很松弛、自由，每天睡到自然醒，穿着法兰绒睡衣，走在松软的地毯上，饭菜应该有保姆来做，她对着镜子打扮自己，然后坐加长版专车去某个会所或者宾馆参加社交活动，穿着貂，拿着限量版手包，戴宝石或者翡翠首饰，喝咖啡、红酒，举着高脚杯……苏序把自己想得晕头转向。她越发觉得有必要打扮得精致点。做生意的见多识广，接触的人多，围绕他打转的女人肯定不会少，苏序不想让自己第一印象就输掉。她打了口红，擦了脂粉，还是不满意，又补了眼影和眼线，勾了唇线。临出门，还觉得欠缺，就拿起粉饼又补一层粉。她应该是美艳的。她走在路上看自己在阳光下投下的身影，身影娇小、玲珑，宛如少女。岁月蹉跎，她唯一坚守住的阵地就是，身材还在。因为没有生育，它不像大多数妇女那样变得松弛臃肿。好身材也是资本，跟脸蛋一样重要。苏序又变得信心满满了，她踩着最高的高跟鞋咯噔咯噔走进了县城的大饭店。

一切都符合苏序的想象。对有钱人的，对高档饭店的，对这次相亲的。苏序长这么大接触这些的机会很少，只参加过几个同学在酒店举办的婚礼。对有钱的大款，倒真没机会近距离见识。大学时候听说艺术系有女同学被大款包养，周末就被豪车接走。苏序和同学们远远看到过豪车，只看到车屁股后冒出的尾气。大款长啥样，她这棵草一辈子都没机会靠近。不得不说，苏序在这方面的见识，是靠一些影视剧来补充的。苏序被服务生带着，一路走上旋转楼梯，穿过一个个包间，最后进了其中一间。一把木头椅子上坐着一个秃顶老汉，穿一件白布褂子，老汉在喝白开水，看到苏序他笑了，说："苏老师啊，你好。"

房间不大，没有旋转餐桌。菜已经上桌，饭菜很简单，简单到跟这家高档饭店的名气不搭。苏序有点失望。她赶紧压制这种情绪。大简若繁。也许人家是刻意这样安排的，是为了考验她这个女人是否跟一般女人不一样，具备着不贪图钱财和不追求享受的美德。再或者，是他自己的生活本身就是这样，有钱但不奢侈，富了但不忘本，还是过着朴素简单的生活，并不是为人吝啬，舍不得为她点一桌大餐。苏序想通了，也就安之若素起来。她发现自己其实具备着演戏的天赋，只是过去从来没有机会发现而已。现在她决定发挥这个天赋。她努力设想那些在生意场上和大佬们周旋的女性。她们应该是烈焰红唇，面若娇花，能说能笑，气质和见识都不输给男人。苏序努力让自己往这样的方向靠。她不想让对方看出内心的弱，她主动伸出手，她含着得体的微笑，说你好。

等回到出租屋，苏序气得拿头撞墙。她悔恨交加。首先就不应该去跟个做生意的相亲。其次，不应该浓妆艳抹，把好好一个人打扮得跟想卖一样。第三，不应该演戏。她哪有什么演戏天赋，纯粹是脑子临时抽筋。总之她出丑了，在一个据说钱很多的老板面前。她像个笨到极点的傻子，很自以为是地做了一场表演，而人家，看了一场免费的戏。苏序越想越后悔，想找个窟窿钻进去好好凉快凉快。她下了决心，以后再找对象，绝不找任何生意人。钱再多也不考虑。因为她明白了，有钱人和她没缘。人家有钱，不代表你有钱。也不代表愿意分给你一些让你快速成为有钱人。苏序还是踏踏实实做老师吧。钱不多，但可以做自己，是自由的。不用像牲口一样，被人盘问生育能力如何？能不能保证头一胎就为他生一个儿子出来？但是，老板说，丑话要说在前头，他不会给苏序什么名分的，他出钱，苏序出人，这是一次合作，大家是生意伙伴。等孩子生出来，苏序拿钱，他抱孩子，从此没有任何瓜葛，就算见了面也是陌生人。老板说，这件事不急，苏老师可以慢慢考虑，有结果就打他电话。

苏序当时悄悄偷看了一下自己的肚子。她偏瘦，肚腹间几乎看不到育龄妇女该有的饱满和丰饶。有人居然惦记上她的肚子了。她哭笑不得。把自己肚子出租，为别人养一个儿子出来。这奇葩事竟然落到了自己身上，这得需要多"幸运"。她在心里呸自己，幸运个屁！都啥时代了，还有这恶心事找上门？她难道真的已经沦落到了这样的地步？她可是苦读书本二十年，拿着研究生学历的女性，不是那种脸蛋漂亮肚子里却一包草的花瓶。生一个儿子给别人，从此母子不能相认，儿子管别人喊爸妈，叫自己情何以堪。苏序愤怒了。等回到家她才记起一件事，那就是自己精心化的妆，那个老头根本就看都没看，他的目光只观察了苏序的身体。他一直都在忙着掂量，苏序这名高学历女性的生育能力如何吧。和生意人相亲，苏序倒是不后悔走那一趟，就当走路不小心踩上了一泡狗屎吧，也算丰富了一下人生经历。唯一不足的是自己化了浓妆，好像她有多嫁不出去，上赶着一样，跟站街女一样，有了下贱的成分在里头。这是她最不甘心的。她后悔当时没把一杯白开水端起来泼到那老头脸上。

　　苏序第三次相亲才子不知道，人是苏序自己碰上的。苏序一个人过，不爱生火做饭，有时候泡一碗面凑合，有时候去街头饭馆吃。这天她去吃鲜家氽面，照例要了大碗。鲜家氽面远近有名，味道好，分量也足，尤其是面结实，盐水面，卧足了时间，下锅前使劲地扯，扯出长条，有多长呢，一碗有时候也就只能盛得下一两根面。苏序好这一口，面筋道，耐嚼。先端起碗把汤汁全喝了，再一口气吃完一碗面，摸一把撑足了的肚皮，深呼吸，那个舒坦。如果在原价基础上再加钱，就能吃到加份的牛肉。和商人相亲失败后，苏序天天来这里吃氽面。氽面挺贵的，一大碗十五元。以前她觉得天天吃奢侈，现在改看法了。人生在世，无非吃喝。连饭都舍不得吃，还攒钱做啥。

人家老板那么有钱的人，居然穿着布褂子，还吃那么清寡，是返璞归真呢还是舍不得？这问题最近常纠缠苏序。原来富人是这个样子。要不是亲眼所见，打死她也不信。苏序告诉自己，得吃，每天一碗生氽面，偶尔多加份肉，不吃对不起自己。她忽然不再担心吃胖体形。保持这么一副比木乃伊丰满不了多少的身材的意义，她开始质疑。她也觉得委屈，说不清哪里来的委屈。尤其筷子挑着宽长的面条往嘴里送的时候，大口嚼着肉丸子的时候，莫名其妙就是委屈。这么豪壮的面条，这么洒脱的肉丸，吃着喝着难道不好，为何要去跟什么有钱人相亲，结果是在有钱人的注视下，吃他给准备的一盘清水炒洋芋丝，一盘白水煮小青菜，一盘盐水豆腐。吃得她像吞了苍蝇，现在还耿耿于怀。真不知道那老头是变态，还是极度吝啬。反正是戏耍她苏序呢。一个大龄二婚女青年，高学历有什么用，反倒成为受辱的把柄。苏序大口大口往嘴里塞饭，一口气吃完了，望着空碗发呆。眼里没泪。她这几年从不落泪。就像能不说话就不说话一样，她可能也得了厌泪症，讨厌流泪，讨厌用眼泪表达内心的情绪。她一个人偷偷地冷笑。

　　一个人坐到了苏序对面。鲜家氽面馆不大，但也九张桌子呢，这会儿没满员，他为什么不去空桌，而是坐到了苏序面前，二不愣愣地瞅着苏序吃。苏序吃完最后一口饭，放下碗发现有人在看。苏序差点一口汤吐他脸上。她当然忍住了。苏序是那种内心强悍，堪比十个大汉，但外表和行动都还相当柔弱的人。她小女人的气质是天生的。她默默咽下那口汤。细看这个男人，年龄比她还小吧。皮肤挺白，眉眼活络，长了一对小眼睛，单眼皮，笑的时候眼角比嘴角还翘得高。他笑嘻嘻看着苏序，还把屁股下的凳子往前挪挪，一张笑脸离苏序更近了。苏序看到他的眼仁黑白分明，显得一尘不染，时间还没来得及在里头添上一丝翳影。鼻子两侧有几个斑痕，应该是青春痘脱落留下的。下巴上有三道划痕，像小刀或别的锐器剐蹭留下的。当时应该不轻，至少出血了。打架斗殴挂的彩，还是爬树登高，跌了下来留的纪念。反正不是个安分孩子。苏序坐着没动，心里想的是怎么对付他。苏序从小就听话，安分守己的孩子，没有跟调皮鬼打交道的经验。两个人静静对坐，都没有说话。苏序掏出手机看。反正消磨时间的办法有的是。微信朋友圈岁月依旧，苏序对男性们的帖子一一漠视，那都属于雄性动物的范畴，一些以碎片方式携带的逻辑和理性，她没兴趣。她关注女同胞。尤其有家有室有娃有房子有车还有闲情常常晒这些的同龄女人。老公、孩子、家，照着菜单炮制出的一桌丰富的饭菜，老公送的鲜花……苏序是怀着爱恨交加的心情看这些的。她最看不惯这些女人卖弄所谓的幸福，一天到晚就知道嘚瑟，却不觉得自己有多浅薄。但是，苏序也羡慕。这个她必须承认，她其实挺羡慕这些陷在日常生活里的女人。相夫，教子，对老人孝敬，冲一杯速溶咖啡就幸福，老公送朵发蔫的玫瑰更幸福。她何尝不知道，幸福就得由这些琐碎平凡的日常组成。看得透，放不下，怕得到，又想得到。她其实一直活在矛盾当中。她越来越喜欢看家庭妇女们晒出的幸福。一边恨恨地鄙视她们俗，庸，不可救药。一边她也禁不住渴望，让自己也有机会陷入那些庸俗里去。被庸常淹没，人才能活得更真实吧。

苏序一边看手机，一边偷偷揣摩对面的男人。她其实应该离开。她完全可以离开。他只是坐得离她近了点，这不成为让她滞留的理由。再说他也没跟她说任何话，只是她在一厢情愿吧？她舍不得就这么走。她喜欢单眼皮男生。这个小白脸正是她喜欢的类型。她想钓他。苏序觉得自己很流氓。一个外表温婉文静的女子，道貌岸然地坐在那里，又有谁知道，她的内心里正在思谋着不可告人的秘密。她脸上还是很平静，没有春心荡漾的蛛丝马迹。逗留了二十分钟吧，她该走了。她起身，把小包拎上，钱早就付了，她转身离开。虽然穿的是粗笨肥大的坡跟软底休闲鞋，她还是装作很淑女地迈出小碎步，收腹，挺胸，该凸的让它更明显，该凹的地方就该平板一块。拿什么让小白脸侧目，她如今就这点成本，她全押了。"等一等。"男子说。苏序停顿了三秒，她不急于回头，又迈出两步。"你手机忘了——"他说。听到这话，苏序知道事情成了，鱼儿上钩了。手机是她特意下的饵。如果他对她没意思，要么装作没看到手机，要么等她走后他捡起来离开。他喊了，说明他至少不讨厌她。苏序回头，淡淡地笑着，虽然淡，但是她知道，这是自己最迷人的状态。她能拼上的，也只有这些家底儿了。

有些事苏序一开始就知道，比如小白脸对她，压根儿就没多少真情，只是想玩玩，他也许是这段时间感情空当，恰好让她撞上了，既然是送上门的，他又有老少通吃的胃口，便临时跟她玩几天。他们长久不了。尽管苏序很渴望长久。但她不是白痴，毕竟是受过高等教育的脑子，有时候就算自己在极力地骗着自己，但真相早就摆在那里，她是当事人，她看得比谁都明白。苏序还知道，她看破了，不说破，不撤退，她像个背着炸药包的斗士，明知道敌人早就察觉，她还是要扑上去，她傻乎乎全心全意地往上冲，明知道结局可能是粉身碎骨，她还是要睁着眼睛往上扑。如果可能，她是愿意嫁给小白脸的。这是她发自内心喜欢的类型。苏序从此变得忙碌起来，只要没课就溜出去和小白脸约会。小白脸有的是时间，基本上随叫随到。约会的地方总是在饭馆，街头小饭馆，二楼的中型餐馆，县城的大饭店，都去过。去哪里看小白脸的兴致。他想去哪里，就会在哪里等苏序。苏序是风筝，他是牵线的手。小白脸倒是不贪恋苏序本人。色相，身体，他都没有过分的要求。他贪吃，贪喝。每次约会就是吃饭。吃什么他懂，县城马家的手抓羊肉地道，李府的豆腐好，张氏的面好，白家的牛肉筋道……小白脸每次吃饭，还要喝几口。啤酒、白酒、红酒，反正都得有一样。吃喝的花费都是苏序出。一开始就是苏序在掏钱，有了第一次，后面就成了习惯。后来苏序回想他们的恋爱经过，发现吃了那么多次饭，小白脸就从来没有主动付过费，连表示一下都没有。他心安理得地吃喝着。苏序被一种耻辱感充斥。她倒不心疼钱，钱花出去可以再挣，她担心自己的愚蠢被小白脸宣扬出去。小白脸和下一个女友亲热的时候，肯定会把骗她吃喝的事当笑话讲出来。这才是她作为女人最不愿意被人知道的。

苏序和小白脸好了半年，算是一段比较长的恋情。如果小白脸不消失，苏序还会让他骗下去。她明知道是骗局，却心甘情愿让他骗下去。那只是一个暂时被家人断了经济来源，从而利用本身色相骗吃骗喝的纨绔。可她偏偏就喜欢那种纨绔气息。所以她沉浸在一个噩梦里，迟迟不想醒来，直到梦境自己消失。她被赤条条晒在阳光之下。她遍体鳞伤，死相丑陋。学校里没人知道真相。大家只知道她在恋爱，在频频约会。关系最后破裂，只能说明两个人不合适。苏序不需要给谁解释。苏序要过的是自己的内心。那里筑起了一道坎，她要跪着翻过去。哪怕是血肉模糊，也得爬过去。静养的日子里，苏序常常想起和小白脸交往的片段。他一边吃着某家饭馆的拿手菜，一边侃侃而谈，或批评不足，或夸赞成功，他谈笑风生，神采飞扬。丝毫不觉得吃软饭有多不光彩。她鄙视他的无耻。要不是亲身经历，她真不能相信世上有这样的男人。拉手的时候她试过，他是有骨头的，明明有骨头啊，为什么就那么软骨头呢？她又舍不得他的软，带着痞气的那种软。与这种软相伴而生的，就是柔。柔情，温柔，对女人处处顺从，有足够的耐心，随时能摸透女人的心思，好像花痴在呵护一朵花。花的娇艳、柔弱、善感、多愁，一皱眉、一眨眼，他都能注意到，都能给予照顾。这正是让苏序忘不了的。她留恋这种感受。她享受这种感受。女人是水，男人要是也做了水，那女人就会死心塌地把自己投入，粉身碎骨都不后悔。可小白脸连这样的机会都不给苏序，他有了新女友就玩消失了。苏序反思了整整五周，人，瘦了一圈；心，却放下了，就当一本盗版书吧，她翻页了。

第四个男人还是才子牵线。跟苏序一样，也是研究生。才子高兴得不行，好像要去跟研究生相亲的人是他自己，他说："研究生啊，高才生，可算给你找了个对口的，这回保准跑都跑不了。"他喜滋滋的，好像终于从县城的男人堆里给苏序挖到了一块宝。苏序笑了，不是为研究生的高学历笑，她被才子的憨逗乐了。苏序吸取了上上回的经验，没化任何妆，寡着一张清水素脸去见面。既然是高学历，自然有着和高学历相配的欣赏水平。她相信研究生肯定很反感一个相亲的女性，把自己用各种化妆品涂抹得难见原形。研究生的认知层次，一般人达不到。他和她的相见，虽然是初次，但也应该是繁华退尽，赤诚相对。

研究生把苏序打量了三眼。苏序记得清清楚楚。三眼：整体一眼，上一眼，下一眼。三步走程序完成，研究生就低头吹咖啡去了。

他们在县城最好的咖啡屋见面。来之前苏序心里给研究生拍了掌，果然不是凡人，比那些没文化的暴发户和土包子都强。咖啡屋才是最适合约会的地方，有情调。慢慢品着咖啡，听着轻柔舒缓的音乐，人生不美好都没道理啊。说实话苏序这辈子没进过几次咖啡屋。大学时候想去，花不起那钱；工作后想去，一个人没意思。如果和研究生有戏，那就以后隔三岔五地来这里坐坐，让时光慢下来，让生活的枯燥和乏味都见鬼去，美好心情都是自己创造的。研究生给苏序点了一杯咖啡。可能咖啡需要现磨，所以苏序落座后，他们共同等待了有十分钟。这十分钟里男研究生没说话。男的不说，女研究生更不好意思打破沉默。苏序的厌语症还没愈合。但是她觉得应该说点什么的，她也忽然想要说点什么。难道男研究生还不好意思，羞于开口？苏序认定男研究生是个羞怯内向的人。这推断让她对他有了更多好感。跟她一样，就知道一路埋头读书，读了一肚子书，却忽略了青春正好时期该做的事。所以至今还是个处子之身也说不定呢。苏序想得走了神。服务生端着咖啡上来。苏序刚拿起小勺子徐徐搅动冒热气的咖啡，男研究生站了起来，他给苏序微微点头，说："咱们 AA 制吧，我的咖啡买过单了。"然后他大步离去。

苏序坐着没动。她慢慢地搅着勺子，看热气在杯口一丝一丝散去，抽丝剥茧就是这样的过程吧。千刀万剐的凌迟酷刑也是这样的过程吧。咖啡在她的搅动下慢慢凉下去。直到凉透了，她端起杯一口气灌了下去。很苦。苦味满嘴弥散，入胃，入骨，入心。人生之苦，莫过于此情此景此味啊。苏序掏了咖啡钱，贵得要命，足够她吃三四顿鲜家余面。她发誓这辈子再不来这种鬼地方糟蹋钱。

失败之后，苏序反思自己，结论是，这次她败在再次按常理出牌。

在生意人那里吃了亏，她就应该吸取教训。可她再次踏进了同一条河流。她按照内心固有的常识，认定商人就一定好浓妆艳抹风情万种那一口，而作为知识分子的研究生，就注定要喜欢清汤寡水素面朝天的款型。现实再次道破了她个人认知的狭隘。后来她就想明白了，研究生跟她一样，读书读了一二十年，早就把肠肠肚肚五脏六腑读得清水衙门一样，现在最需要的是什么，是一碗油腻的肥肉，可苏序给他上的是清炒白菜——想想都有些后怕，多亏没成，真要交往下去，一个说"春花秋月何时了"，一个说"凄凄惨惨戚戚"；一个说"众里寻他千百度"，一个说"巴山夜雨涨秋池"……连打出的哈欠，发出的鼾声，放出的屁，都会带着陈腐的书卷味吧。苏序原谅了研究生的俗。其实她何尝不是，在生意人面前，她骨子里深埋的俗，不就被扒得连根儿也露出来了吗？推己及人，问题就不再是问题，苏序原谅了自己。研究生也是一本书，她轻松翻过了这一页。

谈论相亲对象成为苏序和才子的共同话题，没留意是谁先开的头，反正他们都从里头获得了乐趣。他们很快就发现这是一件很有意思的事，能让他们两个人都很愉快。谈论还是由才子进行，他一句一句地说，苏序只负责笑，微笑、轻笑、淡笑、冷笑，无声地抿嘴一笑，或者眉眼一展，五官莞尔。

苏序不会考虑和一个教师相亲的，这一点才子知道。才子表面呆，骨子里不傻，有时候还挺聪明的。他一边讲述自己婚姻里的琐事，一边和苏序交流。苏序还是老样子，能不说话就不开口，至多拿眼睛看看，眼神里变换着丰富的内容。才子适应了这样的交流方式。他自说自话，自问自答，就能从苏序的嘴里得出他想知道的。苏序的前夫就是教师。苏序自己也是教师，所以她第二次婚姻不想再是同行。熟悉无风景，同行太熟悉了。

但是有那么一天，苏序又要相亲了，对方是个姓侯的教师，和苏序就在同一所学校，也是才子介绍过来的。之所以介绍一个同行，是才子实在找不到更好的男人给苏序。但相亲还得继续。这已经成为他们之间最有意思的一件事，他们乐此不疲地往下演绎。每次都是才子先给苏序介绍基本情况，把那个男人描述得天下无双，然后怂恿苏序去见面。苏序去了，很快带回结果。结果苏序不说，还是才子追问，一边问，一边看眼神猜测，很快那个相亲对象就被才子描摹出来。其实是才子和苏序共同制造出了一个人。这个人已经远远偏离了真实的相亲对象。

"还行吧？"才子会这么问。

苏序闪一下眼皮。

"四肢和五官，都全乎着哩？"才子又问。

苏序眼眸清澈。

"我就说嘛，我打听了，确实不错，不好的话，我亲戚他也不敢随便拿来糊弄我吧？"

苏序眼波流转。

"那为啥不成？看不上人家哪点？"

苏序忽然看才子。

才子不躲。

两个人眼睛看眼睛。

"嘴歪了？眼斜了？没耳朵眼儿？还是氟斑牙？还是有狐臭……"才子一口气问一串，不给苏序喘息的机会。问完定定地看着，等苏序答案。

有同事在办公室，听得一头雾水。望着交流的那一对男女看看，看不出任何端倪。只有才子在笑嘻嘻说话。苏序在备课。女同事们就骂才子神经病。才子不跟她们计较，这些年才子也习惯了被骂神经病。不是一路人，没法交流，他拒绝交流。沉默片刻，苏序看才子，苏序的眼睛里荡漾着笑。那是调皮的、促狭的、坏坏的笑。才子跟着大笑。才子说："好啊，看不上正常，看上了才不正常呢，他们算啥鸟人。"听他的口气，那些他费尽心思到处挖掘介绍的鸟人，就是给苏序开胃的，他早就知道苏序不会看上的。

　　跟侯老师相亲，才子陪着苏序去的。这次相亲的方式特别，去侯老师家吃饭。一路七拐八弯串了好几条胡同，最后在县体育馆后面的几栋小楼跟前停步。苏序好奇，左看右看，发现眼前的小楼又矮又老，用老式红砖头盖起来的。侯老师带大家上楼，楼道又黑又脏，一股味道扑鼻。苏序暗皱眉头，这应该是很多年前的老式楼了，走在这里，感觉像走进了老式电视剧，要不是亲自来她根本不知道县城还藏着这种建筑。侯老师打开家门，苏序闻到了一股更浓的气味——当然不是好气味。也说不上臭，好像是好多不明确的东西，压在暗处，慢慢地就被时光沤出了一股具有强大黏合力量的味道。

　　侯老师进门把苏序和才子安顿在沙发上，他自己系上围裙，奔进厨房忙起来。想不到他厨艺真好，很快菜就上桌了，冷的热的，红的白的，酸的辣的，软的硬的。八菜一汤摆好了，才子不等主人上桌，夹一筷子往嘴里塞，尝完给苏序竖大拇指头，说："你的好运来了，跟了他，后半辈子都是好日子，看到了吗？手艺这么好，咱县城的男人里头绝对没有第二个，嫁过来你就天天等着吃现成的，做一个十指不沾阳春水的精致女人吧。"苏序拿眼睛瞪才子。才子怕被这样的目光杀死，赶紧再夹一筷子菜把自己的破嘴堵上。

苏序眼神是狠，说到底心里还是起了波澜。她打量这个老旧的家，结婚的话自然不能在这里，婚后也不想在这里生活，得先和侯老师合计买一套新房吧，他如果经济困难，她可以贷公积金。既然真心嫁，就要付出，她愿意付出。只要真能像才子说的，婚后顿顿有人做饭，她就赚大发了，她最不愿意进厨房了，至今不是泡面就是下馆子，此刻面对一桌热腾腾香喷喷的饭菜，她才忽然明白，她迫切需要一份长期溺爱自己肠胃的呵护。她有点渴望嫁给这个教师同事了。

侯老师还在厨房忙碌，当当当切面条，下进热气腾腾的锅里。才子远远瞅见，说："算了啊，这么丰富了，还做啥面？吃不下那么多！"主人端一大碗面条出来，却不摆桌子上，转身进了卧室。难道他偷吃？才子给苏序嘀咕。苏序狠狠瞪他一眼。眼神的意思是你不多嘴能死啊。才子委屈，努嘴，那他端一碗饭做啥？还躲起来了！苏序起身，慢慢靠近卧室。卧室门半开着，苏序看到一张床的床尾。床上的人看不到。屋里有人在吃饭，窸窸窣窣地响。苏序抽鼻子，她确定难闻的气味就是这屋里发出的。什么情况，能成为这种要命的气味源？

门全开了，侯老师一脸平静地迎接。看来他早就知道两位客人在门外窥探。来不及尴尬，苏序和才子看到了床的全貌和床上的人，是一个女人。才子瞅了半天，愣愣地问："咋是你哩，你们不是早离了吗，咋还在侯老师家？"女人抹着眼睛摇头，说："离了离了，我们现在没瓜葛，不连累他再找人儿。"才子看侯老师，才子的眼里有了刀光剑影，他恨不能剐了侯老师。耍猴儿哩！他出了卧室，一屁股跌在沙发上，给侯老师瞪眼。侯老师苦笑着解释："真离了，离了她却出事了，瘫痪了，没人管，我就拉来照顾，我总不能看着她去死吧。"说完看苏序，"你放心，不会委屈你的，你进了门就是我正儿八经的老婆，有名有分，我们办结婚证！你就当她不存在，只要每顿饭给她送一碗就成，屎尿洗刷有我呢，不用你伺候。"

　　苏序给才子使眼色，才子这回不笨，跟上就走。侯老师的八个菜还在桌子上摆着。小跑出筒子楼，苏序大口呼吸，她知道臭味的来源了，侯老师瘫痪的妻子，她水火不能下地。才子愤愤地，骂侯老师不厚道，事先瞒得密不透风，大家都知道他是离了的。谁知道他能养着一个瘫的，还想娶一个活蹦乱跳的，他以为他谁啊，帝王还是将相，这是要三宫六院吗？！苏序明白才子这是在给她演戏。情报不准，差点把苏序害了，要不是人家侯老师事先没隐瞒，等苏序和他真的拴到了一条绳子上，再去发现事实，那就迟到姥姥家去了。才子怕苏序收拾自己，就用语言把侯老师大卸八块，以此来洗脱自己。苏序给才子笑，笑容冷热交替，闪烁着冰碴子，也有火星子。才子没见过这样的笑，他心虚，说："我真不是有意的，我真的只是想让你嫁出去。"苏序用左手抱着右胳膊，冷了在取暖一样，说："走吧，常在江湖飘，偶尔挨上一刀两刀，不是很正常吗？"这是苏序今天跟才子说的最长的一句话。

　　给苏序成功地介绍一个对象，让苏序天天约会，谈情说爱，成为才子最大的心愿。他对这件事上瘾了，为这个心愿不停地努力着。他跟自己杠上了。不把这件事办成，他就不能安心。让苏序嫁人，过大多数女人都在过的日子，才子为这个愁得两鬓白发都遮不住。苏序不在办公室的时候。他向女同事们求助："在你们的亲戚、朋友、同学当中找一个知根知底的，人品不坏的单身男人给苏序吧，她都要四十了，再不嫁就老了。没有是吧？身边没有，我们可以想办法挖掘啊，七大姑八大姨都有吧，发动她们帮忙啊，总有一个合适的吧？苏序为人咋样，大家都清楚啊，我们一个办公室朝夕相处，早知根知底了，多好的一个姑娘，还是高学历研究生呢，都是念书把人给耽搁了，求学误终身啊……"女同事们哭笑不得。有人在心里骂神经病。一对神经病，都病得不轻。苏序还叫好姑娘？冷成了一坨铁。大概是性冷淡吧？也已经不是姑娘了，连老姑娘也算不上。虽然如今的姑娘和妇人大多数是没区别的，姑娘喜欢过早把自己变成妇人。苏序这个年纪，就算不是姑娘也没什么，她也没义务至今还让自己做姑娘。问题是姑娘这称呼从才子嘴里说了出来。从苏序自己嘴里出来都可以谅解。从才子嘴里出来就成了不能被谅解的事。姑娘，姑娘——听听，那口气，那神态，那叫人越回味越起鸡皮疙瘩的样子，真是让人莫名地来气，好像哪里出问题了。问题是明确的。苏序是才子什么人呀，不是什么人都不是吗？苏序来之前，他们从来都不认识。如果认识，第一次见面的时候，才子就不会那么夸张地欢迎了。才子只有跟生人才放得开。才子认识苏序的时间，不比办公室所有女同事早。凭什么才子他现在要用这种口气跟人说苏序。好像苏序大家都不认识，只是他一个人的同事。所以才子可以关心苏序，就他一个人是热心人。其余八九位女同事反倒不如一个男同事。才子的热心肠没让女同事们感动，相反，她们觉得硌硬。一种说不清为什么而硌硬的硌硬。谁要应才子的要求，把苏序姑娘介绍给自己熟人，不等于在祸害熟人吗？所以才子的央求没人当真。女同事的七大姑八大姨都没有适合的男人给苏序相亲用。最后还得才子费心亲自张罗。

教师同事介绍失败后，又一个暑假来了，学校放学，苏序回老家了。等开学后，才子没来。苏序照样埋头忙工作，从来没有问过同事们，才子为啥迟迟不见人。女同事们嘴里藏不住话，三五天后消息就七拐八弯地传进校园，成为办公室公开的秘密。才子被老婆甩了，离婚了。这回是真格的。过去十几年里，一直处于拉锯状态，老婆闹腾归闹腾，才子死活不离，一张纸把两个人牵绊着，当然，还有孩子。今年孩子考上大学，走了。两个人之间的那层胶没了，那张纸也就彻底失去了约束力，老婆亲手撕碎了。据说才子哭得死去活来。如丧考妣啊——初一语文老师转述初三一位语文老师的评语。如丧考妣，苏序回味这句话。用到这里当然全是讽刺意味。苏序不参与评论，她只默默地听。又过了一周，有新消息在办公室传播。还真是个情圣啊，听说差点这样了——议论的人伸手在自己脖子里比画。最后可能后悔了，从一摊血里爬起来给110打了电话。角落里低头忙碌的苏序，忽然合上学生作业本，转身跑出了办公室。

才子一个月后来上班了。看样子身体康复了，脖子里落下一个刀疤，不过他特意给领口搭了条羊绒带子，带子图案是花格子，和夹克外套搭一起挺般配，不但遮挡了伤痕，还为才子增添了一股儒雅的气息，让他更像个饱学之士了。其实那带子是苏序买来让才子搭配的。半死不活的才子看来确实伤得不轻，皮肉伤只是外表，真正的痛在暗处。苏序装作看不见，也感觉不到，苏序把才子从床上揪起来，眼睛看着眼睛。苏序的眼睛还是那么安静，才子的眼睛是死鱼肚子。才子说："苏序你不要管我，我活着没意思，让我死。"苏序扑哧一笑。问："你老婆死了没有？"才子愣怔，老老实实回答："没有，她活得好着呢，离了我更自由了。"苏序说："那你还要死，给谁殉葬？"才子陷入沉思。这个问题确实尖锐。他发现苏序问到了本质。他只满脑子想着要死，死给别人看，死给世界看。苏序这一问，他忽然豁然开朗，是啊，人家好好活着，我用死给谁殉葬？殉情总得有个对象吧。不然闹到最后就是一个无着无落的大笑话。

才子从枕上爬起来，盯住苏序的脸看。苏序摸脸，冷冷地说："人家脸上有花？"才子说："没花，但是，但是……"他不敢往下说，怕苏序忽然再冷下去。这几年和苏序打交道，其实都是他缠着她，他习惯了她的冷脸，也知道有些玩笑不能随便跟她开。苏序把围巾放到床头，说："别死，快好起来吧，我还等着你给我介绍对象呢，没有你我两个月都没相亲了，过完这个春天我就四十了，无论如何我希望赶在四十岁前嫁出去。"才子傻眼了。苏序从来不会跟人开这样的玩笑，那就不是玩笑了。才子鼻腔陡然酸楚，还别说，是有一点感动。这是变着法让他活下去呢。他何尝不明白。他恍然大悟似的，拍自己脑门，说："对啊，还真不能急着死，革命尚未成功，你我还须努力啊。"

才子康复上班后，第一件事还真就是继续为苏序介绍对象。苏序也有趣，才子介绍，她就去。等春尽夏来秋又至，她过了四十岁门槛，还是没找到可嫁的人。这期间前后见了三个男人，有跑大车的司机，卖牛肉的屠夫，刻墓碑的石匠。这些男人的质量，用才子的话来说，草袋换麻袋，一代不如一代了。苏序不嫌弃，才子牵线她就去。等苏序相亲回来，他们两个人之间就会有一场讨论。围绕着苏序所见的相亲对象展开。还是才子问，苏序答。苏序依旧不肯多用语言表达。好在才子已能自如地解读苏序。一个眼神，一抹浅笑，一声咳嗽，加偶尔才说的一半句话语。

"那肉贩子咋样？"

"不咋样，屠夫而已。"

"人长得不错啊，据说心肠好，知道疼女人。"

"心肠是好，跟我保证了，说婚后让我天天吃不注水的真牛肉。"

"那好啊，你一辈子有口福了。"

"喊，想让我胖死啊。"

两个人一起笑。才子哈哈大笑。苏序抿嘴莞尔。同事们莫名其妙，左看右看，实在看不出有啥好笑之处。过段时间，情况依旧，对话内容稍有变化。

"那司机咋样？"

"不咋样，长年累月在车上睡觉，除了这个没啥特别的。"

"听说收入很不错，比我们穷教书的富多了。"

"他说，跟了他以后可以随时跟车出游，他带我免费游遍全中国。"

"那就定下来吧，错过了可惜。"

"出游的时候要在车里吃，车里睡，吃的大多是方便面，你想让我吃一肚子防腐剂，最后变成木乃伊。"

两个人又笑了起来。

"神经病！"女同事们悄悄议论。

才子和苏序的游戏依旧在进行。再过两个月，他们的对话再次上演。

"见过了，那个丧葬服务铺老板咋样？"

"啥老板，就一刻墓碑的石匠，一身死人气味。"

"他是老婆不孕才离的，没有拖油瓶，年龄还跟你相当，这样的钻石王老五，上哪儿找去啊？"

"确实难找，是憨厚人，已经跟我说了，以后我亲戚朋友包括我自己，只要死了人，墓碑他包圆儿，打八五折。"

　　空气骤然停滞。才子看苏序的眼睛。苏序眼神里有刀光，也有血影。才子不敢笑。现在笑，等于找死，他没勇气踩雷。为这事，苏序不再理睬才子。她报了一个培训班，外出学习一个月。临走跟办公室每个人含笑告别，唯独漏了才子。才子在她眼里成了空气。

　　一个月后有人给才子介绍对象，才子去了。戴着格子围巾，脖子里的伤痕早就好了，但戴围巾成了一个习惯，他没法改。只要取了围巾，脖子里就会空荡荡的，好像身体的一部分被挖掉了。相亲地点是女方定的，在鲜家伞面馆。才子一边走，一边咧着嘴笑。等进了面馆，苏序已经占了桌，面上来了，苏序还是要的大碗，加了肉。她埋下头吃，一口一个丸子，一口一大嘴汤。汤喝干了，肉吃完了，才扯起裤带一样的面条吃，就看她一口一口咬着，吃了好半天，那根面条就是吃不到尽头。才子坐下，拿一双筷子，伸过去夹，扯断了苏序的面，他往自己嘴里喂。吃完了面条，打量碗里，他笑了。

　　"姑娘真有意思，吃面先喝汤，还是大碗，女人里头少见。"

　　苏序浅浅地笑。

　　"没吓着吧，曾经，我这吃相吓跑过不少人，也吸引过一个小白脸儿，原以为他确实不计小节，是真心喜欢我，谁知道是个骗吃骗喝的小纨绔。你说，世上的男人千千万，为什么想找一个合适的就那么难？"

　　这是才子认识苏序以来，听她一口气说话最多的时候。才子不再耍贫嘴，在对面看着苏序。他们之间隔着一张桌子，这不妨碍他用目光罩住苏序。苏序把筷子放在空碗上，正式抬头看对面的男人。

男人的目光被逮住了，像蜘蛛撞上了网。他想逃，可浑身没劲，他挣不脱。干脆不挣了，举手投降。面上来了，一大碗，肉丸子齐刷刷摆在最上头，撒了绿的香菜末，浇了红辣椒油，色香味俱全，这就是鲜家佘面远近闻名的原因，好看、好闻，更好吃。苏序把碗推到才子面前，问："这一大碗，你敢不敢吃？"才子点头。"不后悔？"才子又点头。"要你后半辈子天天吃呢，也不后悔？"才子一脸严肃，还是点头。苏序落下泪来，说："众里寻找，千度复百度，比唐僧西天取经还难，九九八十一难啊，好在你一直都在，如今我的苦难满了。"她的筷子插进碗里，扯过才子的面条埋头吃起来。才子不松手，扯着面条另一端也吃。多亏鲜家佘面长且筋道，居然没有扯断。两个人的脑袋被一根面条紧紧拴在一起。

列车飞驰

· 秦锦屏 ·

看见了！那个传说中的第三者，一袭红衣裙，袅袅婷婷站在月台上，像一枚果浆饱满的鲜果。不，更像一簇燃烧的火苗！地铁进站，呼呼的风掀起她的裙角，使她看上去像个美轮美奂的仙女。

　　"呸，鬼个仙女！就是个不要脸的第三者！"陈小雨愤愤地想。因为角度问题，一连三天，她只能看见女人的背影或侧脸。此刻，她真有冲上前去揪住女人的头发，啪啪赏她几耳光，再将她摁倒在脚下，打她个"桃花朵朵红"的冲动，但她只是握了握拳头，忍住了满腔恨意。她想，真要那么做了，她可能会永远失去马景涛。

　　马景涛是她老公，他们青梅竹马。女儿两岁时，马景涛外出寻求发展，应聘到深圳地铁公司当保安，她在老家有名的宽窄巷子边开了个小小的美容院。夫妻分居两地，但奋斗目标一致——攒够钱了，就在老家市中心的黄金地段买房子。再就是，让心爱的宝贝女儿马霓裳随心所欲地进各种艺术培训班，赢在人生的起跑线上。

　　一切都在按计划进行。直到有一天，马景涛在电话里告诉她，深圳地铁2号线将要开工启动，公司与一家著名的铁路司机学校签约，委托该校培养一批地铁司机，为2号线开通作储备，他有幸入选了。电话里，马景涛说得很带劲儿，她听得很来劲儿。都说深圳遍地是机遇，只要你工作表现好，总有一块土壤会让你发芽、开花，果然如此！

那天，马景涛的嗓子格外响亮。他说，竞争非常激烈，不是谁都有机会被培养成地铁司机的，个人表现好之外，录取还有些硬性条件——男性，身高在 170 厘米以上，双眼裸视 E 表 4.9 以上，无色盲色弱，无精神、心脏及传染性疾病，五官端正，无违纪违法记录……手握听筒的她甜蜜着、幸福着、憧憬着，再往后听着听着心就猫乱了。人们都说深圳那地方男女比例失调，一个成年男人身边虎视眈眈地围着七个半女人，就连那些满脸雀斑、青春痘蓬勃的男人，在剩女们心中都是璀璨夺目的宝贝，何况马景涛一个五官端正、风华正茂的男人？

耳朵上扣着听筒的陈小雨顺手揽过摆在桌面上的结婚照，照片上的马景涛燕尾服、白衬衣，剑眉星目。天哪，他不仅仅起了个影星的名字，原本也是个散落在民间的明星脸啊！

六岁的女儿马霓裳顶着根冲天小辫一跳一跳进了里间："妈妈，来客人了！"陈小雨匆匆挂断电话，调匀呼吸，脸上即刻绽放出一朵花儿，屏风一拉，打着招呼快步迎了出去。

来客是个四十来岁的女人，原在牛头街的菜市场里贩香菇，突然有一天就小发了一笔，同时她好像一下子想通了，精打细算后，捏着钞票天天往陈小雨的美容院跑，选择的产品尽是"祛斑、美白"类。

陈小雨清楚，四十来岁的女人再怎么保养，只不过是努力让衰老来得稍晚一点儿，不可能恢复到皮光肉滑的少女时代。但是，她不忍心戳破这个女人残存的青春梦。每次，帮这个女人揭掉面膜后，她总会拖着川腔夸张地惊呼："哟，我的个乖乖哟！葛姐，你现在的皮肤好好哦，水嫩嫩、滑溜溜的哟。我就说嘛，你最适合这套产品啰。哪天喊你照几张相片儿，给我们'俏佳人'做个活广告嘎！"

葛姐晕晕地笑着，咋呼着要镜子。窄巴巴的美容床上，她平摊着肥厚的肚子，高举牛腿一样的胳膊，对镜左看右看："嗯，是有点效果哈，白了滴滴儿！"

陈小雨将毛巾抖搂得"扑扑"风响："啊哟，哪门只滴滴儿白嘛，你不晓得啰，你将将来时，浑身上下都是那个香菇味儿，脸皮子干巴巴的，都像朵发霉的老香菇啰！"葛姐或许是陶醉在美白梦中，只顾贪婪地冲着镜中的自己傻笑。

陈小雨窃笑了，想：这女人真傻，那么一大张水嗒嗒的面膜严严实实地包住脸，一包就是二十分钟，捂不白才怪！白，那也是水泡过的白卡卡的寡白，哪里比得上街上那些青春逼人的小靓女啰！

昨天还在笑别人，今天就要被人笑了！

当初陈小雨与老公约定好，为节约开支，许他工作四年后回家探亲一回，好把路费省下来将来做更多的事。刚去深圳那阵子，马景涛一打电话就提回家探亲的事，说他如何如何想她，想他们的宝贝马霓裳。她硬起心肠说，先苦后甜，等熬过 2013 年五一节，到了下半年，随便捡哪个节日回家探亲她都热烈欢迎。终于熬过五一了，中秋马景涛没有如约回来。国庆马景涛也没有守约回来！春节的时候马景涛还没有践约回来！

起先，陈小雨尚能忍住相思安慰自己，男人以事业为重是好事。多攒点钱，早点实现家庭梦想。随着马景涛的连续失约和间歇性失联事件频频发生，曾经自信满怀的她，一双手在给客人美容时，起先像是在抚玉弹琴、春风里采花吐蜜；最后不知不觉像在垦荒、恶狠狠地犁地……直到葛姐大喊一声："哎哟，你弄啥子！"陈小雨这才发现，稠嗒嗒的面膜膏，竟被她直愣愣地糊在葛姐左眼上。葛姐眨巴着无辜的右眼大叫："我日你个仙人板板，你莫把老子的灯给打烂啰！"

她一下子就生气了，噘着嘴想：哼，你这个恶俗的女人，活该被第三者插足，枉费老子平日对你那么好，又打折又赠送，不就是一点小意外嘛，这么难听的话也飞得出口。

她嘴上忙说："葛姐，对不起！对不起！"又在心里偷偷回敬她一句：你妈卖麻花！

眼前，这胖而粗俗的女人还在喋喋不休："老子为了他，起旦贪黑贩香菇、生娃儿、养娃儿、挣票票、换房子，他倒好，吃饱喝足整安逸了，在外面装大款耍女朋友……妈卖个麻花，男人没得一个是好的！"

葛姐的话像一记闷棍，她有点心乱，面上撑着笑说："葛姐，你这话也太绝对了，好男人也不少，只是你个人没遇到噻，都说咱们四川男人是耙耳朵，最听老婆的话了。肯定是你平日在屋里头管他管得太严了，他不得雄起……"

"喊，就是管得不严，他才出去偷腥！你说嘎，就在我眼皮皮底下我都看不到，哪里还敢把他放在外头，千里万里看都看不到，那还不得整翻天了！……我不是说你家里那个明星老公哈。不过，姐姐跟你说哈，你要当心哦，咱们姐妹说的是巴心巴肝的知心话噻。男人这号龟儿子，一个个贪吃好色，一不小心他就到外面耍流氓……"

手一抖，她又把面膜糊到葛姐眼睛上了，当然，她立刻听到了更狂野的粗口，数落她，更重要的是捎带着骂自家男人——"那个砍脑壳的、背时的、花花肠子起串串的，小心你妈妈我一脚把你踢到那旮旯里头，让你个龟儿子不得好死，头顶脚板都流脓！"

她在心里长长叹了口气，心想：好在我家的马景涛不是那号男人，如果是，老子我绝不会像葛姐这样子骂人，太难听了、太低俗了！

马景涛来电话了，说，好久没打电话回家，实在是太忙、太忙了……又说，他有个发现，很多内地人，花钱时恨不得把一分钱掰成两半儿花，人家深圳人，工作起来，恨不得把一天当成两天使。只争朝夕呐！

她心疼了，说："要是太累了你就回来吧，我这美容院虽然不挣大钱，一家人吃穿还是能解决的。"

马景涛说："嗐，现在的人，不光是解决吃饱穿好的问题。哎，你不知道，深圳有句口号——'来了就是深圳人'！你不来，不晓得，这里的人干活都很拼命，他们讲'行囊落下是故乡'，说的就是，在这里做事就当给自家做事一样。在这里，只有你干得更出色，才会赢得更多的机会。这里的人总给人无穷的力量和感动！"

突然间，陈小雨觉得马景涛变了，张口闭口就是"这里这里"，像个免费卖广告的。更过分的是，他现在说起话来文绉绉的，总用普通话加书面语。马景涛是个有知识储备的人，但和自家老婆说话用不着酸文假醋的转文吧，他啥时候变得喜欢咬文嚼字了？

马景涛"喂喂喂"半天，她才回过神来。

她问马景涛在干啥，他说："在给你打电话呀，妹娃儿。"

听他喊了声熟悉的"妹娃儿"，她眼眶一下子热了。

他又说："像我这样有梦想、没地位的小保安，能被公司推荐去学技术，这样的事只有在深圳这种地方才'一切皆有可能'。机会难得嘛，我当然要努力学好，回报我们公司。前几年，在职校学轨道交通信号、车辆控制、行车组织、车辆驾驶专业基础课，学习模拟驾驶、故障处理这些实训课，我比他们更用功。正式上岗前，我已经顺利考到了国家颁发的轨道交通司机驾驶证！要知道，我们那拨人，通过率才百分之七十……现在，每天上班，完成的都是一系列重复的规定动作：开关车门、播广播、瞭望前方进路、监控车速、处理故障……可我一点也不觉得烦，开着列车在城市的血管里飞驰，让每个乘客能顺利、快速地找到工作、学习、回家的路，多好呐！虽说我工作非常非常忙，但忙得很充实、很快乐！”

“每次来电话你都说‘忙忙忙’，不晓得你平时下了班都做啥子？”他看不见，她噘起了嘴，眼睛里有了雨。

马景涛自顾自地说：“忙啥子，能忙啥子？还不是工作、学习、学习、工作呀。妹娃儿你不晓得哈，深圳呀，现在连‘读书’都给立法了，不学习、不读书就跟不上这个城市的节奏。在这里，忙，是一种幸福和快乐，是个人信心、动力和能力的综合体现……”

陈小雨尖细的手指绞着弯弯曲曲的座机电话线，半天不语。她只从“妹娃儿你不晓得哈”这几个字中听出了熟悉的味道。

半夜醒来，她发现下雨了，玻璃上全是眼泪，豆子一样直线滑落。陈小雨想起马景涛说的那些话，想象他穿着帅气的工作服，坐在宽敞的地铁车头操作厢内，目光炯炯注视前方，像个神气的魔法师一样，按动彩色的按钮，发车离站、上下坡行驶、到站精准停车、自动开闭车门等一系列操作毫不含糊，列车风一样飞驰，风一样歌唱，每一声唱的都是——忙、忙、忙！哎呀，忙忙忙！

这些年与马景涛频频两地通话，彼此间情话越来越少。她开口就是油盐酱醋钱。他除了问女儿的学习、身高，老人的安康，讲得最多的就是他的见闻、工作。她因此知道深圳很多新鲜事儿，知道他们做地铁司机的，耳朵要特别好，在地铁运行中不仅要监听广播，还得听辨出车辆运行过程中的异响，留心对讲机里的呼叫。此外，他们的眼睛还得特别尖，至少能目测 140 米，每当列车踏着节拍进站，开门后，司机要站到控制室门与屏蔽门之间，检查门缝有没有夹住东西，还要借助位于车尾的软灯，目测并确认车门间没有异物，才能继续行驶……

马景涛不厌其烦地讲述时，她的脑子也积极配合他速绘出一幅幅工作图景：列车飞驰，车头正中央摆放着操纵装置，训练有素的地铁驾驶员马景涛右手握在操控杆上，左手拿着对讲机，目视前方，神采飞扬。他身边的投影屏幕上是监控画面，列车前行时，屏幕中的画面也缓缓推移，上一分钟是黑暗的隧道，下一分钟或许就是井然有序排队等车的人流……每天，他开着列车，在黑暗的地铁隧道里穿梭，追逐着备受瞩目的国际化先导城市的阳光，追逐着他热辣辣的幸福梦想。

马景涛常常转文转调越说越兴奋，无数个新名词从他嘴里噼里啪啦鞭炮一样炸出来，什么"深圳阅读立法""创意礼品""文学节""书城晚八点""器官捐献""人艰不拆""累觉不爱""我伙呆"……最后，总是一头雾水的陈小雨打着哈欠说："啊呵呵哦，困了，睡吧，霓裳在那儿打瞌睡了，等我给她洗澡呢。"

小姑娘霓裳其实早就睡着了。

挂断电话的陈小雨并不想睡，辗转反侧，心里毛毛地。忽然，她觉得自己波澜不惊、四平八稳的生活似乎少点什么，表面上看，除了少个陪伴左右的男人，她几乎啥也不缺。

终于沉沉睡着了，梦中，她还听到一个愤愤的女高音和一个意气风发的男中音在纠缠她、撕扯她。

葛姐横眉立目、嘴皮翻动："就在我眼皮子底下我都看不到，哪里还敢把他放在外头，千里万里看都看不到啰，那还不得整翻天了！男人这号龟儿子，一个个贪吃好色，一不小心他就到外面耍流氓……"

马景涛意气风发踌躇满志："人家深圳人，工作起来，恨不得把一天当成两天使。只争朝夕呐！在这里，只有你干得更出色，才会赢得更多的机会。"

"非常忙，但是忙得很充实、很快乐！"

"妹娃儿，你不晓得哈，深圳现在连'读书'都给立了法了，不学习、不读书就跟不上这个城市的节奏。在这里，忙，是一种幸福和快乐，是个人信心、动力和能力的综合体现……"

葛姐说着说着就喘着粗气，鼓着牛铃一样的血丝大眼哑巴了，只剩下马景涛絮絮叨叨兴奋地说说说，声音铿锵而富有节奏，他越说越自信，越说越自豪。任凭陈小雨左转右侧，耳畔全是他打了鸡血一样亢奋的声音！

于半梦半醒间，她似乎又看见穿着帅气工作服的马景涛，坐在宽敞的车头操控室内，目光炯炯地注视前方，他身边放着监控屏，列车启动前行，穿越黑暗的隧道后，屏幕中的画面变得开阔、丰富起来，蓝天白云、绿树红花、高楼林立、车水马龙（听说深圳地铁比较新奇，有些站点就设立在地面上，列车轻轨一样在地面上穿行），成群结队奔忙的人，最醒目的是——衣着光鲜成群结队的美女！啊，那绝对不是美容院炮制出来的伪美女！她亲爱的老公马景涛像神气的魔法师一样，按动彩色的按钮，让列车风一样飞驰，风一样歌唱，每一声唱的都是——忙、忙、忙！干事业的"忙"，不是耍流氓的"氓"！

陈小雨一个鲤鱼打挺从床上坐起来，女儿霓裳在梦中吧嗒着小嘴，笑靥甜甜。她按按发胀的脑袋，心里有种空落落不着边际的慌。她疯狂拨打马景涛的电话，一遍又一遍。

后来，这类似的情形又重复了多次。

下了火车，陈小雨来不及欣赏南国霓虹闪烁的璀璨夜景，直接上了辆的士，很快就到了位于福田红树林的地铁集团办公楼。

门岗是个年轻的小伙子，很热心："哦，你说马景涛啊，知道知道，他可是我们这里的名人。不过，这个时候，他可能在司机公寓里休息吧……打不通电话很正常，地铁司机是倒班制，上早班的人，按公司规定，前一天晚上就得到司机公寓来休息，而且晚十点半必须熄灯、关手机，直到第二天上午的十点左右上岗，一、二、三、四、五……"他幼稚地掐指头："哎呀妈呀，差不多有十二个小时关机找不到人，有些司机的老婆还以为咱们的司机大哥家外有家呢，哈哈哈哈，你说好笑不好笑嘛……你等等，我再给你查查排班表。"

陈小雨轻舒了一口气。对面墙上贴着一条醒目的标语"努力再造一个激情燃烧、干事创业的火红年代"。

小伙子正哗哗翻着排班表，嘴里哼着一首唱烂大街的网络歌曲，脚尖也配合着律动："伤不起，真的伤不起……哎，你是马景涛什么人？他老婆？哦不，应该是他姐姐吧，我看你俩长得挺像的，眼睛像、鼻子也像！"他抬起头，兴奋地盯着她精心修饰过的脸。

陈小雨倍感失落，没话找话地问："马景涛在你们这里……人缘好吗？"

"啊，这哥们儿，那是杠杠的，好人！肯定是好人！我站在这里，他天天从我眼皮子底下来回。我认识他，他可能不认识我。我们这里好多人都知道，只有他上岗时，会有女粉丝站在车站迎接，就在那个'福田站'，对，是'福田站'，听说是风雨无阻哦！……啊，找到了，在这里，看——马、景、涛，早班。我说嘛，我这记性，贼拉好……"

"那个女粉丝是哪里的？他老乡吧？"她急急发问，同时用手指左右划拉头发，尽量显得漫不经心一些。

"嗯，不是吧！反正听说，那女的，是个美女！很迷他，八成是想嫁给他，或者想泡他也不一定吧，哈哈哈，深圳这地方老有意思了，女人们可虎了，比我们男人都胆儿大……"她突然发现，这口音浓郁的小伙子声腔不错，但牙齿不整齐。

"哎哎，大姐啊，这都是我听人家说的，没考证过！我听说，那个女的，每天打扮得非常醒目，总在第一趟列车进站前准时到达'福田站'，眼瞅着马景涛开的那辆车出站了才走……哎，你打听这事儿干啥呀？你是哪儿人？你到底是马景涛什么人哪……"

陈小雨默默把身份证交给小伙子做登记，看到他一笔一画登完记了，才伤感地说："我是他老婆，也是他孩子的妈。"

"哦，啊？我的个妈妈吧！"小伙子半截鲜红的舌头翘在嘴边，呆呆看着陈小雨脚步疲软的背影。

陈小雨敲开司机公寓的门。披着浴巾睡眼惺忪的马景涛惊得说不出话来。愣了半分钟才叫："小雨！你、你怎么来了？这个时候，你怎么来了……霓裳呢？你走了，孩子谁带？你来也不提前说一声，我、我今天要当班啊！是家、家、家里有事？"

吸顶灯光线柔和，高大魁梧的马景涛在门口逆光而立，像一堵挡风墙，那件随手抓来包裹的浴巾没有让他黯然失色，倒像是侠客佐罗。面对青梅竹马的爱人，陈小雨喉头哽出一个酸酸涩涩的大疙瘩，万里寻夫，一路辛苦，见面后他先不问吃喝，不接行李，只问他的孩子，四年的两地分居，曾如胶似漆的情分怎么变得这么淡啊！

终于，马景涛醒悟过来了，他揉揉眼窝，飞快地甩掉浴巾、抢过行李，上前仓促地搂了她一把，说："来了好，来了好，你等等，我马上找个同事来代班，就不晓得这个时候还找不找得到人。"

陈小雨挣出他的怀窝说："莫找了，莫耽误了工作。家里没事，老人都好着，孩子给她外婆看着，美容院暂时歇业几天……你先睡，等明天下班再慢慢说。"

马景涛竟欣然同意了："好嘛，半夜三更找同事过来代班，也不太好。你先坐，我找人领你先到我那边去，这公寓只给明早上岗的工作人员住。喏，这是我出租屋的房门钥匙。"

她原以为大男人马景涛的房间会乱成一锅粥，但不是。

地方很小，不到 10 平方米，但是干净整洁。衣服、书籍、方形的小茶几一切井然有序，唯一不洁的是烟灰缸里半根未清理的残烟头。

她的心咚咚狂跳，仔细、全面搜寻了一遍后，又像小狗一样把床上用品抱起来嗅了嗅，她有点失落又有点庆幸，他的衣服不多，整个房间里，占据地方最多的除了床，就是书，密密麻麻的书。

陈小雨跌坐在地上，无边的空虚和寂寞将她包围。

四年不见，这些年，马景涛到底过着什么样的生活？老家，她那间摆了四张床的美容院，密密麻麻塞满了各种美肤化妆品，芬芳扑鼻。马景涛这一张床的空间挤满了半床的书，微微散发着一点点苦味和令人迷醉的醇厚味。

她不甘心，在屋子里寻找着，像一头饥饿的母兽。

一本貌不惊人的台历上，有着潦草的三言两语，是他的笔迹。

2014年3月26日：当好人的感觉真好！真相大白后的感觉是伤心、惭愧、崇敬！

2014年4月4日：我看见她，一身红色的衣裙，站在车站的月台上……像火苗一样！她站在那里，就是这个城市的一道暖暖的霞光！

2014年5月4日：爱出者爱返，福往者福来。

2014年6月1日：醉了，想起很多……今天我的孩子在过六一节，如果那个孩子在，也一定在欢度这属于她的节日。唉，假如能给我重来一次的机会……

2014年7月2日：感谢这个善良而伟大的女人！她在以她的方式感恩或者纪念。同时也激励着在路上奔跑的灵魂！——我相信，社会因我们的存在会变得更加美好！

陈小雨捧着台历心乱如麻，她想象着，等马景涛下班，一进家门，她就会劈头盖脸把台历砸到他胸口上："看看，你个龟孙干的这些好事！"她必须得"先下口为强"！

他呢，肯定会瞪着黑白分明的大眼说："啥子事？"

对呀，啥事？啥事呢？

"老实给我说，一个女人，穿红衣裙的女人，还有一个小娃儿，你和她们是啥子关系？"

"哪里来的女人、小娃儿？姓啥子叫啥子，你乱扯啥子？"——他也许会这么说。不，他一定会这么说！

不不不，不能把事情搞僵了，要耐心寻找蛛丝马迹，然后再抽丝剥茧、追查真相，尽最大努力把他从弯道上拽回来。女儿不能没亲爹！

她烦躁极了，不知该如何打发这漫长的等待和即将上演的"审夫"课。窗外的太阳直刺刺的有些耀眼，到这时她才想起家人，赶忙给妈妈打电话报了声平安就匆匆挂了，她怕再说下去会一不小心哭出来。第二个电话她鬼使神差打给了葛姐。

葛姐响亮地"喂"了一声后就骂了起来："喂哎，你是哪个，哪一个？你哭啥子吗？背势得很，打通老子电话就晓得号丧，再不开声我挂了哈……"

"葛姐，是我。"

电话那端，葛姐似乎愣了一下，立刻说："喔喔喔，晓得啰，是陈老板哈！我昨天还到你'俏佳人'去了，门口挂个木牌牌，高头写'歇业'。你哪门子想到给我打电话唆？啥子，你在深圳？不消说，你老公肯定是搞外遇了，着嘛，着嘛，我说啥子来嘛？男人这号龟儿子……"

陈小雨失望地把电话挂了。她不想变成葛姐那样的女人。永远不想！

马景涛进门时，陈小雨已经煮好了晚餐。他一面笑容可掬地换衣服，一面孩子一样地吸着鼻子："哇，好香哟，是腊肉的味道，嘿，还是老婆在身边好！"

　　她站在阳台上的简易炉灶边，举着锅铲，女斗士一样。"没得我，这几年……我看你娃儿过得不错嘛！"一滴眼泪不争气地跌在手背上，她悄悄地在围裙上蹭了蹭。

　　晚餐简单，但气氛融洽。两口子四年未见，很多话要说，但同时又似乎在忌讳或者刻意隐瞒着什么。陈小雨反复说，因为女儿想爸爸了，加上曾多次打不通马景涛的电话，不放心，也怕他太忙累垮了身体，所以就赶过来看看。马景涛埋怨她冲动，浪费了钱，但马上又说，来看看也好。

　　他又添了碗饭，吸溜着嘴，吃得热汗淋漓。听说女儿长得乖巧可人，很像自己，他十分开心，迫不及待放下饭碗，两人挤着脑袋，对着手机里存储的女儿照片和跳舞的视频看了又看。

　　暮春的月光从窗户边斜斜地照进出租屋，不大的屋里满是清辉，隔着玻璃，能看见外围绿化带上婆娑的树影。马景涛突然说了句："'松风吹解带，山月照弹琴。'王维说得多好呀！以后老了，我们要还能住在这儿，多好！"

　　"外头哪有屋里头安逸！"陈小雨吭哧吭哧地搬开成摞的书，腾出半边床："整这么多书，来个人同住，很不方便哦！"

　　"是哎！"马景涛随口应声，又立刻补充说，"不过，也没啥子人来，你是第一个。"陈小雨心里紧了一下，又松了一下，冲嘴就说："王薇呢，她算不算？"

　　马景涛一愣，旋即纵声大笑："我的个妈妈吔，你到底在想啥子哟，王维，你当是哪一个？他老人家要是能从唐朝穿越过来，我都不晓得该欢喜还是忧伤啰！说不定要吓得尿裤儿！"

她一下子红了脸，真丢人，大名鼎鼎的王维都忘记了，这还不到三十五岁呢。

　　搬书时，她故意将那本写有心情短语的台历弄掉，又飞快捡起来咋咋呼呼："咦，是啥子哎！哈哈，二十一世纪了，你老人家还写日记呀！火苗，火苗又是哪个？哈，还是这个城市的一道暖暖的霞光！啧啧啧，还有啥子——爱出者爱返、福往者福来！"她捧着台历，故意拖腔拖调，蛇行而诵。

　　马景涛劈手抢回台历："没得啥子！随便乱写的。不消说。"他仔细而认真地收起了那本台历。

　　她怏怏地躺下，把整个背丢给马景涛。他粗壮的手臂几次探将过来，她都坚决而生硬地说："累了，睡觉。"

　　他喏喏道："哦，那你好好睡，我明天到单位去请个假，陪你四周围去耍一哈儿，看哈大名鼎鼎的邓小平画像，看哈深圳的美景。"

　　她郁郁地说："不消忙了，明天我给你洗洗衣服，扫扫房间，再好好补一觉，坐火车坐得老子腰杆子生痛。等过几天你调休时再带我出去耍。反正也不着忙。"

　　他几乎是欢喜地接话，"要得，要得。这几天我很忙很忙，要加班。深圳茶博会在会展中心开幕，全国各地的茶企都来深圳参展，地铁客流量增多……"

　　"你成天讲忙忙忙！深圳人都有那么忙？"她忍着气说。

　　他很认真："这是肯定的。我们单位一个领导说：每个深圳人心里都燃烧着一朵火苗，干事创业的火！这火苗能把我们梦想的幸福点燃……"听他学领导讲话的口气，她有点想笑却没有笑出来。忽又想起那台历上最近写的一句话："2014年7月6日，她像一簇燃烧的火苗，照亮了别人的生命！"

陈小雨很快乘坐了马景涛驾驶的地铁 2 号线列车。路过"福田站"时，她犀利的眼神像雨刮器一样左右"搜索"，直到第三天她才发现了人们传说的那个"第三者"（当然除了她没人说是第三者，他们说"马景涛的铁粉"）。有这么一个"铁杆粉丝"他自己知道吗？好几次她都想问问，话到嘴边又止住了。时机还不成熟。来深圳这几天，她亲眼见证了马景涛和他同事们早出晚归马不停蹄的"忙"，有时她会突然为自己的"闲"感到羞愧，为自己十年如一日地守着不大的门店，守着十年前在职校学习的陈年不变的美容手法而羞愧……她心里窜起一股说不清道不明的情绪。

她痛苦而又固执地在福田站"蹲守"了三个早晨，既怕马景涛发现，又担心错过那"第三者"。从侧影和背影看，那是个韵味很足的女人，熟透的身体像果汁饱满的鲜果。除此之外，她一无所获。

她想找个私人侦探查查他们，便到百度上搜了个"婚外情侦探取证"的"专家"，约好在出租屋附近一家"黑森林"咖啡馆见面。也许是职业习惯吧，那专家进了咖啡馆后左顾右盼，活像个心怀鬼胎的娄阿鼠。他不满意陈小雨选的座位，调整到一个柱子和屏风的夹角处。刚落座，服务员送水过来，专家呼啦一下站起，一甩手"啪"拍了张相片，用"爱疯死"照的，他说这叫"职业灵敏度"（难道他以为马景涛后脚跟过来了），他一甩头重新落座，可怜那小服务员被这奇怪的一幕吓得差点打翻水杯，半天还回不了神。

专家摘下墨镜死盯着陈小雨的脸："按说，像你这样的，老公应该不会……只能说明他没品位……"陈小雨在心里回敬了专家一句。专家又戴上了墨镜，用那根戴着金戒指的手指在桌面一下一下地敲："咱们先小人，后君子。"

专家脸黑，报价也黑，报价贵，贵得吓死个人！陈小雨想，浪费这些钱还不如给女儿多报几个兴趣班呢。最后，她借口上洗手间，把两人消费的钱留在服务台，把专家留在屏风后的暗角里，走了。

她决计亲自上阵。

她若无其事地告别上班的马景涛，平静又焦虑地等待着时机。

她手拿雨伞、戴宽框墨镜，捏一卷报纸，打扮得像个接头取情报的特务。地铁快进福田站时，她比那女人还要激动。怕被视力超强的马景涛发现，她用报纸遮住自己大半张脸，只留一双侦查的、嫉妒的眼睛。

三天，幸福又煎熬的三天！清早她看见"第三者"准时出现，下午她亲手为马景涛烧菜煮饭，还时不时瞄一瞄他埋头读报看书的身影。每次结束"侦查"，回到出租屋，她倍感寂寞和煎熬，心里窝着一股熊熊烈火。她为自己要不要撕破脸"审夫"而焦虑。结婚七年，分居四年，虽说两人是青梅竹马，可是，一旦把脸面撕破，一些东西就不可能再复原了。想想福田站那位风姿绰约的"粉丝"，她底气全无。目前，她既不想打草惊蛇，也不想打蛇惊草。

她整天变着花样给他做饭，呆呆地等他下班。她不再觉得他转文转词特别扭，甚至觉得那是一种文明的、时尚的美。然而她总忍不住喉头咕嘟嘟外冒的酸水，忍不住想要"刺激刺激"他，好"榨"出点料来。

"喂，涛娃子，你看哈，我老了没得？"她敲着桌子。

"你不老！"他从书本中抬起头，干脆利索。

"喂，涛娃子，你最喜欢哪样的女人？"她又敲桌子。

"你这样的！"他再次抬起头，飞快又缩回书本。

嘁，死滑头！尽是些见话说话骗人的鬼话。她得再深入一些，在他心尖尖上划拉划拉："喂，涛娃子，我做的饭好吃，还是她做的饭好吃？"

"都好吃！"

霎时，她浑身起了一层冷痱子，飞快追问："你说的她，是哪一个？"

"你说的……不是我妈妈啊？"他鼓着黑白分明的大眼睛，愕然盯着她。

"就是你妈妈……才怪！"

两个人忽然一起哈哈大笑了，他们不约而同想起小时候的打嘴仗，想起以往推心置腹的甜蜜，连日来说不清道不明的别扭和陌生感一下子消除了。他扑过来抓她。

马景涛倒班了，不用提前去司机公寓休息了。这真是个美好团圆温馨的夜晚。他们轻言细语幸福依偎。她的手游鱼一样在他身上滑动，又突然停滞——一条蜈蚣一样的疤痕从他脚后跟贯通到腿肚子。

"啷个搞的？"她坐起身，摸着这近一尺长暗红的疤痕，问。

"没啥子，就一条疤！"

"我晓得，问你啷个搞的？"她提高了嗓门。

"没得啥子！"他翻过身去，呼噜声很快起来了。

这里有故事。甚至是"事故"！她咬咬嘴唇，睫毛一下子湿了。

当陈小雨再次站到地铁公司那个门岗面前，小伙子一愣，但还是迅速认出了她。她为他递上一碗亲手包的"抄手"，絮叨着和他拉家常，小伙子非常感动，忙改口称呼她"嫂子"。

"哎呀妈呀，嫂子你这人太仗义了！就给你放了个行，你还惦记着，给我弄这么大碗——这啥玩意儿？哦，抄手。我瞅着就像俺那旮旯儿做的饺子！现在上班时间不让吃东西，我就偷偷尝一个呗，您帮我瞅着人啊……"他飞速地揭开饭盒盖拎起一只抄手塞进嘴里。

"好吃，好吃，贼拉好吃！"小伙子赞不绝口，"嫂子，你啊，一看就是个大好人，要不我咋那么晚还给你放行呢？照一般情况，那么晚，母蚊子都不给飞进去！你说，要打扰了我们司机大哥的休息，那可不是闹着玩儿的！这地铁一天拉多少人啊！是不！可你是谁呀，大美女呀，而且，一看就是个好人，嘿嘿，英雄配好人，绝配！"

"你刚说什么？"陈小雨逮到了契机。

他舔舔嘴皮，吧唧吧唧咂嘴："说你好人啦！"

"不是，后一句！"

"大美女啦！……这也不是，那……哎呀我的大嫂子，我哪知道我后……哦，对，想起来了，我说——英雄配好人，绝配！"

"谁是英雄？"

"哎呀妈呀，我的大嫂子，不带你这样蒙人的……"小伙子惊得眉毛都站起来了，"你不知道？我的个乖乖，我马哥这人也太低调了！那你查呀，上网查呀！哎呀妈呀，你输入马景涛的名字百度呀！你可不知道，那阵子他老火了，深圳的报纸个个都采访他！"

陈小雨恨不得脚下生风，恨不得马上见到她亲爱的马景涛，为什么为什么为什么？旧年八月的几次失联和一连串的失约不归……原来如此！那时他身负重伤、要调理养伤啊。可他为啥不跟她说呢？怕她担心，一定是！他在电话里和她说了那么多话，竟然能把这件事瞒得那么紧实，就是怕她担心！

马景涛提着大包小包鲜鱼鲜菜刚进家门，陈小雨旋风一样卷上去，抱住他，狠狠地亲他。塑料袋里的鱼受惊落地，在地板上"砰砰砰"以死抗议！

马景涛被她堵得喘不上气。

"哎，我的个妈妈哟，你这骚婆娘也太麻辣了哈！你想搞哪样嘛，将将来的那两天是冷若冰霜，过了两天又是晴转多云，这才半天没见到，那么搞得，晴空万里，还热辣上身呐！"马景涛有点喜出望外。

她喜欢他这地道的川味儿，这才是她熟悉的涛娃子，是她的青梅竹马。

她抱住他不肯松手，愧疚的、心疼的、埋怨的、喜悦的……早知道他受过那样的罪，就是有十个铁杆粉丝追得他漫天飞，那又怎样！她伏在他宽厚的肩头呜呜地哭了。

"喂，搞哪样，你搞哪样？骚婆娘，你做啥子又哭起来了嘛！喂喂喂！"马景涛手足无措，不知该如何安抚这个一阵风一阵雨的婆娘。

"伤疤，呜呜，伤疤……你要死啰，见义勇为，天大的事你哪个都不给我说哈，你瞒得一时，瞒得到一世吗？"她涕泪纵横，挥拳打他。

他含着泪笑了。她哪知道，那时他差一点点就忍不住要给她打电话了……但凡游子在外，哪一个不是报喜不报忧呢？但他终于没解释，只是抱住她，紧紧地抱着她，任她捶打。塑料袋里那条鱼乘机钻出了袋子，瞪大黑亮的眼睛看着毫不害羞的他们。

马景涛上班去了，陈小雨哼着歌儿归拢行李，来了一礼拜了，该打道回府啰。马霓裳几次在电话里说她想妈妈了，说她有两颗门牙最近老在牙床上荡秋千呢。还有，她的"俏佳人"不能总是挂着歇业牌吧。至于那个"第三者"嘛，她决定不查了，如果他们之间有问题，她绝不会守在月台边上张望，而是紧跟在马景涛的身畔上演"藤缠树"，甚至盘坐在马帅哥的床头……嘿嘿，陈小雨觉得这么想有点龌龊。以后真的要少和葛姐那种人打交道了。

那么，那个女人到底是谁呢？粉丝、暗恋者，或者就是个精神障碍者……罢罢罢，管她呢。她相信她的马景涛——英雄能过美人关。她得给他留一点点心灵空间，给自己一个优雅大度的机会。

她考虑要不要把刚刚知晓的，关于马景涛的事迹告诉妈妈和女儿（顺便告诉她们，他的身体已完全康复。而且，他连续三年被评为"先进"，今年年底，新岗试用期满后他将成为地铁公司的正式员工）。感谢那个嘴巴利索的东北门岗，她也在百度上找到了当时的新闻报道，知道了整件事的始末。

那是2013年中秋前夕，地铁公司的员工汇集在游人如织的东湖公园搞企业文化活动，游客中，一个小女孩因为追逐蝴蝶，踩到了青苔，脚下一滑，跌入湖中。女孩的妈妈和四周围的游人都乱喊"救命"。

当时，马景涛和同事正抬着拔河用的绳索从桥上过，听到呼救格外着急。如果直接从近五米高的桥上跳下去救人，肯定会被桥底坚硬的暗堤刮伤，若是下桥绕到侧边就近入水，又会耽误救援时间。

孩子小小的身影沉沉浮浮不断在水中挣扎……马景涛来不及多想，纵身跳下，落水的同时，一阵钻心的剧痛将他拽入水底，在人们失控的惊呼声中他又顽强地冒出头来，费力地游到了孩子身边，托她浮出水面，竭尽全力将她推到岸边。立刻有人帮小姑娘拍击背腹部，将污物从她嘴里抠出来。没有人注意到马景涛从脚后跟到小腿肚都被水底的锐物划开（估计是钢筋类的东西），伤口深可见骨，鲜血直流。呼啸而至的120救护车将小姑娘和失血过多的马景涛一起接到了医院。因伤口被污水泡过，马景涛当晚高烧不退，险情不断，直到第二天醒来后才知道，高处跳水冲击力巨大，他不但左腿肌肉划伤且小腿骨折，稍微处理不当就有可能落下终身残疾。那时的他才刚刚结束了委培学习，正在上岗实习阶段……醒过来的马景涛见病床前有好多鲜花，还有慰问他的领导同事，便追问那溺水小姑娘的情况。医生忙说，小姑娘的妈妈刚来看过他，托他们转告：小柔柔得救了，谢谢他，请他好好养伤！很快，他被公司转去骨伤科医院继续医治。

马景涛被封为"见义勇为"的英雄，全城人热议纷纷，说他的义举是催人向善的动力，他用实际行动融入了这座城市，这座城市应该关心他的未来……经过近半年的精心治疗，他顺利回到了他热爱的岗位上。

陈小雨为自己的多疑深感自责。同时也为马景涛的义举倍感自豪。她打算尽快回老家，把英雄的故事亲口讲给亲友们听，特别是讲给葛姐。然后，她要下功夫学习、钻研、提升美容技术，把"俏佳人"办出规模、办出格调。

听说她准备回去，马景涛相当诧异："回去？你那件大事不搞了？"

"啥子事？"她茫然。

马景涛黑白分明的眼睛一眯，鬼鬼地笑了笑。陈小雨不依不饶："嗨，你啥子意思吗？快点起来给我说清楚。我可以对灯发誓，本人对你没得啥子坏心！从来都没得！"

"对我是没得坏心，对别个有没得坏心那就不好说了哈！"

"哪个，哪个，哪个吗？"陈小雨把脸杵到马景涛面前，双手抓着他的肩头，揉他、揉他，还连连喊冤！平心说，她觉得自己是个善良且无公害的人。

"你对别个苏玉珍就很有敌意！"

"鬼晓得苏玉珍是哪个骚婆娘！"粗口一出，陈小雨立刻有些后悔！她怕像上次一样又闹出"王维"似的笑话，便默然在心里搜索了一遍，确认没有哪个诗人、画家或者伟大人物叫苏玉珍后，她的胆子和火气就更大、更旺了些："喂，马景涛，涛娃子，你给我老老实实摆清楚哈，苏玉珍是哪里来的骚婆娘？"她双手叉腰，蛮霸起来。

可以说，陈小雨不是个低俗、蛮霸的人，可今天她突然特别想骂人，想像葛姐那样野蛮，因为她莫名地嫉妒"苏玉珍"这个婉约水灵的名字！

马景涛表情严肃地盯了她一眼，坐到一边翻报纸去了。

他不屑的表情彻底刺伤了她的骄傲。没想到一个"苏玉珍"就把他们刚刚重燃的美好全部破坏了，她嫉妒得抓狂，想发火、想骂人！看看他那死样子，这一时半会儿是不会再来搭理她了。她赌气把行李收拾得"啪啪"乱响。这一刻她真希望自己就是葛姐，粗俗而暴躁，将压抑在内心的情绪一股脑儿倒出来。

"小雨！"马景涛喊她。她脖子一扬，懒得看他。他走过来，碰碰她的肩头："喏，给你看哈这个！"他把一张《深圳晚报》硬塞到她面前，"你看看这篇，像你这样善良的人肯定会哭！"

他真会说话。

她看了。报上刊登了一个小孩捐器官救人的新闻，媒体称他为"伟大的小孩"。这个年仅十一岁的深圳小学生名叫梁耀艺，因身患脑瘤，临走前决定捐出肾脏和肝脏。他说："妈妈，如果我活不了了，就把我捐出去吧。"六月六日，他的心愿达成。他捐出的器官在八小时内救了多条生命……这条新闻旁还配了彩色大图，一张是身着绿色手术服的医生们对小耀艺的遗体鞠躬致谢；一张是小孩妈妈看到就要永别的孩子捂脸大哭；一张是眼部特写，是小耀艺因病合不拢的双眼，那双眼睛清澈而无助……陈小雨是个感性的女人，报纸在她手中簌簌发抖。她抬起满是泪水的脸："哎呀，你让人家看这个，心里像刀割一样！"她哭了。他没有劝她。

她鼻塞塞地、弱弱地说："你们这里，这里怎么每天都有英雄！这个小孩好了不起！老公，你也好了不起！"

马景涛显然被她感动了，他走近她，捧着她姣好的脸盘，"对嘛，这善良的、慈悲的样子，才是我心中的小雨！"自打认识他，从没见他如此文绉绉的煽情，她又哭了。

他紧紧抱着泪流满面的她："妹娃儿，给你说个真实的故事，要得不？"

她点点头，为自己刚才的粗俗有些害羞。

"苏玉珍嘛，你见过的，就是在福田站被你偷偷盯梢的人！"陈小雨一下子红了脸。

马景涛卷起裤腿，指着蚯蚓一样的疤痕说："因为它，我被大家误认为是英雄，可好多人不知道，我是个名不副实的英雄。我不好意思跟人提我所谓的'英雄事迹'。在我心目中，只有那些真正能帮助到别人的人，才是伟大的人，才算是英雄，今天这个'伟大的小孩'梁耀艺，他算，还有无名英雄——苏玉珍，也算！"

大半年前，小腿骨折的马景涛被转到骨伤科医院后，一个捧着鲜花泪眼婆娑的年轻女人赶来向他致敬。接着，这个女人留在医院陪护服侍他三个多月，她说自己叫"小苏"，因被他见义勇为的精神感动，才主动申请做他的护工，她做护工的工资由地铁公司支付。马景涛出院后才知道，单位根本不知道小苏护工这码事，那个女人是溺水小姑娘柔柔的妈妈，名叫苏玉珍。

出院后的马景涛应邀到好几个单位去作报告，讲述见义勇为的故事，传递正能量。那天，在福田图书馆报告厅，一个刚听完报告，自称是人民医院医生的人来贵宾休息室找他。医生说："马先生你记得我吗？我记得你呢。刚刚你讲错了，那个溺水的孩子最终并没有活下来，虽然我们对小柔柔进行了全力抢救，但她溺水时间太长造成脑部严重缺氧，撑了不到十二小时后，还是未能闯过最后一关。我想要跟你说的是——这事没人告诉你，是因为孩子的妈妈再三请求我们，不要把噩耗告诉你，她很感激你。令人没想到的是，那天她还做出了一个惊人的决定，将女儿的遗体无偿捐献，用作医学研究。那个女人好像叫苏玉珍，她说，一个素不相识的人能为我的孩子见义勇为，我的孩子也应该尽最后的力量帮帮那些可以帮助的人。和孩子作最后告别时，她一手握着孩子冰冷的手，一手不停抚摸着孩子的脸颊哭得难分难舍，那个场面我终生难忘……马先生，我给你说这些没有别的意思，就是想让你再作报告时，把这个伟大坚强的母亲也给大家讲一讲，很少有人像她这样。她感动了我们。"

马景涛一直以为那个叫小柔柔的孩子还活着，如果没有，那他算什么英雄！此后，他拒绝了所有作报告的邀请，把政府奖励的奖金也全数捐了出去。他更加积极努力地工作着，用他能目测140米远的好视力来观察他所在的这座城市里，那些行色匆匆的人们及他们相依相偎平凡而温暖的生活。

不知出于对女儿的思念还是对英雄的敬意，或者福田站是她上班必经的一个站点吧，苏玉珍常常会赶在第一班地铁进站时来到福田站，逢马景涛当班，她就会长久站立，目送列车出站……她站在那里，仿佛从荡涤人心的彼岸涉水而来，不声不响却撼魂动魄，站成了福田站一道特殊而亮丽的风景！

她至今不知道，马景涛老早就注意并认出了她，每当列车经过此地，他都能感应到一种莫名的力量与感动！这份力量与感动如林间微风、山涧清泉，让他神清气爽，让他在回旋往复、周而复始、单调的驾驶过程中始终干劲十足。

当天晚上，陈小雨又做梦了，这次，她的梦境和马景涛描述的一模一样：列车飞驰，无论天色雾霭朦胧，或者隧道漆黑幽深，训练有素的地铁驾驶员马景涛右手握在操控杆上，左手拿着对讲机，目视前方，神采飞扬。他能清晰地看见，向远方无限延伸的乌金一样闪闪发光的轨道，它们四通八达，珍珠似的串联在城市的心脏上。无论晴天雨天，晨曦薄暮，他心中总有一束柔和的光，与这座城市的光荣与梦想交相辉映。